Laços Eternos

Capa:
tela mediúnica de Modigliani
Psicopictoriografado pelo médium Luiz A. Gasparetto

Editoração Eletrônica e Revisão:
João Carlos de Pinho

51ª edição
Outubro • 1998
10.000 exemplares

Publicação e Distribuição:
CENTRO DE ESTUDOS
VIDA & CONSCIÊNCIA EDITORA LTDA.

Impressão e Acabamento:
Depto Gráfico do
CENTRO DE ESTUDOS
VIDA & CONSCIÊNCIA EDITORA LTDA.

Rua Santo Irineu, 170
Vila Gumercindo • CEP 04127-120
São Paulo • S.P. • Brasil
☎ (011) 574-5688 • (011) 549-8344
FAX: (011) 571-9870 • (011) 575-4378

É proibida a reprodução
de parte ou da totalidade
dos textos sem autorização
prévia do editor.

Zibia Gasparetto

ditado por Lucius

Laços Eternos

ESPAÇO
VIDA & CONSCIÊNCIA

Sumário

Prólogo ... 9
A família sofredora ... 13
Rememorando o passado na Colônia Espiritual ... 20
Cenas de terna felicidade ... 28
O casamento feliz e uma tentativa de homicídio ... 33
Mistério desvendado e consciência homicida ... 41
Desajustes causados pela omissão ... 51
A recuperação de Gustavo de Varenne ... 55
Sábias lições do doutor Villefort ... 66
Benefício do perdão a moribundo ... 72
O amor brotando nos corações de Gustavo e Geneviève ... 79
As forças do mal reagindo ... 88
O orgulho e o egoísmo pondo em risco a felicidade de uma família ... 95
Uma vitória do mal ... 105
Gustavo perde a vida numa cilada ... 110
A perturbação de Gustavo ... 117
A origem dos problemas ... 137
Roque foge para a cidade ... 143
Roque vai buscar a sua família ... 149
O conde de Ancour expiando homicídio ... 155
O apostolado de Roque ... 163
Momentos de angústia e aflição ... 174
Resgate doloroso da condessa de Ancour ... 179
O benefício dos laços familiares ... 185
Gustavo e a condessa unidos pelo sofrimento ... 197
Ex-amantes, agora mãe e filho em reajuste afetivo ... 201
Uma ameaça inesperada ... 214
A fuga espetacular ... 224
A evangelização de Maria ... 228
Mediunidade a serviço do bem ... 236
O trágico desenlace de Maria ... 244
A volta à pátria espiritual ... 250
A recompensa dos justos ... 257

Prólogo

É noite. Tudo caminha em plácido silêncio. Na aurora cálida do amanhecer, só o pipilar das aves notívagas parece dar um sopro de vida à paisagem sombreada da Terra.

Em uma janela, às escuras, um vulto quieto observa o estertorar silencioso da noite que se finda e o dealbar da alvorada iniciante.

Seu rosto é pálido sob a luz diáfana da madrugada; seu corpo franzino procurando enxergar o rumo, descobrir os primeiros raios de luz que desenharão a verdadeira estrada.

Soluços angustiados quebram a quietude fresca da aurora. O corpo franzino apoiado ao peitoril sacode-se ritmicamente, embalado pela dor em clavas de angústia.

Lenço à boca, a tosse aponta sufocante. A pureza do branco tinge-se de vermelho e o sangue quente em golfadas insopitáveis mancha a camisola pura.

O magro corpo jovem, num esforço hercúleo, procura erguer-se e fitar o céu, em derradeiro esforço. Seus olhos encovados, abertos, procuram ainda indagar o porquê de tanta dor nos seus catorze anos.

Lentamente, como flor que se abate frente à tempestade, a figura pálida desfaleceu e seu corpo deslizando rente à janela pendeu para o chão, mas sua cabeça, recostada no espaldar, conservou-se voltada para o dia que nascia. Os olhos continuaram abertos, ainda que enevoados. Pareciam indagar dos mistérios profundos que separam a vida da morte.

Após alguns minutos, uma emanação radiante desprendeu-se do corpo hirto, adensando-se, corporificando-se em perfeita réplica da jovem estendida, como se por autêntico milagre, de gigantesca potência, ela se tivesse multiplicado.

Surpreendida, a forma radiante e translúcida olhou para o corpo que acabava de deixar. Seu semblante denotava piedade e amor.

Sentia-se leve e saudável. Porém, quando olhava para o corpo inerte, um vivo sentimento de piedade a invadia; parecia-lhe momentaneamente regressar ao jugo de pesadas cadeias de uma prisão aniquilante. Num desejo instintivo de libertação, procurou afastar-se dele.

Foi então que viu uma figura radiosa e querida caminhar para ela, braços estendidos, rosto banhado por suave bondade. Onde teria visto esse rosto? Que santa seria ela? Respeitosamente, ajoelhou-se diante da forma resplandecente. Sobre seu espírito ainda atemorizado e inseguro derramou-se uma brisa suave e perfumada, beijando-lhe as faces, com o orvalho da manhã, enquanto uma voz dulcíssima lhe alcançava o espírito:

— Nina. Estás livre! Na rudeza das provas, qual pássaro ferido e aprisionado, aguardaste a libertação. Hoje, viemos buscar-te. Irás conosco para mundos felizes, onde poderás usufruir a paz e a calma que almejaste sempre. Poderás trabalhar em tarefas nobilitantes e gozarás boa disposição, bem-estar.

Nina alçou o olhar para o alto e lágrimas insopitáveis lhe escorriam pelos olhos em transbordante emoção.

— Senhora! Bendita sois, enviada do Altíssimo. Viestes buscar-me. Meu coração estremece de ventura diante das suaves emoções desta hora sublime que não mereço. Sentir-me-ia feliz de seguir adiante, rumo aos mundos encantados onde residis, a gozar a paz e a serenidade. Entretanto, neste lar que com tanto amor fui acolhida, minha mãe na carne enfrenta com dificuldade a prova da miséria e da renúncia.

Meu pai, senhor nobre de antanho, hoje luta contra o orgulho e a prepotência trabalhando duramente a soldo insignificante, cavando a terra dura para mal conseguir um pouco de pão. Quatro anjos do Senhor, meus irmãozinhos na Terra, despertam para a vida, em condições difíceis de impaludismo e desnutrição. Se eu me for, com certeza eles se irão logo após, pois a fraqueza e a tuberculose ceifarão suas vidas ainda em fase delicada nesta encarnação. Por isso, se possível, rogo-vos, senhora: todo bem que por acréscimo a misericórdia divina me concedeu seja revertido em favor dos entes que amo e a quem devo devotamento e carinho. Perdoai-me tamanha ousadia, mas podeis ler a sinceridade do meu coração e sentir a dor que me causa partir agora rumo à felicidade enquanto eles sofrem!

Curvada, em atitude submissa, Nina esperou.

A entidade iluminada aproximou-se e alçando a destra com suavidade alisou-lhe a cabeça com imensa ternura.

— Nina! O que desejas?

Nina levantou o olhar que refletia respeito e amor.

— Senhora, permiti-me ficar. Embora doente, cuido do lar para que minha mãe possa ganhar algum dinheiro. Se eu for embora, ela terá que deixar de trabalhar e menos pão entrará nesta casa.

A bela mulher, comovida, sorriu e tornou:

— Sabes o que me pedes? Se Deus te permitisse o regresso, certamente sofrerias muito. O corpo que usaste na carne está macerado. Quantas vezes mentiste dizendo-se alimentada para que a tua pequena ração beneficiasse os demais? Quantas vezes atravessaste as vinte e quatro horas sem provar alimentos, numa renúncia verdadeiramente admirável? Sofreste bastante. Eu te ofereço a paz, a fartura, a tranqüilidade e tu me pedes a dor, a doença, a miséria e a morte?

Nina soluçava:

— Pedi a Deus que me permita ficar. É só o que eu peço.

A entidade fixou-lhe o olhar com imensa bondade, onde se refletia um brilho de energia.

— Não posso atender-te. Precisas vir comigo. Um dia compreenderás por quê. Só posso dizer-te que tua estada na Terra terminou. Tua presença doente e sofredora não iria contribuir para aliviar os problemas deste lar. Todavia, não temas. Ninguém permanece abandonado na Terra. Os problemas de teus pais, só eles poderão resolver, lutando, sofrendo, aprendendo. Irmãos devotados zelam pelos teus irmãozinhos. Deus permite a prova para que o espírito se redima. Os sofrimentos sublimam o espírito e o reconduzem a Deus.

Abraçando-a com carinho, continuou:

— Depois, quando estiveres em condições, se quiseres, poderás vir ter com eles, trabalhar para sua redenção. Agora vamos!

A jovem, cujos soluços tinham cessado, levantou-se e, abraçada pela sua protetora, prontificou-se a seguir.

Sentindo-se liberta de um grande peso, pareceu-lhe que seu peito dilatava-se em alegria nunca sentida, enquanto enorme sensação de bem-estar lhe invadia o ser.

Entregou-se suavemente e saíram da choupana humilde.

Enquanto os primeiros raios solares abençoavam o dia nascedouro, transmitindo mensagem de vida, dois vultos enlaçados desapareciam rumo ao infinito; permaneceu apenas um corpo pálido e emagrecido, um rosto seráfico e sereno, uma camisola manchada de sangue, abandonados para sempre, como veste inútil e rota que o tempo se encarregaria de transformar e destruir na constante mutação da natureza.

I
A *família sofredora*

Na fazenda do Lajeado, em Minas Gerais, o dia começava cedo. Havia muito serviço por fazer e os colonos precisavam madrugar para estar no terreiro quando o velho sino tocasse na varanda convocando-os ao trabalho.

O coronel Gervásio Fortes não era homem para brincadeiras. Exigia dos colonos rigoroso cumprimento das suas tarefas e era o terror dos homens quando, montado em seu baio, aparecia na lavoura ou no pasto.

Não tolerava atrasos. Levantava-se muito cedo e quando o capataz bimbalhasse o sino já os homens precisavam estar no terreiro para que o serviço fosse distribuído.

José Mota trabalhava na fazenda desde a adolescência. Filho de colonos, não se conformando com a miséria da casa paterna, aos doze anos resolvera tentar a sorte. Fora para o Lajeado e nunca pudera sair. Sempre ganhara muito pouco, e além do mais não pudera aprender a ler, o que o tornava bastante desconfiado.

Apesar de nunca ter podido melhorar de vida, não se habituara às condições humildes de seu trabalho. Odiava o coronel Gervásio. Invejava-o, mas temia-o. Para ele, era Deus no céu e o coronel, como o diabo, na Terra.

Revoltava-se com freqüência contra sua situação, mas por mais que se esforçasse não conseguia sair dela.

Conhecera Maria na própria fazenda. Desde a juventude iniciaram namoro. Ela, de início, sonhava ir morar na vila. Aos quinze anos, por pouco não fugiu com um mascate rumo a outras cidades. Mas a ambição de José a tentava. Seu inconformismo casava-se bem com sua ambição. Juntos, iriam para a cidade e seriam felizes. Ganhariam dinheiro. Usariam boas roupas e muitos enfeites, como a sinhá Dona Eugênia, esposa do coronel, moça letrada, de rosto pintado, que guiava automóvel e fumava como um homem.

Casaram-se. Ela aos dezesseis anos, ele aos dezoito.

A palhoça de pau-a-pique foi levantada um pouco antes com consentimento do coronel e auxílio de alguns companheiros — aos domingos depois do trabalho. A cama fora presente de Dona Eugênia. Estava velha, quebrada, mas José consertou.

Seu coração encheu-se de ódio diante da cama de pé quebrado. Não era homem que se conformasse com as migalhas dos outros.

Disfarçando seus sentimentos, procurou arranjar-se da melhor maneira. O colchão foi feito por Maria, que durante dois meses secou e selecionou palha de milho para esse fim. O forro era desbotado e remendado.

A festa consistiu apenas de café com bolo de fubá que os pais de Maria ofereceram aos amigos, e duas garrafas de pinga que José ganhara do patrão.

Começou para eles uma vida dura. Mas ambos trabalhavam na roça e assim, à custa de algumas privações e muita luta, conseguiram comprar alguns utensílios, alguma roupa.

O tempo foi passando. Os filhos começaram a chegar. A primeira nasceu forte e bonita. Deram-lhe o nome de Nina. Seu nascimento provocou alguns distúrbios na saúde de Maria, prejudicada pela absoluta falta de cuidados médicos. Por isso, só depois de seis anos pôde ter outros filhos. Aí, não pararam mais, vieram um após outro. A cada filho, José dizia à mulher:

— Maria! Por causa dele não podemos ir para a cidade, por enquanto. O dinheiro não dá. Quando ele estiver crescidinho, nós vamos.

Mas não podiam ir. Se não tinham ido quando eram só os dois, como poderiam fazê-lo agora com tantos filhos?

Apesar disso, José era pai extremoso. Sua revolta aumentava a cada filho, por não poder dar-lhes o que gostaria, o que sempre quisera ter e lhe fora negado.

Aos poucos começou a nascer-lhe no peito um ódio intenso da pessoa do coronel Gervásio. Cada vez que ele dava uma ordem incisiva, enérgica, que não admitia resposta, José vibrava de rancor.

Invejava a casa solarenga da fazenda com suas cortinas vermelhas e suas cadeiras estofadas. O arreios luzidios do filho do patrão, suas botas brilhantes de couro e seu riso ruidoso de criança de trato e feliz.

Obedecia de olhos baixos para que o coronel não lhe visse o brilho de revolta. Assim era seu dia de trabalho.

À tardinha, de volta à casa pobre, irritava-se com os calos das mãos grossas, que ardiam tanto quanto seu pensamento.

Calado, desanimado, sentava-se à mesa tosca para a refeição que lhe parecia sem gosto. Feijão, mandioca, fubá ou farinha. Às vezes arroz, com alguma hortaliça colhida no quintal.

Ficava imaginando sentar-se à mesa limpa e bem-posta de Dona Eugênia, com copos limpos, comida cheirosa e variada.

Maria, com suas lamentações, causava-lhe mais revolta. Para ela, que imaginara vida melhor na cidade, a trágica realidade a tornara infeliz.

O marido, a cada dia, tornava-se mais taciturno. Por mais que se esforçasse para multiplicar seus recursos a fim de atender bem aos seus, jamais eram reconhecidos seus intensivos esforços.

A princípio, procurava ser otimista, estimular o marido. Aos poucos as dificuldades foram matando suas ilusões e enchendo seu coração de infinita amargura.

Depois de alguns anos de casamento, nem se assemelhava mais à jovem bonita que sempre foi.

Nina cresceu nesse ambiente. Entre as queixas da mãe e a revolta do pai. Entretanto, em seu rostinho magro e moreno havia sempre um sorriso. Seus olhos brilhantes e negros pareciam duas estrelas a irradiar alegria e amor.

Desde a mais tenra idade demonstrara grande compreensão e ternura para com tudo e todos. Procurava com seu corpinho franzino ajudar a mãe no que podia. Levantava-se cedo e aos sete anos já se encarregava de acender o fogo, buscar água e tratar das poucas aves que possuíam. Nunca se queixava. Se lhe davam um trapo velho, sorria feliz com gratidão.

Aturava as queixas da mãe e sempre procurava ministrar-lhe palavras de compreensão e otimismo. Quando o pai chegava do trabalho, com a carranca habitual estampada na face e palavras ríspidas nos lábios, ela o enlaçava com os bracinhos magros e beijava-lhe a face queimada de sol e de luta. Embora ele não fosse pródigo em afagos, ia aos poucos serenando e as noites podiam ser um pouco menos amargas. Mas eles não davam por isso. Tanta suavidade e bondade havia em Nina que eles, embrutecidos pelas paixões, não podiam compreender. À medida que nasciam seus irmãozinhos, dedicava-se a eles com desvelos maternais. Nina tinha doze anos mas já substituía a mãe, que ia à roça cedo, cuidando dos irmãos, cozinhando. Quando a mãe regressava, ia lavar roupa no riacho. Seu corpinho enfraquecido, curvado sob o peso da trouxa molhada ou da lata, não descansava. Voltava para casa com o vestidinho encharcado e as mãos escalpadas pelo sabão, que era feito em casa e de má qualidade.

Mas as coisas para o coronel não estavam muito boas: a baixa do gado, a doença dizimando os animais. Apertou ainda mais os colonos, fazendo com que pagassem mais pelos gêneros que consumiam, a tal ponto que estavam sempre lhe devendo.

Eram escravos que trabalhavam subalimentados e revoltados.

Um dia Nina, quando procurava lenha perto da casa, ouviu vozes. Sua mãe ria alto, demonstrando alegria. Como isso era raro, Nina sorriu também e aproximou-se, mas deteve-se um pouco assustada.

Uma voz estranha dizia com suavidade:

— Escuta o que eu falo. Nunca esqueci você, Maria! Isso não é vida! Viver com esse homem que não reconhece seu valor! Vamos embora. Juntos seremos felizes! Olha, eu tenho uma casa na cidade.

Fez uma pausa e, notando o olhar brilhante de Maria, continuou, envolvente:

— Não é muito rica, mas é de tijolo. Tem soalho de tábua e varanda na entrada. Tem poço com bomba, não precisa ir no rio buscar água. E depois, tem a mim, que há muito penso em você, que não posso viver sem você. Desde aqueles tempos.

— Não posso, Manuel. Se fosse só o Zé... Mas não deixo meus filhos. Não posso.

Manuel não se deu por achado:

— Olha, Maria! Veja isso!

Tirou da mala que pousava no chão um vestido ramado, em cores alegres, e um par de brincos de pérolas que cintilaram ao reflexo do sol.

Maria não se conteve. Tocou o tecido macio com suas mãos grossas e ficou envergonhada porque estavam um pouco encardidas do trabalho na terra.

— É seu, Maria. Pode ficar.

Ela sorriu encantada:

— Meu?!

Apanhou o vestido com entusiasmo e colocou-o frente ao seu corpo magro.

— É só encurtar um pouco que fica bom.

Num arroubo amoroso, Manuel tentou abraçá-la. Ela resistiu:

— Não. Não faça isso.

A voz dele era suplicante:

— Maria! Você nasceu para usar seda e não chita. Você ainda é linda, e comigo será feliz! Toda sua beleza vai reviver com o trato que terá.

Nina assistia pálida, o coraçãozinho amoroso batendo descompassado. Não podendo suportar mais a cena, simulou que chegava correndo e aproximou-se:

— Mamãe! A senhora está aqui. Que bom que a senhora está aqui!

Maria, assustada, devolveu ao mascate o vestido e encabulada respondeu:

— Já ia para casa, Nina.— E voltando-se para o Manuel com um tom indiferente:

— Vá, Manuel. Não quero comprar nada. Não tenho dinheiro agora.

Ele, sorridente, tentou colocar-lhe o vestido nas mãos:

— Não faz mal. Seu marido é homem de bem. Paga depois.

Ela ficou séria.

— Não, Manuel. Não posso mesmo. Se pudesse, comprava roupa pros filhos. Para mim não. Não preciso. Vamos, Nina. Passe bem, seu Manuel!

Abraçada à filha, Maria afastou-se entre o sorriso maneiroso de Manuel e o receio disfarçado que machucava o coração de Nina.

Nos dias que se seguiram, Maria foi se modificando pouco a pouco. Descuidava-se das obrigações. Verberava seu esposo de queixas mais violentas.

Acusava-o de miserável, exigia novo padrão de vida.

Irritado, José quase agredia a mulher recalcitrante. E Nina sentia crescer dentro de si o receio. Surpreendia a mãe em atitude sonhadora, alheia a tudo que a cercava. Vira-a atirar ao chão em crise histérica os vestidos humildes que possuía.

Correra para ela, abraçando-a com carinho, dizendo-lhe com voz emocionada:

— Mãe! A senhora é a mais linda, a melhor e mais bondosa mãe do mundo. Tenho sorte de ser sua filha!

Maria olhou surpreendida para o rostinho moreno da filha. Tanta adoração leu em seu olhar que enterneceu-se:

— Filha querida! — respondeu, abraçando-a, tomada de súbita ternura. — Como você é boa! Tenho pena por vê-la nessa luta e nessa miséria! Que vida, meu Deus! Que vida!

Nina beijou-lhe as faces contente.

— Mas eu sou feliz. Muito feliz! Nada mais quero senão viver aqui, como estamos. Eu, a senhora, o pai e os irmãozinhos. Nada mais quero. Os vestidos novos ficam velhos e feios com o tempo. As comidas gostosas logo se transformam e acabam. O que vale, mãe, é nossa vida, nosso amor, nossa casa.

Maria compreendeu. Beijou o rostinho magro da menina e procurou modificar-se dali para a frente.

Assim era Nina. Tão pura, tão amorosa, tão simples, que tinha o dom de transformar o clima instável e difícil onde vivia.

Mas a vida era dura. No esforço desempenhado, no afã de aliviar os seus, Nina foi aos poucos enfraquecendo. Alimentava-se mal. Depauperava-se.

Os pais preocupavam-se com sua aparência, mas não dispunham de recursos para tratamento.

Dona Eugênia advertia Maria da fraqueza de Nina. Acautelava-se impedindo que seu filho se aproximasse da menina, receosa de contágio. Nem por isso importou-se em ministrar-lhe tratamento adequado.

Dessa forma, seu estado foi se agravando, até que ficou presa ao leito pela fraqueza extrema, pela febrezinha incomodativa, pelos acessos de tosse e de suor.

Roque era o irmão mais velho de Nina. Tinha apenas sete anos, mas, orientado por ela, cuidava dos três menores enquanto os pais saíam para o trabalho.

Entardecia. Nina mandou Roque abrir a janela do seu pequeno quarto, construído às pressas para separá-la dos demais.

Dona Eugênia ajudara a sua construção. Nina sentia que o ar se lhe faltava. Roque abriu-a e ela pôde ver uma nesga de céu que já se alaranjava na despedida do sol. Sentiu-se elevada na sua contemplação.

Apesar da calma da noite que se avizinhava, sentia o coração oprimido por um sentimento de tristeza e dor. Não temia a morte. Intimamente a esperava como uma libertação. Parecia-lhe mesmo já ter morrido muitas vezes, em corpos diferentes.

Mas e os seus? Quem os olharia na Terra? Quem poderia ajudá-los nos momentos difíceis?

Dormiu. Sonhou com um campo florido, perfumado, uma liberdade de movimentos, uma leveza indescritível. Pássaros cantavam alegremente e o céu refletia um azul puríssimo de imensa claridade. Crianças alegres brincavam em suas alamedas e Nina sentia-se forte, sem dor e sem sofrimento. Mas eis que de súbito, olhando o céu com enlevo, viu desenhar-se nele uma cruz luminosa enquanto uma voz muito doce de mulher sussurrava-lhe aos ouvidos:

— Nina. Tua tarefa está finda. Hoje mesmo te libertarás. Que Deus te abençoe.

A menina sentiu um choque. Pensou nos seus entes queridos e sentiu despertar dentro de si uma mágoa que se foi transformando em desespero e dor.

Sentiu-se novamente doente e gritou com todas as forças:

— Não! Não me levem ainda! Não! Quero ficar com eles!

No mesmo instante, tudo desapareceu do seu olhar dorido e ela acordou aflita, com uma dor muito forte comprimindo-lhe o peito. Mal podia respirar. Sentiu que a crise se aproximava. Levantou-se cambaleando, foi até a janela. A aragem fresca da madrugada bafejou-lhe a fronte ardente.

Apoiando-se no peitoril, olhou as estrelas do céu em súplica muda. Uma dor aguda no estômago e nas costas tirou-lhe a capacidade de respirar. Sentiu que seu olhar se turvava enquanto a primeira golfada de sangue lhe empapava a camisa.

Num segundo seu espírito recordou-se de todos os momentos que já vivera, em retrospecto minucioso e eloquente.

Soltou um grito e seu corpo caiu dobrado sobre si mesmo no chão duro e frio do quarto.

II
*Rememorando o passado
na Colônia Espiritual*

Em agradável sala de estar, recostada em uma poltrona, Nina repousava brandamente. O ambiente era calmo e acolhedor. Flores graciosas e coloridas enfeitavam o vaso sobre o consolo e a luz do entardecer espraiava-se através das frestas das janelas, em suaves matizes.

Seu rosto moreno e jovem era o mesmo, contudo encontrava-se agora mais amadurecido e nimbado de cores saudáveis.

Nesse momento adentrou a pequena sala jovem senhora, trazendo às mãos algumas telas em que apareciam belíssimas paisagens retratadas. Aproximou-se, e com carinho pousou a mão no ombro de Nina.

— Nina! Está na hora, vim buscá-la.

Nina abriu os olhos, que refletiam grande vivacidade, e tornou:

— Cora querida! Já?

— Sim — respondeu a outra. — Podemos ir.

Nina preparou-se com rapidez e declarou-se pronta para sair. Fazia quase um ano que Nina chegara em Campo da Paz. Apesar do bem-estar que sentia, Nina não se conformara em deixar a família terrena e desejava a todo custo regressar à Terra.

Solicitara nova reencarnação no seio da mesma família, mas até o momento fora aconselhada pelos mentores da sua colônia espiritual a que procurasse trabalhar em benefício das almas sofredoras enquanto estudavam o caso.

Nina vivia em casa de Cora, com quem se identificava espiritualmente, e embora não se recordasse dos detalhes, sentia-a ligada ao seu passado, como benfeitora e amiga querida.

Sob seus cuidados, sentira renascer sua saúde, que sempre se combalia quando se desesperava de saudades dos seus entes queridos que ficaram na Terra.

Com paciência e carinho, aplicava-lhe passes amorosos e ao mesmo tempo conversava com ela, confortando-a e procurando elevar-lhe a mente, com fé e amor.

Com esses cuidados, Nina foi melhorando e suas crises de saudade se espaçando. Por isso Cora pôde levá-la consigo no atendimento às irmãs doentes recém-chegadas da Terra, recolhidas ao hospital, bem como no entretenimento às crianças que freqüentavam a Escola Evangélica onde Cora militava como assistente e orientadora.

As duas saíram. Era agradável caminhar pelas ruas onde árvores acolhedoras sombreavam as calçadas e onde os chalés coloridos e alegres adoçavam o olhar. Nina, sempre tão sensível às belezas naturais, ia preocupada e ansiosa.

Fora convocada para uma reunião em que, juntamente com seu orientador, Cordélio, iria rever seu caso e possivelmente vê-lo resolvido.

Caminhando rapidamente, as duas chegaram logo à praça onde se situava o Departamento de Orientação e Auxílio de Reencarnação e de Escolha das Provas. Conduzida à presença de Cordélio, Nina sentiu-se comovida. A figura bondosa e enérgica do seu orientador inspirava-lhe respeito e simpatia.

Seu olhar percuciente a envolvia com franqueza e interesse. Suas palavras sempre sábias tinham o poder de fazê-la sentir-se amparada e tranqüila.

Ao vê-la, Cordélio levantou-se e abraçou-a com carinho.

— Seja bem-vinda, Nina. Já a esperava. Queira sentar-se.

Nina obedeceu e nada disse. Sentiu que ele adivinhava sua ansiedade.

— Minha filha. Estudamos seu caso. Você deseja voltar à Terra. Quer reencarnar. Entretanto, Nina, parece-nos ainda muito cedo. Conquanto seus motivos sejam justos e nobres, não acreditamos útil seu sacrifício.

Vendo a decepção desenhar-se no semblante delicado da jovem, continuou:

— Você, pelas obras e merecimento que tem, pode conseguir o que pretende. Todavia, você veio recentemente da Terra. Por trazer seus pensamentos voltados aos entes que lá estão, ainda não conseguiu despertar para o seu passado e ver suas vidas pregressas. Julgamos injusto que sem esse conhecimento você retorne às lides do mundo. Por isso a convidamos hoje: para rememorizar o passado. Começaremos. Se sentir-se cansada, prosseguiremos em outras sessões. Só depois você estará em condições de discernir e resolver sobre o caso em estudo.

Uma onda de alegria envolveu o coração de Nina. Conhecer o passado! Iria finalmente desvendar o fio das existências passadas para conhecer a origem dos laços de amor e carinho, de responsabilidade e amizade que a uniam aos entes queridos.

Deixou-se conduzir docilmente, procurando serenar o espírito para não perder um só detalhe do que lhe seria mostrado.

Adentraram pequena sala onde uma tela pendia em uma parede e algumas poltronas graciosas se alinhavam à sua frente. Atrás, um aparelho complicado e de difícil descrição começou a funcionar assim que os três se acomodaram e as luzes se apagaram.

Imediatamente, a tela à frente parecia ganhar vida iluminando-se, e as primeiras imagens, ganhando forma e colorido, começaram a desenhar-se nela.

A sala era preciosamente adornada. As paredes cobertas de tapetes ricamente coloridos. Os móveis laboriosamente esculpidos no mais puro estilo Luís XV, todos pintados a ouro. Os bibelôs em porcelana delicadamente colorida casavam-se bem com os belíssimos candelabros de prata que ornavam a magnífica peça.

Livros, um piano de cauda e, num dos cantos da sala, uma jovem de rara beleza trabalhava sem muito interesse em delicado tapete que tecia entediada.

Vendo-lhe o rosto alvo, emoldurado por castanhos e sedosos cabelos presos em caprichosos cachos por uma fita e os belíssimos olhos negros de veludosos reflexos, Nina soltou um pequeno grito:

— Sou eu! Essa sou eu! Lembro-me agora.

Controlou-se em seguida, olhos presos na tela rememorativa, procurando não perder nenhum detalhe da cena que se desenrolava.

A menina-moça, quinze anos presumíveis, alheia a tudo, permanecia tecendo na morna intimidade da sala. Súbito, a porta abriu-se e uma mulher de uns cinqüenta anos, traje severo, fisionomia grave, entrou ereta e empertigada, passos estudados. Um pincenê, que a cada passo ela tirava e recolocava, tornava sua figura mais rígida. Seus cabelos, presos no alto da cabeça com tanto cuidado que nenhum fio saía do lugar, tornavam-na mais distante e impessoal.

Era a governanta da casa do conde de Gencelier, senhor feudal do belíssimo condado de Ancour, com muitas glebas de terra fértil e generosa. Eficiente e rígida, vivia há vinte anos no castelo de Ancour, onde era respeitada e temida.

A jovem filha do conde de Gencelier a detestava. Ninguém, aliás, tinha nada contra madame Henriette, zelosa e cumpridora dos seus deveres, dedicada e honesta. Mas Geneviève tinha o hábito de esmiuçar tudo que podia, de conhecer as pessoas com as quais convivia. Não que fosse maledicente, mas extremamente impulsiva, quando gostava de alguém fazia-o de corpo e alma, mas antes procurava instintivamente penetrar fundo no íntimo da criatura, conhecer-lhe os recônditos da alma para depois entregar sua estima de maneira completa e segura.

Com madame Henriette jamais conseguira contato pessoal. Nascera sob seus cuidados e vigilância, mas jamais pudera surpreender-lhe um momento de fraqueza, de sensibilidade, de manifestação de sentimento, de raiva ou mesmo de amor.

Segura, equilibrada, impessoal, irritava Geneviève, tão emotiva, tão alegre, tão cheia de vida. Implicava solenemente com ela, mas, apesar de ser a filha mais nova e predileta do conde, não conseguira que ele a substituísse no governo da casa. Apesar da pouca idade, ela compreendia que era a ela que todos deviam a invejável ordem e higiene que reinava no enorme castelo, porquanto sua adorável mãe, condessa Margueritte, não se interessava pelas tarefas domésticas, levando vida intensa na corte, brilhando ao fulgor rutilante de suas jóias e de sua beleza.

Aproximando-se da menina, madame falou:

— Senhorita Geneviève, sua hora de bordado acabou. Pode descansar por meia hora. A professora de dança hoje virá às quatro.

Com um suspiro de alívio, a menina empurrou o bastidor e levantou-se:

— Arre! Não gosto deste trabalho. Acho que não vou acabá-lo. — E olhando desafiadora para a governanta continuou: — Não gosto e não o farei. Ou então vou fazer tudo errado.

Sem se importar, madame retrucou com voz serena e firme:

— Irá concluí-lo, certamente. Desmanchará todos os pedaços que fizer errado e os tecerá novamente. Temos tempo. O que lhe afianço é que ele será concluído.

Uma onda de revolta envolveu a menina frente à sua própria impotência.

— Se eu não quiser, não faço! Rasgo-o em pedaços.

Sem se dar por vencida, madame concluiu serena:

— Começaremos outro com o mesmo desenho. Pode ter certeza de que o faremos.

— Sabe de uma coisa? Madame não é humana, não é gente, é uma fera!

Numa crise de raiva, Geneviève bateu os delicados pezinhos no chão, enquanto seu rostinho se coloria de intenso rubor.

Ignorando a cena, madame, impassível, tornou:

— Com sua licença. Esteja preparada para a aula das quatro!

Quando ela saiu, a menina atirou-se em uma poltrona procurando controlar-se. Sentia-se triste. Em completa solidão. Tinha vontade de ver a mãe, admirar-lhe a beleza, sentir-lhe as mãos pousadas em seus cabelos num gesto carinhoso no qual ela a envolvia quando a visitava. Porém, a condessa não admitia que fosse procurá-la sem ser chamada. Quando queria vê-la, mandava buscá-la. Quase sempre tomava as primeiras refeições em sua saleta particular e quando sentia vontade de ver a filha mandava buscá-la para a merenda da tarde, o que era sempre uma festa para Geneviève.

No mais, pouco se viam, porquanto à noite, quase sempre, havia recepções e festas, às quais diligenciava não faltar. Gastava longo tempo em preparar-se, e entre o repouso, a modista, o joalheiro, o cabeleireiro, os tratamentos de beleza, repartia ela as poucas horas do seu curto dia, já que às noites brilhava nos salões aristocráticos.

A menina sentia-se muito só. O conde, ocupado em cuidar da administração e da aplicação das suas rendas, ausentava-se com freqüência. Seus dois irmãos mais velhos passavam mais tempo em Versalhes do que em Ancour.

Certa vez sua mãe lhe dissera:

— És linda. Dentro em breve brilharás na corte.

Geneviève sentira um calor de alegria e orgulho aquecer-lhe o coração, e sonhava! Sonhava com as festas, as pedrarias, o brilho e o farfalhar dos salões. Entretanto, sempre que imaginava brilhar na corte, via sempre o rosto satisfeito de sua mãe, admirando-a, elogiando-a, orgulhando-se dela. Levada por esses pensamentos, esqueceu-se de madame

Henriette como por encanto. Reclinou-se no divã de veludo e usufruiu seu momento de liberdade dando livre curso às suas divagações de moça.

Assustou-se, pouco depois, ouvindo novamente a voz da governanta, mas não teve tempo para irritar-se novamente com ela.

— A professora de dança não virá hoje. Está defluxada. Pede mil perdões à senhorita. Agora, vá preparar-se porque a senhora condessa convida-a para o chá.

Geneviève levantou-se de um salto e começou a dançar de alegria, dando vivas ao defluxo da professora. Fingiu não ver nem ouvir as admoestações de madame Henriette e a passos rápidos, quase a correr, enveredou pelas salas e corredores até alcançar seu quarto.

A camareira já a esperava, e apesar da impaciência da menina, só a deixou sair quando a viu bem vestida, penteada e perfumada. Como a sabia jovial e descuidada, precedeu-a até os aposentos da senhora condessa.

À porta, Geneviève parou. Sabia que sua mãe se irritava com a quebra da etiqueta. Por isso conteve-se e bateu delicadamente.

Entrou. Sempre representava uma festa para ela penetrar esse reino desconhecido.

Com elegância entrou e dirigiu-se ao pequeno salão onde a condessa tomava suas refeições.

— Está resolvido, fico com os dois. O de brilhantes e o de rubis.

Com um gesto delicado mas decisivo, despediu-se do joalheiro, que agradecendo e fazendo mesuras deixou o salão.

Geneviève estava parada, maravilhada. Sua mãe, elegante, com a cabeleira castanha e anelada envolvendo-lhe as espáduas com delicadeza, estava mais linda do que nunca. Vestia delicado *négligé* verde-claro e em suas mãos refulgiam alguns anéis. Apesar de estar à vontade e em repouso, jamais tirava dos dedos o anel que o conde lhe oferecera no dia do casamento. Tratava-se de delicada jóia de pedras preciosas onde estavam reproduzidos os brasões da casa de Ancour. Despojando-se dele, ainda que na intimidade, a jovem senhora condessa Margueritte Bertran Gencelier sentia-se como que alijada da sua posição social.

Encontrava-se estendida em delicado canapé de seda pura, cuja cor esmeraldina casava-se muito bem não só com seu traje como com a cor nacarada de sua tez muito bem empoada.

Sobre um consolo, duas caixas abertas contendo dois maravilhosos jogos de colar, brincos, pulseira e anel que rutilavam, apesar da penumbra da sala. A condessa ficava sempre na penumbra, para poupar os olhos cansados pelas vigílias constantes.

Vendo a menina parada na entrada da sala, seu rosto iluminou-se em radiosa alegria.

— Minha pequena! Meu raio de sol!

Com olhos brilhantes, Geneviève atirou-se nos braços abertos de sua mãe.

Realmente, para a condessa, afastada da luz agradável do sol, a menina, com sua radiosa alegria e contagiante vivacidade, conseguia transmitir-lhe o calor de um raio de sol.

Afastou-a de si e com olhar aprovador tornou:

— Estás muito bonita. Orgulho-me de ti. Agora, fala-me do que tens feito durante esses dias em que não nos vimos.

— Faz oito dias, senhora minha mãe! Parece um longo tempo, porque minha vida é muito monótona.

Sem se importar, a condessa sorriu e completou:

— Madame Henriette? Continua sempre a mesma? Mas deves obedecer-lhe. Prepara tua educação. Ninguém pode brilhar e ser rainha dos salões se não tiver esmerada educação. Sinto que precises suportá-la. Mas não há outra maneira de conseguir nosso objetivo de te preparar para um brilhante casamento.

Geneviève corou violentamente. Não ousava falar a ninguém que em seus sonhos de moça havia já um desejo ardente de amor e compreensão.

— Mas não te preocupes. É ainda muito cedo. Agora, preciso dizer-te o motivo da tua vinda hoje aqui. No mês que vem completarás quinze anos e nossos portões se abrirão para dar passagem aos convidados, e pela primeira vez o faremos à noite no salão principal. Serás apresentada à corte dentro de três semanas e depois já poderemos oficialmente convidar nossos pares para a festa.

O coração da menina bateu com mais força. Finalmente seu sonho iria realizar-se! Finalmente!

Cuidaram dos preparativos e dos detalhes, e quando Geneviève saiu parecia-lhe não pisar no chão tal o enlevo em que se via envolvida.

Ao mesmo tempo preocupava-a o receio de não saber brilhar como a mãe e não fazer jus ao lugar que pela beleza, graça, finura, ela pudera conquistar.

Retirou-se para seus aposentos e emocionada não pôde conter-se, desatando a chorar.

O rosto de Nina estava banhado em lágrimas emotivas quando a cena apagou-se da tela luminosa. Identificava-se e, coisa estranha, revivia as emoções não somente nos refolhos da memória mas também como se as estivesse vivendo novamente, embora conservando consciência do presente, sentindo a experiência do hoje, analisando o ontem que já se findara.

Quando o espírito de Nina novamente serenou, como por encanto a tela começou a iluminar-se, e os presentes sensibilizados, com respeito e tranqüilidade, a fixaram de novo. A rememoração iria continuar.

III
Cenas de
terna felicidade

Os majestosos portões de ferro pintados de negro estavam abertos de par em par, e os dois porteiros de libré dourada, tendo à mão o bastão com as armas dos Ancour, apontavam a direção aos cocheiros das ricas carruagens, primorosamente ornamentadas, que adentravam o suntuoso parque, entrada principal para o castelo.

Os cascos dos animais chasqueavam as pedras da alameda principal e o tilintar dos metais completava o ruído característico e agradável.

Frente às escadarias de mármore branco postava-se um servo em posição imponente e no piso inicial dois criados recepcionavam os convidados que chegavam, curvando-se profundamente e colocando os dois degraus carpetados, auxiliando-os a descer.

A noite era linda e podia-se notar, apesar dos candelabros de muitas velas e dos archotes, o brilho das estrelas e a grata carícia da brisa primaveril.

A cada nome pronunciado pelo porta-voz, o conde e a condessa apressavam-se em recepcioná-los com elegância e fidalguia.

O salão estava febricitante e o baile já fora iniciado.

Como flor que desabrocha em pétalas e perfume, Geneviève rodopiava nos braços de jovem cavalheiro. Seus olhos refletiam excitação e encantamento. Tudo para ela era novo e inebriante. Apresentada em Versalhes uma semana antes, seu sucesso fora absoluto.

Sua mãe encarregava-se de prepará-la e vesti-la de acordo com o gosto mais exigente da vaidosa corte de então. Suas jóias foram encomendadas e desenhadas por famoso joalheiro, e seus gestos ensaiados exaustivamente. Mas fora compensador, pensava Geneviève, sentindo o orgulho de sua mãe e a aprovação de seu pai. Para ela era mais importante do que isso.

Agora, os quinze anos, o baile, as homenagens, os presentes, os primeiros galanteios. O apertar furtivo de uma mão eloqüente, um olhar intencionado e obsequioso. Tudo era emoção, despertamento, alegria. Todos queriam dançar com ela, seu *carnet* estava completamente tomado.

Levantou o olhar para seu par, a quem prometera três contradanças. Era um jovem elegante, rosto moreno pálido, olhos castanhos como seus cabelos sedosos e brilhantes, atados por delicada fita negra. O traje elegante de veludo verde-escuro assentava bem à sua figura alta e esguia. Os punhos de renda e a bata engomada davam-lhe à fisionomia um ar de menino. Porém seus olhos demonstravam energia e firmeza.

A certa altura, passando por uma das portas, ele tomando a mãozinha delicada pediu:

— Vem comigo. Vamos ver o jardim.

Geneviève sorriu. Estava cansada e um pouco de ar far-lhe-ia bem. Aceitando o braço que o cavalheiro lhe oferecia, enveredaram pelas alamedas floridas e perfumadas.

— Quando te vi de novo, jamais pensei que pudesses ser a mesma pessoa.

A jovem fez um gesto de menina mimada:

— Por quê, fiquei mais feia?

Ele sorriu com gosto:

— Mais feia? Impossível! Pior do que eras nunca poderias ser.

Ela retirou o braço magoada:

— Devo dizer que também não eras grande coisa. A última vez que te vi eras magro, deselegante, cheio de sardas e vestia horrível calça listrada.

Ele riu mais ainda, e tomando a mãozinha da menina tornou em tom conciliador:

— Está bem. Rendo-me à evidência! Eu era horrível, mas o pior é que não mudei muito, ao passo que tu...

Fingindo ignorar o olhar de falsa inocência da maliciosa garota, continuou:

— Que bom seria se não precisássemos passar pela adolescência. Da candura dos primeiros anos ao desabrochar da juventude, onde o amor aparece para glorificar nossas vidas.

Caminhando, tinham se dirigido a um banco junto a uma sebe florida e perfumada. Sentaram-se. De repente, chegou-lhes um ruído de vozes. Um casal, provavelmente no banco do outro lado da sebe, entre risos e ditos irônicos, comentava sobre a festa.

Desgostoso, o jovem fez menção de afastar Geneviève, mas ela, no momento em que se levantava para sair dali, teve sua atenção despertada pelas palavras da mulher, que dizia:

— Justamente. Todos seus amantes estão aqui esta noite. Ela é uma devoradora de homens. O conde nem sabe. Se sabe, finge muito bem!

Risadas. A voz masculina respondeu:

— Pois eu tenho pena da filha. Tão jovem e bonita. O dia em que ela se casar, coitada, a mãe lhe roubará o marido!

— É verdade! E digo mais, pode ser até que ela lhe impinja um dos seus favoritos para tê-lo sempre à mão. Todos sabem que ela adora os homens jovens!

Um soco na cabeça de Geneviève não a teria deixado tão aturdida. Empalideceu e teria caído se Gérard não a tivesse amparado.

Lívido, o jovem aristocrata tomou o leque da jovem e a abanava receoso. Quando a viu respirar melhor, de um salto transpôs a sebe na intenção de surpreender os maledicentes e dar-lhes uma lição. Não encontrou ninguém. Com o ruído feito por Geneviève tinham desaparecido dali.

Voltou ao lado da moça, que transtornada chorava baixinho. Comovido, enxugou-lhe os olhos lacrimosos e com infinito carinho tornou:

— Ninguém pode penetrar a hipocrisia dos salões e conservar a inocência. Pobre Geneviève. O que te fizeram?!

Tomada de súbita energia ela apertou-lhe a mão com delírio e entre lágrimas perguntou:

— É calúnia, não é? É uma infame calúnia. Quem serão esses que se acolhem em nosso teto como amigos e nos apunhalam pelas costas? Para que tanta maldade e ingratidão?

Gérard passou a mão com suavidade pelos cabelos da jovem. Seu tom era grave:

— Geneviève! Numa corte, onde a vaidade, a inveja, a intriga, o ciúme e a ânsia de poder acionam os dispositivos das reuniões e das relações, é natural que a beleza da senhora condessa, que brilha em toda parte, desperte sentimentos mais contraditórios. A calúnia é uma forma de destruir ou de empanar esse brilho, essa beleza, essa admiração. Contudo, minha pequena, aprendeste hoje que não se pode confiar em pessoas cuja ambição maior se resume em ser sempre o primeiro, o melhor, onde quer que vá. Na corte, minha pequena, salvo raríssimas exceções, são todos assim.

Geneviève olhou para ele com admiração. Nunca ninguém lhe falara com tanta seriedade e as palavras encontraram ressonância em seu coração.

Nos olhos de Gérard havia sinceridade e simpatia. A menina descansou as mãos frias nas dele e pareceu-lhe que da sua figura emanava uma força, um bem-estar, que pouco a pouco foi lhe balsamizando o coração. Sem pensar no inconveniente do que ia dizer, Geneviève tornou:

— És meu único amigo. Prometes que não me deixarás à mercê dessas almas mesquinhas?

As palavras da jovem o tocaram fundo, porquanto largou as mãos que segurava com ternura. Pelos seus olhos passou um brilho doloroso.

— Por certo Geneviève. Sempre que puder estarei a teu lado. Defendê-la-ei contra todos os dragões e pela espada se preciso for.

Disse isso em tom jocoso, querendo disfarçar um pouco suas emoções. E oferecendo-lhe o braço com galanteria, tomaram novamente o rumo dos salões.

A festa prosseguia, mas Geneviève não era a mesma. A maldade humana começava a arrancar-lhe o véu da ingenuidade e da confiança. No entanto, olhando a fisionomia orgulhosa de sua mãe no salão iluminado, a moça não pôde deixar de sorrir de todos os temores. Mas, no fundo, bem no fundo, havia um certo receio, inconfessável, um certo pressentimento, que lutava por combater.

Olhou para seu irmão Antoine com orgulho. Dançava com uma das mais lindas damas do salão. Curvava-se sobre ela nos delicados maneios da dança, com galanteria e elegância. Era o irmão mais moço, de fisionomia agradável e de traços delicados. Tez clara, olhos castanhos-claros, por vezes com reflexos cor de mel. Cabelos castanhos, bastos e caprichosamente penteados, mãos finas e de rara beleza. Era o predileto de Geneviève. Simon, o mais velho, embora a estimasse, tratando-a com atenção e carinho, não lhe participava das confidências e dos folguedos de criança. Sério, calado, era quase taciturno, voltado a estudos científicos, extravagantes, não atraía muito as graças da jovem irmã.

Simon, ao contrário do irmão mais moço, não participava das danças, preferindo isolar-se ao máximo, lendo seus livros favoritos ou mergulhando em seus pensamentos íntimos.

Geneviève não o viu no salão. A festa continuava animada e alegre. Todavia, Nina, vendo-a na tela iluminada, rememorando as emoções sofridas, recordou-se que durante o resto do baile, embora desejasse esquecer a infâmia que ouvira, não o conseguiu, sendo esse seu pensamento predominante.

IV
O casamento feliz
e uma tentativa de homicídio

As cenas seguintes que se refletiram na iluminada tela de rememoração mostravam a corte de Gérard a Geneviève. O noivado e, por fim, o matrimônio. Dois anos depois viam nascer o primogênito que entre rendas e fitas foi batizado com o nome de Gérard.

Eram felizes. Amavam-se. Gérard revelara-se marido compreensivo e bom. A dedicada jovem transformara-se em linda mulher que se comprazia em tornar-se cada vez mais bela no desejo inconsciente de continuar a encantar os seus, principalmente seu jovem marido. Gérard Bertran Montpellier era filho único do marquês de Trussard, amigo íntimo do conde de Ancour. Sua união com Geneviève foi bem-vista pelas duas nobres famílias, pois viera solidificar ainda mais as relações de amizade já existentes entre eles.

Revendo as cenas de terna felicidade que lhe marcaram a vida naquela época, Nina sentia dentro de si momentos de indescritível emoção. Procurando dominar-se, continuou assistindo.

Era dia alegre e festivo. Geneviève com um vestido primaveril esperava emocionada a visita de sua mãe. Atarefada, vistoriava a disposição de tudo para que o olhar crítico e exigente da condessa não se desagradasse dos dotes da filha como anfitriã.

Tudo pronto. Ouviu uma carruagem adentrando a alameda principal. Era ela com certeza. Levantou-se e esperou para dar-lhe as boas-vindas. Entretanto, viu com surpresa sua camareira entrar irreverentemente na sala:

— Senhora, senhora!

— O que há, Marie? A senhora condessa...

— Não veio, senhora. Apenas o cocheiro pede para ser recebido com urgência.

Geneviève sentiu ligeiro susto.

— Que entre! — ordenou ansiosa.

Em seguida, o homenzinho enveredou pela sala adentro fazendo retinir as luzidias esporas das suas botas.

— Trago mensagem para a senhora marquesa.

— Da parte de quem?

— Da senhora condessa de Ancour.

Procurando dominar-se, Geneviève tornou:

— Muito bem. Podes entregar.

Com mãos que procurava tornar firmes, apanhou o envelope perfumado e rosado, tão seu conhecido, e mandou que o homem aguardasse. Foi à sala ao lado. Impacientemente abriu e leu:

"*Querida Geneviève. Assunto grave e muito importante impede-me de ir ver-te. Assim que puder mando-te notícias. Beijos de tua mãe, Margueritte*".

Não era elucidativo. Voltou à sala:

— Sabes se a senhora condessa está doente? — perguntou.

— Não creio, senhora. Sua graça ordenou-me que preparasse a carruagem, mas recebeu visita inesperada e mandou vos trazer essa mensagem.

A moça suspirou aliviada. Por momentos temera algo de terrível.

Foi quando teve a idéia:

— Espera um pouco! Já que a senhora condessa não veio ver-me, irei até lá para abraçá-la.

Passando a mão em uma capa leve, a jovem senhora saiu alegremente, pensando na surpresa que faria à sua querida mãe. Gérard só voltaria à casa pela noite. Teria tempo para ficar uma hora em sua antiga casa, que não era muito distante.

Durante o trajeto, ia alegre e feliz, com a mente voltada às lembranças caras da infância, diante da evocação familiar das paisagens que atravessava.

Quando estavam quase chegando, passou por eles uma carruagem a toda brida, o que fez o cocheiro utilizar-se de toda sua perícia a fim de impedir que os cavalos assustados disparassem.

Geneviève assustou-se e ordenou ao cocheiro que procurasse chegar o quanto antes.

Por felicidade encontraram os portões abertos e em poucos minutos a moça adentrava a casa materna. Dirigiu-se aos aposentos de sua mãe, sem se preocupar com os servos que a fitavam assustados.

Quando entrou no quarto da condessa, não pôde reprimir o grito doloroso. Estendida no chão, em uma poça de sangue, lá estava ela, pálida e imóvel.

Geneviève, aflita, atirou-se sobre o corpo exangue, e aos gritos bradava:

— Socorro! Chamem alguém! Socorro! Não a deixem morrer!

A cena brutal acordava em Nina dolorosa emoção. Lembrou-se de repente dos acontecimentos que se seguiram e com intraduzível sensação de alívio reconheceu que a condessa não estava morta.

Como Geneviève se recusasse a deixar a casa materna para prestar-lhe amorosa assistência, foram tomadas providências para que a moça pudesse passar uma temporada como hóspede do castelo, juntamente com seu filho e seu esposo.

O conde ficou muito chocado com o ocorrido e pretendeu apurar os fatos para poder punir o culpado. Todavia, os acontecimentos eram inusitados.

A condessa recebera uma mulher estranha e mostrara-se muito nervosa com essa visita. Mas o curioso é que o cocheiro reconhecera na carruagem que os defrontara na estrada um empregado do barão de Varenne. Era mais do que óbvio que naquela carruagem fugia a mão assassina.

Interrogada a camareira da condessa, nada puderam descobrir.

Sentada em uma cadeira ao lado do leito, Geneviève meditava. Naqueles oito dias sua mãe estivera entre a vida e a morte, mas agora começava a dar sinais de ligeira melhora.

Parecia-lhe estranho que alguém quisesse assassinar sua mãe. Uma mulher! Inveja? Ciúme? Roubo?

Não fora constatada falta de nenhuma das jóias da condessa. Afastada estava a última hipótese; as outras, porém, prevaleciam.

A moça levantou-se. Por diversas vezes dera busca nas gavetas à procura de uma pista, do bilhete que ela deveria ter recebido, que a fizera desistir da visita que lhe faria naquela tarde.

Perpassou o olhar pelos objetos do quarto. Onde estaria?

Abriu novamente as gavetas, examinou-as com cuidado. Nada. Foi à arca de roupas e pacientemente começou a examiná-las. Os bolsos dos *négligés* eram revistados com perseverança até que um envelope meio amassado lhe caiu nas mãos.

Ansiosa, Geneviève tirou o bilhete que continha e leu:

"*Sei de tudo. Preciso vos ver hoje às duas da tarde. Entrarei de qualquer jeito. Vamos acertar tudo de uma vez!*"

Não trazia nem direção, nem assinatura, mas era evidente que se tratava de uma ameaça. Que fazer?

Com mãos trêmulas, Geneviève guardou as roupas e com o bilhete na mão foi até a sala contígua em busca de Ana, a camareira. Fechou a porta com cuidado e interrogou:

— Ana, vais me dizer tudo agora!

A serva protestou:

— Não sei mais nada, senhora. Tudo quanto sabia já vos contei.

— Não acredito. Estavas com ela quando recebeu este bilhete. Estavas também com ela quando a visitante chegou.

A outra continuou protestando, mas não podia negar que estivera presente até a chegada da estranha mulher e que por ordem da própria condessa se retirara logo após.

Tomada de firme determinação, Geneviève advertiu a serva aflita:

— Não adianta querer encobrir. Ou contas o que sabes ou mostrarei ao senhor conde este bilhete e serás acusada como cúmplice daquela mulher. Além do mais, não acredito que diante de tantos mistérios não tenhas ficado escutando atrás da porta, como é de teu hábito.

A mulher tremia e seu rosto foi ficando alternativamente do pálido ao vermelho. Impiedosa, Geneviève continuou:

— Várias vezes te surpreendi espiando e ouvindo atrás das portas; não creio que não estivesses lá durante a visita daquela mulher.

— Por piedade, senhora, nada sei, juro, nada sei...

— Escolhe! Ou contas tudo e o caso fica entre nós ou vou levar ao conhecimento do senhor conde o que sei e ele acusar-te-á de cúmplice do crime.

— Não deveis fazer isso. Pelo amor de Deus! Sou fiel à minha ama até a morte. Sempre guardei segredo dos problemas da senhora condessa e não posso revelá-los sem trair sua confiança.

Irritada, Geneviève sacudiu a serva pelos ombros e tornou:
— Queres ajudá-la encobrindo uma assassina. Não sabes que ela, quando souber que seu crime não foi irremediável, tentará voltar? Não vês que a vida da senhora condessa corre perigo com essa assassina à solta sem que possamos saber quem é?
— Senhora... — tornou a serva com voz trêmula — acreditais que ela volte?
— Odeia minha mãe. Se não puder matá-la, mandará alguém, armará uma cilada. Não entendes que preciso conhecer onde está essa inimiga para poder defender minha mãe? Que preciso conhecer a extensão do perigo para evitá-lo?
A mulher tremia violentamente.
— Tendes razão. Perdão para mim, que não soube defender minha ama com a vida. Contar-vos-ei tudo quanto sei. Trata-se da baronesa de Varenne. Disfarçou-se muito bem, cobriu o rosto, mas quando ela entrou, espiei pela porta e vi quando se descobriu. Discutiam e a baronesa estava muito nervosa. A senhora condessa respondia com calma até que de repente ela sacou de um punhal e investiu contra minha ama. Corri, mas não tive tempo de impedi-la. Já de véu sobre o rosto, ela saía correndo e eu assustada corri por minha vez em busca de ajuda. Bem nessa hora a senhora marquesa chegou.
Geneviève estava assustada. A baronesa era uma mulher jovem, muito fina e equilibrada. Parecia-lhe impossível! Seu marido era muito amigo do conde de Ancour, apesar da diferença de idade entre eles.
— Por que discutiam? A razão?
— Não sei bem. Parece que a senhora baronesa sentia ciúmes da senhora condessa.
— Ciúmes?! — estranhou Geneviève. A baronesa era muito bonita e bem mais jovem do que a condessa. — Ciúmes? — repetiu. — Por quê?
— Do senhor barão.
Vivo rubor tingiu as faces da jovem senhora.
— Que horror! — pensou ela. — Minha mãe e o barão? Que absurdo!
— A baronesa deveria estar transtornada!
Vendo que nada mais poderia arrancar da serva, Geneviève voltou ao quarto materno e sentou-se novamente ao lado da cama.

A condessa dormia, vencida por extrema fraqueza. A moça tornou a ler o bilhete: "Sei de tudo". Tudo o quê? Felizmente sua mãe estava melhor e logo poderia esclarecer o assunto. Restava apenas aguardar.

A oportunidade apareceu dias depois, quando mais refeita a senhora condessa tomava sua refeição a que a filha dedicada fazia questão de assistir.

Com carinhosa solicitude, Geneviève esperou que a condessa terminasse. Sentou-se ao pé da cama, envolvendo-a num olhar de carinho, e tornou:

— Minha mãe, preciso falar-te.

Cerrando os olhos com um pouco de fraqueza, a condessa respondeu distraída:

— Pode dizer.

— Sentes-te melhor?

A bela senhora suspirou com certo alívio.

— Sim. Sinto-me melhor.

A moça emocionada tornou com carinho:

— Deu-nos um susto!

— É. Já passou. Felizmente a cicatriz não vai aparecer quando eu usar meus decotes preferidos. A infeliz não conseguiu atingir-me o coração como queria. Desviei-me a tempo.

A condessa falara como que para si mesma, sua voz registrava indisfarçável rancor. Geneviève aproveitou a deixa:

— Jamais pensei que a baronesa de Varenne chegasse a esse ponto. Intriga-me a causa do seu proceder. Terá enlouquecido?

Margueritte sobressaltou-se e por instantes seus olhos aflitos perscrutaram a fisionomia da filha com preocupação.

— Por que achas que foi ela? Que sabes?

Geneviève, receosa, redargüiu:

— Não te preocupes com isso. Não te vai fazer bem. Conversaremos outro dia.

— Não. Estou bem. Falemos agora. Que sabes?

— Nada. Ou quase nada. No dia em que vim ver-te e te encontrei ferida, vi saindo dos portões do castelo a carruagem da baronesa. Deduzi que era ela que se escondia lá dentro.

Margueritte pareceu serenar um pouco. Permaneceu silenciosa. Geneviève receava prosseguir perguntando. Ao cabo de alguns minutos a condessa abriu os olhos e fixando a filha com calma tornou:

— Geneviève! Preferia que ninguém soubesse. Principalmente o conde.

— Pode ficar tranqüila. Não contei a ninguém. Aguardava tua palavra esclarecedora.

A condessa sorriu visivelmente aliviada.

— Fizeste bem. O barão é muito amigo do conde, e eu não gostaria de envolvê-los nessa intriga. Deixemos tudo no esquecimento.

Geneviève protestou:

— Mas por quê? Essa mulher é perigosa. Vai continuar a freqüentar nossa casa depois do que fez? Não achas que ela precisa ser punida? Podia ter-te matado!

A condessa tomou a mão da filha e olhando-a bem nos olhos pediu:

— Filha, esquece o que houve, eu te peço. Tenho motivos para recear pela sanidade da baronesa. O próprio barão confidenciou-me que tenciona interná-la em uma casa de tratamento. Ultimamente tem se portado de maneira estranha. Ele receia que ela esteja a caminho da loucura. Falarei com ele para que a interne e então tudo estará em paz, sem que o escândalo possa abalar o nome das duas famílias. Prometa-me que ninguém saberá a verdade.

A moça estava mais calma. Na verdade sua mãe tinha razão. O melhor era guardar discrição e cuidar que a baronesa fosse internada onde não pudesse ferir mais ninguém.

— Está bem, mamãe. Nada direi.

A condessa acariciou a mão da moça:

— Orgulho-me de ti. És uma boa filha. Agora deixa-me descansar.

A jovem senhora assentiu e mais serena dirigiu-se aos seus aposentos. Na verdade, o caso estava esclarecido. Só a loucura poderia justificar a horrível agressão que ocorrera.

— Pobre mãe querida — pensou. — Como era bondosa e nobre perdoando sua agressora! — Sentia-se culpada por haver suspeitado, ainda que de longe, do procedimento de sua mãe.

Entretanto, assim que a filha saiu dos seus aposentos, Margueritte levantou-se e, ainda com sinais de fraqueza, começou a procurar na arca de roupas o bilhete que recebera no dia da agressão. Não o encontrou.

Muito preocupada, sentindo-se ainda fraca, deitou-se novamente, tocando a sineta.

A camareira atendeu solícita:

— Ana, dê-me papel e tinta! Preciso escrever.

A serva obedeceu com presteza, colocando um suporte para que a condessa pudesse apoiar o papel.

— Espera! Preciso dos teus serviços. Madame Henriette não pode saber, como sempre.

— Sim, senhora condessa.

Com a mão trêmula, a condessa escreveu no papel perfumado, mas sem as armas do condado de Ancour:

"Preciso ver-te. Se não vieres será tarde demais. M."

Apenas. Fechou o envelope também sem timbre e lacrou. Em seguida ordenou:

— Vai, Ana. Sabes onde encontrá-lo. Entrega esta carta. Se ele não estiver, basta colocá-la no lugar de sempre.

Vendo a serva sair apressada, depois de haver colocado num dos bolsos do vestido o bilhete, sem nome ou destinatário, a condessa demonstrou mais tranqüilidade. Fechou os olhos desejando dormir, mas em sua mente desenhava-se a figura moça e bonita da baronesa de Varenne. Ela não perdia por esperar. Negro sentimento de ódio anuviou o semblante ainda jovem da condessa — ela não viu que vultos sombrios, nesse instante, aliaram-se a ela, como que alimentando e reforçando seus planos de vingança!

Nina assistia à cena angustiada. Surpreendera novos detalhes na rememoração do passado que agora, auxiliada pelas imagens que revivia, começavam a ressurgir novamente em seu coração.

Mas era diferente ter vivido, assistido e tomado parte nos acontecimentos de então sem conhecer a verdade total que agora se refletia sem ilusões ou parcialidade na tela luminescente da sala de rememoração.

Mas as imagens iriam continuar. Com o coração temeroso, Nina esperou.

V
Mistério desvendado
e consciência homicida

O castelo do barão de Varenne não ficava distante das terras de Ancour, mas, embora fossem quase vizinhos, a propriedade do barão diferia bastante no gosto extremamente moderno dos seus jardins guarnecidos caprichosamente de graciosas folhagens como na arquitetura arrojada do seu castelo.

Dir-se-ia que o barão, homem viajado e culto, colhera na Grécia inspiração para construí-lo. Mármore e pedras artisticamente guarnecendo a parte baixa da magnífica propriedade, enquanto no andar superior a leveza da construção de alvenaria cercava-se de graciosos arcos de ferro artisticamente trabalhados. A escada na entrada conduzia diretamente ao pavilhão superior, porquanto a parte baixa, cuja porta era pelos fundos, destinava-se ao serviço de criadagem e armazenagem de mantimentos, adega, cozinha.

Pela originalidade, era o castelo bastante admirado pelos nobres da época. O luxo interno confirmava o gosto particular do barão, muito fino e personalíssimo.

A carruagem parou na entrada principal e uma mulher, correndo, penetrou no castelo. Trazia grosso véu sobre o rosto, que tirou com mão nervosa. Era uma mulher de rara beleza. Alta, bem-feita de corpo. Cabelos louros artisticamente penteados. Olhos verdes, que naquele instante pareciam refletir toda a tempestade emotiva que lhe bramia na alma.

Deslizando com rapidez pelos salões, dirigiu-se aos seus aposentos, correndo o ferrolho. Que fizera, santo Deus! Olhou estarrecida para suas mãos nervosas que estremeciam como que tocadas de excitação irreprimível. Viu então que seu vestido estava sujo de sangue. A condessa, ao tentar arrancar-lhe o punhal das mãos, atracara-se com ela, mas dominada por força duplicada a baronesa conseguira atingi-la com golpe certeiro.

O rosto de Lívia estava sem cor. Por mais que desejasse, a sensação que sentira de enterrar o punhal no peito formoso da condessa não a deixava, repetindo-se em sua mente a cena brutal em que por fim Margueritte tombara, fixando-a com ódio, tentando inutilmente com as mãos estancar o sangue que bordejava abundante.

Apavorada, quis livrar-se do vestido ensangüentado. O fino e perigoso punhal, atirara ao fundo de um poço na saída do castelo da condessa. Precisava limpar os últimos vestígios. Teria alguém a reconhecido? Algum criado teria suspeitado? Usara espesso véu e traje escuro. A carruagem, sem brasões, que o próprio barão usava quando pretendia sair incógnito.

Certamente ninguém a teria reconhecido! Com febril agitação trocou o traje e embrulhou-o cuidadosamente em um pano velho. Atou com um cordel e escondeu-o com cuidado. No dia seguinte, atirá-lo-ia no rio. Olhou-se no espelho. Estava muito pálida. Precisava evitar suspeitas, principalmente do seu perspicaz marido. Não tinha dúvida de que Margueritte estava morta. Mesmo com sua inexperiência, tinha como certo tê-la atingido no coração.

Qual seria a atitude de Gustavo, sabendo que sua amada não mais existia? Sentou-se em uma poltrona sem encontrar posição nem tranqüilidade. Os arrepios nervosos percorriam-lhe o corpo, e embora fizesse o possível para fugir a ela, lá estava de novo em sua mente a repetição automática e terrível da cena do crime.

Um princípio de arrependimento surgiu no coração da baronesa. Jamais se levantara para ferir quem quer que fosse. Jamais prejudicara alguém. Por que aquela mulher se colocara em seu caminho? Não lhe bastavam os apaixonados na corte? Por que ultrajara seu lar, roubando-lhe o amor do marido?

No início Lívia não percebera as atenções e os meneios de Margueritte para interessar Gustavo. Mas à medida que o tempo decorria, sentiu que o barão, sempre atencioso, distanciava-se do lar, desinteressava-se dela, relegando-a a plano secundário. Ultimamente, raramente a procurava nos seus aposentos, saindo constantemente e tratando-a como se não existisse.

Casara-se com ele por amor. A figura atraente do barão, sua personalidade envolvente e exótica, tinham despertado em Lívia ardente paixão, que para sua felicidade foi correspondida.

O casamento de ambos havia sido um dos maiores acontecimentos sociais da época, porquanto Lívia vinha de excelente linhagem e possuía grande tradição de família. Tudo decorrera com felicidade. Apenas havia a falta de um herdeiro que naqueles primeiros anos não viera, mas que para a alegria do casal há dois anos lhe enriquecia o lar.

Sentindo o desinteresse do marido, Lívia procurou a causa, e investigando descobriu a verdade. Gustavo mantinha encontros clandestinos com a condessa de Ancour.

Sentiu-se revoltada. Trocá-la por uma mulher mais velha e esposa de um dos seus melhores amigos. Tudo fizera para separá-los. O barão negava sempre que mantivesse com Margueritte outra relação que não a de amizade que unia as famílias. Mas a condessa tinha na corte a fama de mulher devassa, rodeada de admiradores, que conseguia prender com constância. Dera causa já a muitos duelos, mas com habilidade espetacular conseguia sempre salvaguardar as aparências.

Numa das festas em que se encontrara com a rival, Lívia pudera manter com ela reservada palestra onde lhe suplicara que deixasse o barão em paz.

Extremamente lisonjeada com a humildade da baronesa, manejou a ironia como arma, concitando-a a que reconquistasse o marido, afirmando nada poder fazer porquanto absolutamente não se interessava pelo barão, insinuando que talvez se ela conseguisse atraí-lo de novo, o barão voltasse ao lar como dantes.

Lívia detestou aquela vaidosa mulher. Usara humildade, franqueza, suplicara com o coração. Ela a humilhara, ferira, açoitara com palavras duras de vencedora, sem nenhum respeito pela sua dor.

Foi naquele momento que Lívia jurou vingar-se. Passou a seguir disfarçadamente o barão, principalmente nos misteriosos passeios que ele fazia certas tardes a cavalo.

Não teve dificuldades em saber aonde ia. No bosque do castelo de Ancour, pavilhão de caça. Tinha visto o barão entrar e, logo após, a condessa acompanhada da camareira, que ficava do lado de fora vigiando.

Com cautela, Lívia, pelos fundos, acercara-se da janela e por uma fresta pode ver o barão e a condessa abraçados. A emoção que sentiu foi tão violenta que Lívia precisou de alguns minutos para poder raciocinar outra vez. Não teve coragem de entrar. Retirou-se ruminando o que deveria fazer.

A fisionomia do marido, expressando amor, fitando aquela mulher, seus abraços, seus beijos, não lhe saíam da mente, como que estabelecendo uma corrente de fogo. Lívia nunca pensou que tivesse tal capacidade de odiar! Haveria de vingar-se! Seria uma obra útil livrar o mundo daquela mulher destruidora de lares, fútil e vaidosa.

Planejou tudo cuidadosamente. A arma sem brasão, o bilhete sem assinatura, a adesão do cocheiro pago a bom dinheiro. Mas agora que realizara sua vingança, não estava tranqüila.

Os olhos terríveis e rancorosos da condessa pareciam olhá-la, e por mais que tentasse não conseguia desvencilhar-se dela.

— Estou nervosa — pensou, procurando algum calmante no toucador. — Amanhã estarei mais calma. Fiz o que devia. Agora é tarde.

Ingeriu as gotas que generosamente servira em um cálice de água. A cabeça doía-lhe tenazmente. Resolveu deitar-se um pouco, deixando o aposento na penumbra.

Uma hora depois, cansada e insone, levantou-se de novo. Não podia fechar os olhos. Sempre que o fazia, acentuava-se-lhe na mente a falta cometida. Rememorava-a com tal nitidez que parecia-lhe a estar cometendo novamente.

Quando a camareira veio prepará-la para o jantar, Lívia fez tremendo esforço para dominar-se. Precisava descer ao salão. Gustavo não podia desconfiar de nada. Ansiosa, olhou-se no espelho e sentiu-se alarmada. Viu seu rosto pálido ostentando fundas olheiras como se estivesse levantando-se após grave enfermidade. Sentia as pernas trêmulas e as mãos imersas em suor frio. Febrilmente procurou encobrir seu estado.

— Estais doente, senhora baronesa. Quereis que avise o senhor barão?

Lívia segurou a camareira com violência:

— Nada disso. Estou bem. Apenas ligeira dor de cabeça. Anda, ajuda-me.

Quando Lívia entrou no salão, o barão já a esperava, lendo distraidamente belíssimo livro preciosamente encadernado. Saudou-a cortesmente. Seu olhar breve e indiferente não se demorou no rosto jovem e macerado da esposa. Essa indiferença, que tanto feria Lívia, naquela noite foi-lhe providencial, mas, mesmo assim, não pôde deixar de atingi-la.

— Pensa nela, certamente — pensou a baronesa. — Não sabe que está morta!

A esse pensamento sentiu as pernas fraquejarem.

— Assassina! Assassina! És uma assassina! — Um estremecimento percorreu-lhe o corpo e teria caído se não se sentasse imediatamente.

Felizmente o barão continuava entretido com o livro e não notou o mal-estar da esposa. Durante o jantar ela mal tocou nos alimentos, mas a mesa era muito grande e Gustavo na outra ponta não o notou.

Foi com dificuldades sem conta que Lívia conseguiu dissimular seu real estado de espírito, no salão, onde o barão, recostado em cômoda poltrona, tendo aos pés seu enorme cão pastor, retomou o livro e continuou a leitura.

Lívia dirigiu-se ao piano, mas sentiu-se sem ânimo para tocar. Se o fizesse a emoção transbordaria e nada a poderia deter. Preferiu retomar seu bordado e fingir que bordava. Quando o relógio deu dez badaladas, resolveu ir para seus aposentos. Retardou o mais que pôde, mas já era muito tarde. O barão irritava-se por ter que esperá-la acomodar-se para, por sua vez, sair do salão. Muito cavalheiro, jamais o fazia antes dela.

Entretanto, Lívia temia a solidão. Tinha ímpetos de chorar, contar-lhe tudo, dividindo com ele sua mágoa e seu temor. Mas o medo do seu desprezo a conteve. Certamente a odiaria se a soubesse uma assassina. Teve impulso de pedir-lhe que fosse ao seu quarto naquela noite. Precisava tanto de conforto! Mas não teve coragem. Despediu-se como de costume e dirigiu-se aos seus aposentos, depois de beijar o filhinho, que já dormia.

Pobre Lívia! Insone e apavorada, aflita e infeliz, começava já a enfrentar na consciência as conseqüências de seu crime. Como estava iludida pensando em libertar seu lar da influência daninha da rival! Inspirada pelo ciúme e pelo ódio, conseguira imantar-se com o crime ao sofrimento e à escravidão maior do erro cometido, do crime perpetrado, que certamente viria agravar ainda mais as dificuldades para a conquista da felicidade almejada.

Mas os tormentos de Lívia apenas tinham se iniciado. Recrudesceram nos dias subseqüentes, sem que pudessem atenuar-se.

A cada ruído, esperava a notícia da morte da condessa, a cada momento ansiava e temia, ao mesmo tempo, conhecer a extensão do seu crime.

Porém tudo continuava na mesma e nada conseguia descobrir do que realmente havia acontecido. Entretanto, à medida que os dias transcorriam nessa angústia constante, mais e mais sua saúde ia se arruinando. Mal se alimentava e os pesadelos povoavam suas noites maldormidas, a ponto de Gustavo interessar-se pela sua saúde.

Mas Lívia, temerosa de que o marido descobrisse seu crime, sentia-se pior em sua presença, que lhe provocava mais tormentos e mais sensação de culpa.

Estava recolhida ao leito, febril e agitada, quando o barão recebeu a carta de Margueritte, solicitando-lhe uma entrevista. Fazia muitos dias que não recebia nenhum recado da condessa, por isso regozijou-se com a oportunidade de vê-la. Não sabia por que se deixara envolver pelo fascínio daquela bela mulher. Quando estava a seu lado, sentia-se dominado por uma atração forte e constante que o consumia cada vez mais, sem se esgotar. Quando se afastava, vivia ansioso e insatisfeito, vivendo apenas do desejo de voltar a vê-la e ficar a seu lado. Tudo o mais era-lhe indiferente, consumido na chama constante e ardente daquela paixão avassaladora.

Preparou-se rapidamente e sem paciência para suportar o trote pausado da carruagem. Mandou selar o cavalo e partiu a galope. Ia ao castelo de Ancour. Margueritte estava doente. Era amigo da casa, podia visitá-la sem protocolo, mesmo que o conde não se encontrasse em casa.

Procurando ocultar a emoção, o barão deixou-se conduzir para a sala do castelo onde Geneviève o recebeu com cortesia e atenção.

— Perdoai, senhora marquesa, a ousadia de apresentar-me nestes trajes em hora tão imprópria. Soube que a senhora condessa está enferma e vim informar-me sobre sua saúde.

— Muita gentileza, senhor barão. Somos gratos. Minha mãe sofreu um atentado e só não morreu pela graça de Deus.

— Um atentado?! — o barão empalideceu.

— Sim. Minha mãe foi vítima de uma tentativa de morte.

Em poucas palavras Geneviève colocou Gustavo a par do acontecido, temerosa de que o barão descobrisse que sua esposa era a autora do crime. O barão estava revoltado.

— Quem poderia fazer semelhante coisa? Quem ousaria?
— Não sei. Meu pai investiga, mas ainda nada descobriu.
— A senhora condessa pode receber-me? Gostaria de prestar-lhe minhas homenagens.

Geneviève sentiu uma onda de repulsa. Fez tremendo esforço para dominar-se.
— Esperai. Verei se pode receber-vos.

A jovem senhora, embora confiasse na honradez de sua mãe, instintivamente sentia ciúmes do barão, tinha ímpetos de impedir que ele entrasse no quarto, como desejava ardentemente que ele partisse. Mas encontrou sua mãe bem-disposta, sorridente. Ao anunciar-lhe a presença do barão de Varenne, ela afetando um ar de encantadora ingenuidade sorriu ao dizer:
— Minha querida, ele pode entrar. Vou ver se consigo conversar com o barão para que trate da insanidade mental da esposa. Preciso da tua cooperação. Ele é muito afeiçoado à baronesa, vai receber um rude golpe. Infelizmente preciso desfechá-lo para evitar um mal maior. Deixa-nos a sós, por favor.

Olhando o rosto sorridente e sereno da mãe, Geneviève sentiu-se mais calma. Foi com gentileza que convidou o barão a entrar e acomodando-o em agradável poltrona, retirou-se.

Assim que a porta se fechou, o barão levantou-se num impulso, tomou a mão bem cuidada da condessa e levou-a aos lábios com acentuada emoção.
— Agradeço a Deus ter te poupado a vida, Margueritte! Nem quero pensar na dor de perder-te!

Lisonjeada, a condessa baixou o olhar com meiguice, aparentando certo embaraço.
— Por pouco a mão assassina não me destruiu.

Num arroubo de emoção o barão ajoelhou-se ao lado do divã elegante onde entre almofadas e rendas Margueritte convalescia, e cobriu de beijos suas mãos, seu rosto. Margueritte abandonava-se languidamente até que com voz trêmula recomendou:
— Por favor, barão, peço-lhe calma. Se minha filha o surpreender! Comprometa-me. Vamos conversar.

Gustavo procurou conter-se e tomou assento novamente na cadeira ao lado.

— Estou calmo. Revolta-me saber que alguém tentou roubar tua vida. Reivindico o direito de vingar-te!

Um brilho de satisfação fulgurou fugitivamente nos olhos de Margueritte. Procurou ocultá-lo cerrando-os languidamente:

— Comove-me tua dedicação. Contudo, temo dar-te um desgosto! Por nada deste mundo revelarei a verdade.

Gustavo sobressaltou-se.

— Tu sabes? Sabes quem ousou...

A condessa meneou a cabeça negativamente:

— Não... não... Foi só um instante de fraqueza. Não devo falar.

O barão levantou-se:

— Não confias em mim? Conta-me tudo, saberei ajudar-te. Tremo só em pensar que esse braço assassino pode tentar de novo! Não vês a que perigos te expões?

A condessa levou as mãos aos olhos deixando escapar um soluço angustiado.

— Eu te amo Gustavo. Quero poupar-te!

O barão tornou-se pálido. Parado frente à condessa, com voz em que a suspeita mesclava-se à ira, exigiu:

— Quero a verdade. Sou homem de honra e de caráter. Justiça será feita doa a quem doer.

Olhando-o de frente com voz firme, Margueritte declarou:

— Contar-te-ei tudo. Esse segredo sufoca-me. Foi a baronesa Lívia que me quis matar.

O semblante do barão fez-se pálido e cerrou os olhos vencido pela violenta emoção. Lívia ousara! Chegara a tanto! Assassina! Assassina! Como pudera?

Ao cabo de alguns instantes, Gustavo deixou-se cair na poltrona desalentado. Sentia-se um pouco culpado também por não ter pressentido e evitado a tragédia.

Ordenou à condessa que lhe contasse tudo, com todos os detalhes. Ouviu estarrecido a narrativa que Margueritte fez com voz compungida.

Ao cabo de alguns momentos de silêncio, tornou com voz entrecortada:

— Margueritte, como posso recompensar-te por todo este sofrimento? Perdoa-me! Perdoa-me pelo mal que te causei!

Imperceptível enfado refletiu-se no semblante de Margueritte, dominando-se, porém. Aparentando resignação, respondeu:

— Nada tenho a perdoar de quem recebi tanto amor. Entretanto...

Fez uma pausa, baixou o olhar com timidez.

— Continua, peço-te.

— Entretanto, tenho sofrido muito. À noite, mal posso dormir. Temo que ela volte, de arma em punho, para atingir-me. Vivo assombrada. Vejo-a por toda parte, brandindo a arma assassina! Oh! Gustavo — continuou soluçante —, como vencer essa terrível ameaça que me tira o sossego? Como evitar que ela volte para atingir-me de novo?

Gustavo estava estarrecido. Era verdade. Lívia podia armar outra cilada. Como evitá-la? Sacudiu a cabeça com determinação:

— Não te preocupes. Colocarei guardas no quarto dela e de lá não poderá sair. Vigiarei. Sossegue. Não correrás mais perigo algum.

A condessa aparentou mais calma. Depois de alguns minutos de silêncio, tornou com voz persuasiva:

— Sinto-me confortada por poder partilhar contigo este terrível segredo. Se calei, foi para poupar-te. Sinto dar-te este desgosto. Todavia, sentir-me-ia mais serena se ela fosse encerrada em algum lugar de onde não pudesse sair. Aos criados pode-se iludir com dinheiro e promessas, e o perigo continuaria. Quem não hesita em cometer um crime deve ser encerrado, em seu próprio benefício.

O barão titubeou:

— Não sei... Encerrá-la!

— Sim. Num lugar de onde jamais pudesse sair e não mais representasse perigo para ninguém. Sua mulher está desequilibrada e depois do que fez é justo que arque com as conseqüências.

— Talvez tenhas razão.

— Só assim me sentirei tranqüila. Sabia que podia confiar em tua dedicação e em teu afeto.

E envolvendo os olhos lânguidos em um assomo de carinho, acentuou:

— Agora sinto-me protegida. Não precisas contar a ninguém a verdade. Tu és meu defensor. Estou em paz.

O barão sentiu-se realmente comovido. Que boa alma a da condessa! Quanta generosidade, não querendo revelar a verdade! Afastou os últimos escrúpulos que lhe nasciam na consciência e prometeu-lhe tudo quanto ela desejava obter.

Após reiterados protestos de amizade e de afeto, retirou-se.

Não pôde ver o brilho vitorioso que se refletiu no olhar modificado de Margueritte, nem Geneviève o percebeu quando sua mãe a chamou para participar-lhe que o barão de Varenne, homem honesto e bom, por amar profundamente a esposa, prometeu-lhe conduzi-la a um local onde os médicos pudessem tratá-la convenientemente, a fim de que pudesse recuperar-se.

Na quietude da sala de rememoração, ouviu-se um soluço irreprimível de Nina, restabelecendo a lembrança do passado, sem que a cortina da hipocrisia a acobertasse.

Imediatamente a tela reflexiva apagou-se e o silêncio estabeleceu-se. Uma aragem suave, de forças delicadas e sublimes, banhava-lhe o espírito emocionado, sustentando-lhe o equilíbrio, e doce e delicado perfume espargia no ar, acordando-lhe as lembranças da espiritualidade maior.

Somente quando Nina tornou-se tranqüila e serena, a tela voltou a iluminar-se. A rememoração iria continuar.

VI
Desajustes causados pela omissão •

De volta ao seu castelo, o barão ia menos disposto do que viera. A idéia de que Lívia houvesse cometido tão grave crime obscurecia-lhe a razão. E se a condessa tivesse morrido? Um arrepio de horror percorria-lhe o corpo. Entretanto, como evitar nova tragédia? Como defender Margueritte da maldade e do ciúme de Lívia? A necessidade de enclausurá-la era evidente. Contudo, e a sociedade? Como explicar? E a corte? Haveria de dar um jeito em tudo. Afinal, ela era uma criminosa. Precisava pagar. Pagaria.

Quando chegou, a noite já havia descido. Imediatamente dirigiu-se à procura de Lívia, que em seus aposentos preparava-se para o jantar. Vendo-o entrar, violenta emoção a dominou. Pressentiu que ele sabia de tudo.

Aqueles dias de incerteza e de insônia haviam marcado o belo rosto de Lívia. Estava pálida e seus olhos refletiam certa agitação, enquanto as mãos não conseguiam suster entre os dedos nem o pequeno lenço de linho que caiu ao chão.

A uma ordem a camareira afastou-se, e o barão cerrou a porta correndo o ferrolho. Procurando controlar-se, a baronesa alçando a cabeça inquiriu com certa ironia:

— A que devo o privilégio da tua visita?

— Precisamos conversar. Senta-te.

Foi com alívio que Lívia procurou a cadeira. As pernas tremiam, temia cair. Gustavo permaneceu em pé, e parando em sua frente com olhar acusador perguntou:

— Por que atentaste contra a vida da condessa de Ancour?

Lívia, apesar de esperar pela pergunta, estremeceu. Devia negar? Devia confessar? Até que ponto ele conhecia a verdade?

Vendo sua indecisão, o barão aproximou-se ainda mais, e sem poder conter-se acusou:
— Foste tu! Foste tu! Assassina. Assassina!
Lívia levantou as mãos como que querendo afastar de si uma visão de horror. A voz extinguiu-se na garganta como que estrangulada.
Impiedoso, Gustavo quase encostou o rosto no rosto de sua mulher. Com voz carregada de ódio continuou:
— Alma negra! Mulher perversa. Assassina. Tua vida não valeria nada neste momento se ela tivesse morrido! Meu ódio, meu desprezo hão de perseguir-te até o fim dos teus dias!
Lívia sentiu que tudo girava ao seu redor, enquanto seu rosto pálido contraía-se em ricto doloroso. Caiu rendondamente no chão.
Gustavo assustou-se realmente. Lívia estava transfigurada. Manchas arroxeadas tingiam-lhe a face branca, enquanto uma espuma viscosa saía-lhe pelos cantos da boca cerrada.
— Fui longe demais — pensou ele. — E se ela morrer?
Movido pelo remorso, puxou o cordão chamando a camareira e correu a abrir a porta, ordenando assim que ela surgiu:
— A baronesa está mal. Chama o cocheiro imediatamente.
Enquanto a serva saía esbaforida, Gustavo carregou o corpo hirto da jovem esposa, estendendo-o no leito alvo. Pegou um copo de vinho e procurou fazer com que Lívia sorvesse algumas gotas. Contudo, dentes cerrados, não conseguiu fazê-la sorver nenhum gole.
— Lívia, Lívia. Na verdade, excedi-me. Perdoa-me. Perdoa-me!
Mas a baronesa não lhe podia ouvir as palavras entrecortadas e aflitas. Seu corpo permanecia lívido, lábios roxos, manchas roxas nos braços e no pescoço, boca cerrada sem a mínima expressão de vida. Só o peito arfando fracamente demonstrava que ainda estava viva.
Assim que despachou o cocheiro à procura do médico, sentou-se ao lado do leito com ansiedade estampada na face.
Quando o velho doutor Villefort chegou, com a serenidade estampada no rosto e a paciência que só os que se habituaram a tratar face a face o sofrimento humano possuem, sentiu-se mais amparado.
Sem nada indagar, o médico examinou a enferma cuidadosamente. Tirou da maleta uma comprida cânula de borracha que cuidadosamente inseriu em uma narina da baronesa, derramando por ela algumas

gotas de medicamento. Sentou-se ao lado do barão e com voz bondosa tornou:

— A baronesa sofreu uma emoção violentíssima! Está presa de comoção que agindo no seu cérebro provocou uma paralisação do comando orgânico.

— Comoção cerebral? — inquiriu o barão apavorado.

— Sim. Confiemos em Deus. Aguardemos que a crise passe.

— Há risco?

O médico permaneceu indeciso por alguns instantes:

— Esperemos o melhor. Quando ela recobrar os sentidos, saberemos a extensão do mal.

— Pode morrer?

— Aguardemos confiantes. O senhor crê em Deus?

Apanhado de surpresa, o barão estremeceu. Esse era um assunto de que não se ocupava muito.

— Creio que sim — foi a resposta evasiva.

— Pois é hora de pensar nele — volveu o médico com voz firme.

Gustavo apavorou-se. Sentiu que o caso era grave. Que fazer? Orar? Mas ele nunca se lembrava de havê-lo feito. Obrigado à freqüência de missas na infância, assistira-as contrafeito e indiferente. Não tinha nunca sentido a presença de Deus em parte alguma. Existiria ele?

Pela sua mente perpassavam as idéias religiosas de que esporadicamente tomara conhecimento, mas sem que elas pudessem naquele momento difícil dar-lhe conforto e serenidade. Envergonhado, tornou ao cabo de alguns minutos:

— Doutor, eu não posso! Não consigo orar. Eu não sei!

O médico pousou a mão com carinho no ombro do barão. Sentiu-lhe a carência de compreensão. Conhecia-o desde a infância. Era amigo da família. Estimava-o, apesar de conhecer-lhe fundo o caráter vaidoso e extravagante. Conhecia sua leviandade. Lívia confiava no velho amigo, contando-lhe o desapego do marido. Há muito receava que o drama daquele lar se agravasse. Contudo, o que teria acontecido? Era evidente que a baronesa encontrava-se doente. Há dias viera vê-la, notando-lhe o abatimento e a depressão nervosa. Temia um desfecho pior. Algo acontecera com ela, que ele desconhecia. Algo que a reduzira à triste condição de precariedade física.

— Para falar com Deus através da oração, não é preciso fórmula alguma. Deixai que vosso pensamento fale, e Deus, que tudo vê e tudo sabe, saberá ouvir-vos e ajudar-vos.

O barão nada disse, mas um arrepio de terror invadiu-lhe o coração assustado. Deus teria visto tudo quanto ele havia feito? Saberia que ele era culpado do estado da esposa? Não teve ânimo para pensar em Deus.

Incomodava-o a idéia de que alguém pudesse saber tudo quanto havia feito e, principalmente, o que planejara em relação à reclusão de Lívia. Baixou o olhar confundido, simulando um recolhimento que estava longe de sentir.

O medo, o remorso já se misturavam aos seus sentimentos, atormentando-o dolorosamente.

Durante muitas horas a situação não se modificou, e Gustavo, vendo que já começava a amanhecer nos albores dos primeiros raios de sol, não sabia ainda se o novo dia lhe traria a força da vida ou o peso da morte. O médico não podia definir se Lívia sobreviveria ou não.

Nina, estava profundamente emocionada. Todo passado se encadeava frente aos seus olhos marejados e só agora começara a entender outras tantas coisas que dantes jamais pudera imaginar tivessem ocorrido. Mais do que nunca, conhecendo a tragédia de Lívia, sentia-se culpada por ter-se omitido, por não ter procurado compreender e perdoar, por não ter acordado a tempo a fim de evitar tão dolorosas conseqüências. Sempre havia ignorado o passado em toda sua extensão, mas agora que começara a vê-lo por inteiro, uma ânsia incontida lhe acudia o coração. Ânsia de saber de tudo. De enxergar tudo. De arrancar a venda da ilusão e ir ao fim de tudo, para depois, só depois de conhecer toda a extensão da verdade, poder estabelecer novos rumos e recomeçar.

Uma pausa se fizera na tela de rememoração, como que para permitir ao espírito de Nina que se edificasse com a verdade. A tela iluminou-se de novo, indicando que a volta ao passado iria continuar.

VII
A recuperação de Gustavo de Varenne

Na tarde ensolarada de junho, Geneviève servia apetitosa merenda aos seus dois filhos. Gérard completara cinco anos e Caroline, três. A jovem mãe sorria feliz observando os filhos queridos. Eram lindos e saudáveis.

Cinco anos tinham decorrido do atentando que Margueritte sofrera e o conde de Ancour jamais pudera saber quem tinha sido seu autor. Conformara-se com o tempo a deixar impune o culpado, vendo que a condessa refizera-se completamente, continuando a ser a mesma mulher festejada e bela.

Geneviève também prazerosamente procurava esquecer essas dolorosas reminiscências, porquanto considerava a moléstia de Lívia como punição do seu crime.

A baronesa jamais se recuperara por completo da crise sofrida. Nunca mais a vira depois do ocorrido, porém informara-se de sua saúde amiudadas vezes pelos criados, e soubera que ela após demorado tratamento andava com extrema dificuldade, quase se arrastando.

Sabia ainda que sua beleza fanara-se na magreza extrema e na palidez constante. Vivia apavorada, em permanente angústia, e por vezes esquecia-se até do próprio nome. Em outras ocasiões, era acometida de depressão extrema, recusando alimento com obstinação. Jamais saía do quarto e seu olhar apenas abrandava-se quando lhe levavam o filho que adorava. A presença do pequeno tinha sempre o condão de serenar-lhe o semblante infeliz.

Geneviève soubera também que Gustavo desvelara-se em atenções para com a esposa enferma. Compreendeu-lhe o gesto e em seu coração generoso viu sublime perdão numa atitude ditada pelo sentimento de culpa e pelo remorso.

Conhecendo as atitudes do barão em relação a Lívia, Geneviève sentiu que sua repulsa por ele diminuía. Gustavo nunca mais fora à casa do conde de Ancour, e Geneviève entendia que certamente nada houvera entre ele e sua mãe. E, se algo houvera, eles se tinham penitenciado.

Tudo voltara ao normal em seu lar e eram felizes.

Naquela tarde, sentia-se particularmente alegre. Talvez fosse a beleza do dia que se findava ou talvez fosse a própria alegria dos filhos, que enchiam o ar de risadas e ditos jocosos. Nada prenunciava a iminente dor que desabaria sobre aquele lar tão feliz.

Mas a vida tem suas razões e o destino dispõe das criaturas colocando-as à prova no caminho da Terra.

Geneviève ouviu ruído de patas de cavalo. Visitas àquela hora! Quem?

A carruagem parou na alameda principal, e logo após a fisionomia pálida de Gustavo de Varenne auscultava com ansiedade o rosto curioso de Geneviève.

— Senhor barão! — exclamou ela admirada. — A que devo a honra da vossa visita?

— Sinto incomodar-vos, senhora, mas aconteceu um acidente. Encontrei o marquês caído na estrada. Está desacordado. Trouxe-o para cá. Vinde senhora marquesa, precisamos socorrê-lo

Geneviève empalideceu.

— Gérard! — exclamou assustada. — O que aconteceu?

— Deve ter sofrido uma queda. Encontramos seu cavalo há poucos passos da estrada.

— Oh! Meu Deus! — gemeu ela — Onde está ele?

— Na carruagem. Vinde.

Ambos dirigiram-se à carruagem enquanto a ama conduzia os dois pequenos para dentro da casa.

Gérard estava pálido e não dava acordo de si. Com cuidado, dois servos o transportaram para seus aposentos enquanto o próprio barão saiu em busca do doutor Villefort.

Geneviève estava assustada. Tentava reanimar o marido chamando-o e chegando-lhe o frasco de sais ao nariz, mas Gérard não reagia. Estava cada vez mais pálido e sua respiração a cada instante tornava-se mais fraca.

Quando o médico chegou, nada mais conseguiu fazer. Gérard, vítima de hemorragia interna provocada pela queda, veio a falecer.

Foram momentos de desespero e dor para Geneviève. Amava com ternura o marido, que sempre fora amigo e bom. Era o companheiro que a deixava com dois filhos menores para enfrentar a vida sozinha.

Entretanto, a jovem senhora acreditava em Deus. Foi-lhe de grande consolo a presença amiga do doutor Villefort, acordando em seu coração a responsabilidade dos filhos, que sem pai dependiam mais dela, e também a confiança de que a vida continuava depois da morte.

Dizia o doutor:

— Minha filha, não deveis chorar. A morte não é o fim. O corpo morre, mas a vida é eterna! A vida na Terra é um momento breve e todos nós um dia voltaremos ao mundo de onde viemos. Lá, estarão à nossa espera todos os que nos precederam e que nos amam.

— Acreditais realmente? — Geneviève levantou para ele os olhos cheios de lágrimas.

— Por certo, minha filha. Deus experimenta nossa fé para que possa nos oferecer um lugar melhor no Seu reino. Estais, com certeza, sendo provada nesta hora difícil! Se vencerdes, enfrentando com coragem o momento presente, certamente Deus vos compensará.

— Mas sem ele, doutor, eu não poderei...

— Pois eu creio que podereis. Deus tudo sabe, tudo vê. Se Ele permitiu que isso acontecesse, foi porque sabe que sereis capaz de continuar com coragem e fé a dirigir este lar com honra e dignidade.

Geneviève acalmou-se. Lágrimas ainda lhe molhavam a face pálida, mas compreendeu que o médico tinha razão.

Foi com coragem e dignidade que enfrentou as cerimônias do passamento. O barão de Varenne mostrou-se infatigável no andamento das providências necessárias, o que lhe valeu a gratidão do conde de Ancour.

O barão, durante aqueles anos, modificara-se bastante. Retirara-se para seus domínios, não mais aparecendo nos salões da corte. Quando as circunstâncias o exigiam, sua presença era protocolar e rápida, restringindo-se apenas ao indispensável.

Seu rosto perdera o ar alegre de sempre e os olhos retratavam tristeza e determinação. Os portões do seu castelo nunca mais se tinham aberto para recepções. E os amigos de outrora, que lhe acorriam aos salões festivos, desambientaram-se e, aos poucos, rarearam suas visitas, o que de certa forma era o que ele queria.

Não encontrava mais prazer nas reuniões frívolas e pueris. Seu amor concentrava-se todo no filho, já com sete anos. Esmerava-se em sua educação e amava-o de todo o coração.

A presença de Lívia sempre o entristecia. Que fizera da sua bela mocidade? Que fizera da jovem alegre e ingênua que lhe entregara amor e carinho?

Durante a fase aguda da sua moléstia, observando-lhe o acerbo sofrimento, sentiu despertar agudos remorsos em seu coração. Vendo-lhe o rosto pálido, transmudado pela dor, lutando para sobreviver, parecia-lhe ser joguete de algum pesadelo cruel e odioso.

Rememorou o namoro, o noivado, o casamento, com as emoções dulcíssimas do amor correspondido. Como ela era linda! Como a tinha amado!

Depois, o tédio, a inquietação, o fascínio dos salões e a figura experimentada e bela da condessa de Ancour. Ela lhe penetrara o coração como uma labareda ardente queimando e aquecendo cada vez mais, sem jamais apagar-se, tornando-se insuperável e imperiosa.

Naquelas horas, acossado pelo ardor das reminiscências e pelo remorso, Gustavo começou a perceber quão culpado fora nos acontecimentos dolorosos que lhe envolveram a vida.

A tentativa de homicídio, a doença grave, as horas de angústia, os conselhos ponderados e sábios do médico amigo, cuja dedicação foi abnegada, contribuíram para modificar profundamente o caráter do barão.

Sentia que se Lívia morresse a culpa seria dele, que além de traí-la ainda a impulsionara ao crime e por pouco lhe causara a morte com crueldade e incompreensão.

Certa noite, quando Gustavo velava a enferma, o doutor, preocupado, notou que o pulso de Lívia parecia enfraquecido. O rosto pálido envolvido em suores, alguns gemidos surdos revelavam que o momento era extremo.

Gustavo curvou-se para ela temendo o pior. Emocionado, chamou:

— Lívia, não me deixes. Fica comigo.

Ela, que até aquele instante parecia inconsciente, estremeceu e seus olhos abriram-se, fixando o rosto contraído do marido. Mexeu os lábios, evidenciando tremendo esforço, mas não conseguiu falar.

Comovido, o barão suplicou novamente:
— Lívia, perdoa-me. Não me deixes. Não me deixes!
Outra vez a doente o fitou retratando aflição e temor nos olhos mortiços. Fez supremo esforço para falar. Não conseguindo, desfaleceu.
Apavorado, Gustavo caiu de joelhos, exclamando no paroxismo da angústia e da dor:
— Ela está morta! Ela está morta! Doutor, ela está morta!
O médico tomou o pulso da paciente e procurou constatar seu estado.
— Não posso negar que está muito mal. Digo-vos que se sabeis rezar, é hora de fazê-lo.
Gustavo teve então, mais do que nunca, a consciência de sua culpa. Apavorado, de joelhos, pela primeira vez em sua vida voltou seu pensamento para Deus com sinceridade e pôde murmurar, sentindo que o pranto lhe descia pelas faces cansadas e pálidas.
— Deus! Senhor Deus! Sou culpado. Sou o único culpado. Fere-me a mim, Deus, mas deixai que ela viva! Deixai que ela viva para que eu possa resgatar minha culpa. Dá-me, senhor Deus, a oportunidade de ser para ela o que deveria ter sido e não fui. Deixai-me, Senhor, provar meu arrependimento. Conservai-lhe a vida e eu vos prometo dedicar-me totalmente a redimir meu erro.
O barão falava com tanta veemência e valor que parecia colocar a própria alma em cada palavra.
— Senhor barão, senhor barão. Deus ouviu vossas palavras. A senhora baronesa vive, e o que é melhor, está apenas adormecida.
Gustavo levantou-se ainda inseguro, sem compreender bem o que o médico lhe dizia. Quando conseguiu saber o que se passava, foi acometido de grande alívio. Apesar de saber que o estado de Lívia, mesmo fora de perigo, não era de recuperação total, ainda assim Gustavo considerou-se ouvido por Deus em suas rogativas.
A partir daquele dia, modificou sua vida completamente, dedicando-se exclusivamente à recuperação de Lívia, à gestão dos seus negócios e ao filho.
Em seu coração aflito começou a nascer um lastro de fé, tendo então início sua procura de Deus. Recorreu ao médico que com paciência e amor o visitava freqüentemente, mantendo com ele longas e edificantes palestras em que lhe falava de Jesus, do Evangelho, da reencarnação

e do amor. Das provações da Terra, da nossa luta interior, da necessidade do progresso e da compreensão.

E à medida que o velho doutor amiudava suas visitas a pedido do barão, interessado e ansioso, firmavam-se entre os dois os laços da mais firme e sincera amizade.

Era sempre com prazer que Gustavo o recebia, e depois do exame cuidadoso à enferma sentavam-se na saleta próxima para trocar idéias.

— Então, como está ela hoje?

O médico, procurando expressar otimismo, respondia sorrindo:

— Melhor. Vai melhor.

Certo dia, Gustavo, acicatado pela melancolia e pelos remorsos, sentia-se deprimido e desalentado. Sua casa parecia-lhe particularmente triste naquele dia, e nem a figura alegre e querida do filho conseguiu arrancá-lo daquele assomo de tristeza. Na presença do médico amigo, não se conteve:

— Doutor, achais que ela ficará boa? Voltará a ser como antes?

O médico levantou o olhar onde se lia uma pena infinita mas ao mesmo tempo uma chama de energia:

— Deveis reagir, senhor barão. Não vos deixeis abater agora. As coisas já estiveram piores. A senhora baronesa está fora de perigo e nossa gratidão a Deus deve ser constante. Quanto à cura radical, confesso que ainda não posso determinar ou prever.

— Acontece que cada vez que a vejo, pálida, quase sem poder mover-se, quase sem poder articular as palavras, acuso-me de assassino e não suporto o peso da minha culpa.

— De que vos acusais?

— Do crime de levá-la pelo ciúme ao estado em que se encontra.

A fisionomia do médico abrandou-se.

— Não vos acuseis. Isto apenas piorará as coisas. Não vai beneficiá-la vossa atitude.

— São os remorsos. Não me deixam em paz.

— Senhor barão, não vos escravizeis à angústia e ao fracasso. Quem pode ser juiz dos acontecimentos? Só Deus. Tanto o senhor barão como a senhora baronesa erraram. Entretanto, quem nos pode garantir que a sua doença já não estivesse determinada pelo destino, mesmo que nada disso tivesse acontecido?

— Acreditais nisso? A Lívia sempre bondosa e pura, teria Deus destinado tão triste sorte? Achais justo?

— Meu amigo, sempre que desejarmos analisar as nossas provações e os nossos infortúnios, não podemos nos esquecer das nossas anteriores existências na carne.

— Já me tendes falado sobre isso. Acreditais mesmo que possa ser verdade?

— Tive várias comprovações e há muito que não tenho nenhuma dúvida a esse respeito. Por isso, sem nos recordarmos das vidas passadas não temos elementos para formar juízo algum. Nesse caso, devemos nos abster de fazê-lo. Entretanto, considerando a perfeição de Deus, sua bondade, sua justiça, devemos compreender que todos seus desígnios são sábios e justos.

— Achais justo que Lívia, moça e bela, seja destruída pouco a pouco presa a essa cama?

— A situação da senhora baronesa é dolorosa. Se dependesse de mim, se pudesse fazer algo para ajudá-la a recuperar a saúde, de bom gosto o faria. Todavia, só Deus tem o poder de curá-la. Apesar de tudo, senhor barão, acredito que um dia ela se libertará de toda essa angústia. Porque ainda que arraste esta existência toda enferma, seu espírito é eterno, portanto chegará a hora da recuperação e da paz.

As palavras confiantes e serenas do médico iam aos poucos devolvendo a Gustavo a serenidade e o equilíbrio.

— Acreditais que a vida não se acaba com a morte?

— Se nada se perde na natureza e tudo se transforma, por que só nós e a nossa vida deveriam terminar? Por que tantas diferenças de inteligência, de honestidade, de responsabilidade e de moral entre os homens? Por que uns sofrem tanto e outros levam vida mais tranquila? Nunca havíeis perguntado onde está na Terra a justiça de Deus?

— É sobre isso que tenho pensado todo o tempo. Deus ouviu-me o apelo no momento da aflição e da dor, não posso negar-lhe a existência. Contudo, não consigo compreender sua justiça. É por isso que fico desalentado. Como confiar?

O médico sorriu meneando a cabeça e respondeu:

— Podeis duvidar? Duvidar depois de as vossas preces terem sido ouvidas?

— É verdade. Nunca pude aceitar a religião por causa dos seus mistérios.

— O povo costuma dizer que Deus escreve direito por linhas tortas, porém eu acredito que Deus estabeleceu leis imutáveis para nos guiar na senda da evolução, que nos ensinam a linha direta e mais curta. Nós é que, abraçados às ilusões e ao imediatismo a que nos habituamos no mundo, caminhamos por linhas tortas e tortuosas. Deus, apesar de tudo, como pai amoroso que é, acaba no fim por surpreender-nos, fazendo redundar em bem o mal que levianamente teimamos em fazer.

Gustavo admirou-se.

— Nunca pensei nisso. Mas assim nos colocais em posição de criaturas perversas e viciosas.

— Por acaso seremos puros?

Gustavo sobressaltou-se. Apanhado de surpresa pela pergunta do médico, corou fortemente. A sensação de sua culpa e dos erros cometidos provocou involuntário sobressalto.

— Sois rude.

— Não tenho mais ilusões para com nossas fraquezas. Sei o que somos e o que valemos. Até nas crianças, seres que nos despertam amor e ternura, surpreendemos a semente da inveja, do ciúme, do orgulho, da rebeldia e do egoísmo.

— Sois muito pessimista e contraditório.

O facultativo abanou a cabeça com suavidade. Em seu olhar havia um brilho profundo e alegre.

— Absolutamente. Estou apenas colocando as coisas nos devidos lugares. Só Deus é perfeito, é sábio, é bom. Quanto a nós, somos seres ainda imperfeitos, que caminhamos na escola da vida para progredir. Onde há contradição?

— Ao mesmo tempo que nos convida à fé e à resignação, ao esforço e à luta para conquista da felicidade, nos tacha de egoístas e perversos. Não será tudo inútil?

— De forma alguma. Se ainda somos falíveis e cheios de imperfeições, Deus nos convida à melhoria interior, dando-nos a certeza de que a vida na Terra é transitória e que os sofrimentos aqui, quando bem suportados, nos purificam e nos fazem aprender e progredir.

Gustavo permaneceu pensativo por alguns minutos.

— É cruel essa forma de ascensão.

— Talvez não o fosse se fôssemos mais dóceis. Mas o próprio Cristo, que veio à Terra para nos ensinar tudo isso, sofreu o peso da nossa maldade.

— É verdade. Não será isso uma injustiça?

— Da parte dele foi de abnegação e de amor; da nossa parte, como sempre, foi um crime, uma infâmia. Analisando bem, sempre chegaremos à conclusão de que no quinhão da responsabilidade a pior parcela tem sido sempre a nossa. E como Deus dá a cada um segundo as suas obras, sempre que sofremos devemos pedir a Deus perdão, porque é certo que estamos recebendo de volta as conseqüências das ações praticadas. Hoje? Ontem? Há duzentos anos? Há mil anos? Não importa quando, mas o fizemos.

— E agora, como agir?

— Agora? Fazer o melhor que pudermos para corrigir o erro.

— No meu caso, doutor, como proceder?

— Continuai como até aqui. Dedicai-vos à senhora baronesa com amor e abnegação. Deus a confiou à vossa guarda e certamente espera que façais o melhor que puderdes para ajudá-la. É a forma que Deus nos está indicando como reparação pelos erros que vos pesa no coração. Quereis melhor oportunidade?

Essas palestras com o velho médico produziam salutar efeito no espírito deprimido de Gustavo. Tinham o poder de levantar-lhe o moral abatido, a coragem ameaçada.

Aos poucos, com o correr dos meses, grande mudança operou-se naquele espírito fraco, que começava a despertar para a vida espiritual. Inspirado pelos sábios conselhos do amigo médico, dedicou-se exclusivamente ao filho amado e à esposa doente.

Foi em vão que os convites sociais lhe buscaram a figura nobre. Com polidez e educação, pretextando a falta de saúde da baronesa e a necessidade de sua constante presença a seu lado, foi aos poucos esquivando-se do bulício dos salões e das amizades dos cortesãos.

Também a condessa Margueritte procurou de todas as maneiras atraí-lo na mesma sedução de outros tempos. Mas Gustavo estava muito mudado. Seu remorso era real e sincero. Sacudido pela realidade, pela dor, compreendia que sua paixão pela condessa fora apenas uma atração tão avassaladora quanto passageira.

Não querendo ser descortês para com uma dama, atendeu ao seu apelo indo ao seu encontro ainda uma vez, na cabana de caça do castelo de Ancour.

Achava útil um entendimento franco com ela. Devia-lhe uma explicação.

Quando se viram frente a frente na cabana, olharam-se com curiosidade. Ela, arrumada com esmero, tendo nos olhos o brilho de uma paixão avassaladora. Ele, procurando não magoá-la, desejando ser compreendido em sua nova disposição. Fazia seis meses que ele a visitara no leito de enferma. Vendo-a, sua ferida, seu remorso se reavivavam.

Após as perguntas iniciais, Margueritte sentiu-se decepcionada e temerosa. Não notava em Gustavo a chama ardente de outros tempos. Percebeu que tinha perdido terreno.

Ele, mantendo atitude sóbria e correta, procurou fazê-la entender que nada mais era possível entre os dois. Que era tempo de evitarem um mal maior do que aquele que já tinha acontecido.

Margueritte sentiu-se agastada com essa atitude. Não esperava encontrá-lo tão diferente. Sem poder compreender o drama da consciência do barão, preferiu acreditar que por falta de amor ele queria descartar-se dela. Seu coração vibrou de ódio. A cada dia sentia um medo terrível de envelhecer. Todas as manhãs estudava o seu rosto no espelho, procurando descobrir alguma ruga ou um sinal premonitor de envelhecimento. A atitude de Gustavo para ela representava um sinal inequívoco de que já não possuía o mesmo fascínio. Resolveu utilizar todos os recursos de mulher experimentada e bela para reconquistá-lo.

Demonstrou que o compreendia e partilhava de seus escrúpulos, e desatou a chorar desconsoladamente dizendo-se também culpada pela tragédia de Lívia.

Fosse em outros tempos, teria conquistado seu objetivo. Gustavo comovia-se diante das lágrimas daquela bela mulher, mas agora, mais experimentado, não se rendia com a mesma facilidade. Havia surpreendido um brilho duro no olhar dela que instintivamente o colocara de sobreaviso. Fora um fulgor rápido, porém revelador.

Imune aos seus encantos, o barão agora surpreendia-se por não encontrar naquele rosto bem cuidado a chama de outros tempos. Achava-a calculista e superficial, e admirava-se por ter perdido a cabeça e prejudicado seu lar por causa dela.

Foi com alívio e certa pressa, como quem se livra de uma obrigação desagradável, que o barão despediu-se e retirou-se afinal.

Seu alívio evidente em despedir-se, evidenciando seus sentimentos, tornou mais sombria a fisionomia de Margueritte, que, vendo-o sair, deixou-se cair sobre uma poltrona e murmurou entre dentes, levantando o punho ameaçador:

— Pagará por isto, Gustavo de Varenne. Nunca sofri tamanha afronta. Juro que me vingarei!

VIII
*Sábias lições
do doutor Villefort*

Recostada em uma poltrona artisticamente lavrada, Geneviève, trajando rigoroso luto, empunhava um livro sem ler. Seu pensamento, sem poder fixar-se na leitura, vagava pelo passado, na tristeza da separação do companheiro que desde os dias da sua juventude lhe fora amparo e dedicação.

Quanta falta lhe fazia! Encontrara nele todo o apoio ao seu coração inexperiente, e agora que ele lhe faltava, tornava-se difícil prosseguir. Consultava-o sobre tudo, nas mínimas coisas, e se alguma mágoa lhe feria o coração, era com ele que desabafava e procurava conforto.

Como era difícil assumir a liderança de tudo, cuidando das propriedades e da família. Tinha o auxílio do conde de Ancour, mas mesmo assim não se sentia em segurança.

Constantemente, naqueles seis meses de solidão, seu pensamento procurava o passado, recordando os tempos felizes. Apesar da juventude bem cuidada ao lado dos pais, sempre vivera só, porquanto eles, envoltos nos compromissos sociais, não dispunham de tempo para fazer-lhe companhia. Com o casamento, sentira-se amada e feliz. Mas agora, apesar dos filhos muito amados, a solidão voltara trazendo saudade e tristeza!

Não viu quando a criada entrou na sala e tornou:

— Senhora marquesa, o doutor está aí.

Arrancada do seu mundo íntimo, Geneviève sobressaltou-se. Quando a serva repetiu a frase, ela sorriu:

— Faze-o entrar.

A presença do médico sempre lhe causava alegria. Apesar de não conhecê-lo senão no dia em que seu marido morreu, ele por sua bondade, sua compreensão, sua dedicação e sua inteligência conquistara-lhe a simpatia. Confiava em sua figura encanecida e experiente. Sentia-se segura e amparada contando-lhe seus receios e problemas. Era na qualidade de amigo muito querido que o recebia.

O médico, entretanto, preocupado com o abatimento da jovem senhora, examinava-a com cuidado, ministrando-lhe sedativos e conselhos.

Vendo-o entrar, Geneviève levantou-se com um brilho fugidio de alegria no rosto entristecido:

— Senhor doutor! Que prazer!

— Como estais, senhora marquesa?

— Curtindo a minha solidão. Sinto-me feliz com vossa presença.

— Noto que conservais a tristeza no semblante. Não sabeis que alimentando sempre esse pensamento podereis adoecer? É hora de esquecer!

Geneviève baixou a cabeça, desanimada:

— Não posso!

— Nesse caso, permiti dizer-vos que causais imensa dor ao vosso pobre marido.

Geneviève arregalou os olhos e pareceu não entender:

— Como?!

— Digo-vos que é verdade. Por que tanta tragédia em torno da morte? Claro está que sentimos a dor da separação daqueles que amamos. Mas a vida continua e a separação é temporária. Depois, Deus é bom e justo. Se assim determinou foi porque era necessário em benefício de todos.

Sacudida pelas enérgicas palavras do médico, a jovem senhora pareceu sair do marasmo em que deliberadamente se mantinha.

— Por que não devo entristecer-me com a viuvez? Dizeis que a separação é temporária, mas todos acham que quem morreu nunca mais volta.

— Onde está vossa fé em Deus? Acreditais em Deus?

Um pouco picada pela pergunta, ela respondeu:

— Certamente, doutor!

— Então por que não confiais nele?

— Mas eu confio!

— Então por que achais que a vida acaba com a morte? Que os que se foram não voltam?

Geneviève baixou o olhar, confundida. Muitas vezes apelara em preces e recebera ajuda e consolo. Vendo-a calada, o doutor continuou:

— Nunca vos ocorreu que o espírito é eterno e que, sendo assim, depois da morte do corpo ele deve viver em algum lugar, que por agora não sabemos, mas que nem por isso deixa de existir? Nunca meditastes que essas mesmas almas um dia deverão reencarnar na Terra, que é uma escola para os sentimentos, além de uma penitenciária onde sempre a justiça de Deus se cumpre e de onde ninguém poderá sair sem pagar até o último ceitil?

— Falais de forma extravagante. Onde encontrastes essas teorias?

— Na vida, senhora marquesa. Os orientais sempre acreditaram na transmigração das almas. Sócrates também a divulgava na Grécia antiga. Mas nunca eu as teria aceitado se a vida cotidiana não pudesse comprová-las.

— Quereis dizer que tendes provas?

O médico sacudiu a cabeça afirmativamente.

— Ao observador atento e interessado em encontrar a verdade, elas se revelam com abundância. Basta submeter os acontecimentos de que tomamos conhecimento à análise para verificarmos que somente a reencarnação pode explicá-los com clareza, ao mesmo tempo evidenciando a justiça perfeita de Deus. Apesar de tudo, sempre fui daqueles que precisam compreender para aceitar seja o que for. Talvez por isso jamais tenha me submetido ao domínio de uma religião, que considero meramente humana. Pondo de lado a Igreja instituída pelos homens, procurei investigar racionalmente o Cristianismo, e quanto mais o fazia, mais e mais compreendia sua profunda sabedoria. Foi preciso tempo, observação e estudo, mas cheguei finalmente à conclusão de que representa o caminho que nos levará à redenção espiritual.

Geneviève escutava atenta, querendo penetrar fundo no pensamento do médico. Percebendo que era ouvido com interesse, o médico continuou:

— Parti do princípio de que todos os acontecimentos, os fenômenos que dantes ocorriam e dos quais nos fala a Bíblia certamente deveriam poder acontecer em nossos dias. Se aconteceram ontem, poderão repetir-se hoje ou amanhã. Do que se depreende que aqueles que representam lendas são frutos da imaginação fértil do povo; naturalmente não se repetiriam. Assim, comecei a submeter todos os fatos extraordinários que chegavam ao meu conhecimento ao raciocínio e à observação, e classificando-os pude apreender certas manifestações que pela repetição insuspeita, por terem acontecido desde o início da nossa civilização, devem ser catalogados como reais e naturais. A manifestação dos espíritos daqueles que se foram deste mundo é um desses fatos tão notórios que só os cegos voluntários não querem ver. Sempre têm ocorrido. Rara é a família que não possa contar em seu próprio lar com pelo menos uma manifestação dessas. Um aviso providencial, uma despedida de um parente ausente que morre, um socorro num momento de aflição. Não conheceis nenhum caso desses em vossa família?

— Minha mãe sempre contava que viu meu avô sentado no leito de minha avó na hora de sua morte. Mas ela estava muito nervosa, teria sido alucinação.

— Isto é o que alguns dizem. Pensando assim, envergonhados, jamais contam o que viram ou sentiram nessas ocasiões. Contudo, trata-se de fenômeno normal. Pela repetição em todos os tempos e em todas as partes do mundo, não resta dúvida, é uma realidade. Partindo daí, logo somos levados a pensar. Se voltam, então continuam vivendo em outro lugar, e assim sendo, como será ele?

Geneviève surpreendeu-se.

— Talvez um lugar de nuvens e fumaça como eles mesmos.

O médico abanou a cabeça:

— Não creio. O que sempre dizem, tal qual são vistos, comprova o que Cristo disse no Evangelho: a cada um será dado segundo suas obras. Estarão felizes se tiverem sido bons, e desgraçados se fizeram mal ao seu próximo.

Geneviève suspirou com certo alívio:

— Nesse caso, meu Gérard estará no céu. Sempre foi muito bom.

— Concordo. Deverá sentir-se em paz, pelo menos. Mas, senhora marquesa, assim, de raciocínio em raciocínio, de observação em observação, cheguei à conclusão de que a vida continua depois da morte. Que o espírito é eterno, mas para que possa depurar-se e conseguir alcançar a perfeição, deve voltar a nascer na Terra muitas vezes.

— Como chegou a essa conclusão?

— Observando o sofrimento humano, a maldade de muitos e a bondade injustiçada de alguns. Só a reencarnação pode explicar tantas anomalias no mundo, conciliando-as com a perfeição de Deus e sua justiça.

— Em que bases?

— Na única que podemos aceitar: de que quem fez o mal deve voltar para a devida reparação e purificação. Existem dores que só nos sensibilizam quando as sentimos dilacerando-nos o coração. Se as causamos aos outros, é justo que as sintamos para aprendermos a moderar nossos impulsos no mal. Tudo na vida, na natureza, é manifestação de amor e por isso devemos aprender a amar para estar com Deus.

— Essa justiça é dura. Não será muito rigorosa?

— Que vos parece melhor? Que vossos filhos paguem pelos vossos erros ou que sejais vós mesmos forçados em vidas futuras a resgatá-los?

— Para ser justa, tendes razão. Prefiro pagar por minhas faltas a que meus filhos sofram inocentes.

— Se nós, apesar da nossa insignificante compreensão humana, pensamos assim, Deus será pior do que nós castigando inocentes por pecadores?

— Isto nos torna muito responsáveis de repente — comentou Geneviève pensativa.

— Que bom se todos fossem compreensivos como sois — comentou o médico. — Mas estou aqui a falar e acredito haver-vos cansado com meus arroubos.

— Pelo contrário, doutor. Estava triste e deprimida, vossa palestra confortou-me. Fico-vos muito grata.

— Sinto-me feliz quando posso reacender a chama da fé em um coração sofredor. Hoje tive um dia triste. Venho do castelo de Varenne. A baronesa anda muito mal. Comove-me a desolação do barão e do filho.

Geneviève sentiu o coração angustiado:

— Acreditais que ela possa recuperar-se?

O médico abanou a cabeça.

— Infelizmente não. Teve ontem uma recaída e está prostrada. Talvez seja o fim. Vou para casa ultimar alguns afazeres e regresso ao castelo de Varenne à noite. Pretendo permanecer ao lado daqueles amigos a quem estimo com carinho.

Geneviève considerou:

— Pobre barão. Devemos-lhes muitos favores por ocasião da morte de Gérard. Desejo que ela possa salvar-se.

— Deus vos ouça!

Quando o médico se foi, a jovem senhora, encostada à janela, olhava as árvores do parque, e uma lágrima assomou-lhe aos olhos comovidos.

— Pobre barão. Se errara na mocidade — pensou ela —, sua dedicação para com a esposa enferma e quase assassina o redimira. Amaria realmente sua mulher? Não o sabia.

Pensou em Gérard e lembrou-se das afirmativas convictas do médico sobre a continuidade da vida. A figura querida do esposo surgiu-lhe na mente, e num assomo de emoção seu pensamento chamou:

— Gérard, onde estás? Por que me abandonaste?

A figura que via em pensamento pareceu-lhe ter vida própria, alisou-lhe os cabelos e beijou-lhe a testa contraída.

Geneviève sentiu um doce calor envolver-lhe o corpo como que restaurando-lhe as energias adormecidas. Abriu os olhos aliviada, sentindo-se leve e disposta a recomeçar a luta no lar e na administração da família.

Não compreendeu bem o que ocorrera, mas sentiu que daquele dia em diante não mais choraria por Gérard. Sentia-o a seu lado e percebeu que de algum lugar, fosse onde fosse, ele estaria velando por ela.

IX
Benefício do perdão a moribundo

O dia estava frio e triste. O inverno vestira de cinzento a paisagem e já as geadas contínuas pelas madrugadas anunciavam que dentro em breve a neve começaria a cair.

Apesar disso, Geneviève saíra, ao cair da tarde, dirigindo-se ao castelo de Varenne. Sabia que a baronesa definhava e resolvera visitá-la, num impulso do seu caráter generoso.

Sentira-se muito sensibilizada pelos préstimos do barão, e pensando no problema doloroso daquela família, decidiu mostrar-lhes sua gratidão.

Entretanto, enquanto a carruagem corria pela estrada bem cuidada, a jovem senhora pensava e chegava à conclusão de que outro motivo ainda mais importante a conduzia a Varenne.

Pretendia com sua presença dar a entender tanto a Lívia como ao barão que o atentado horrível em que sua mãe fora envolvida estava esquecido. Queria que a pobre senhora tão sofredora, que arrastara as penas do seu crime com tantos sofrimentos, pudesse ao menos no momento supremo partir em paz.

Geneviève sentia por ela muita piedade. Horrorizava-se ao pensar que se estivesse no lugar dela não poderia desertar da vida sem o consolo do perdão.

Reviveu mentalmente as cenas do passado e com alívio percebeu que restava apenas muita piedade por aquela infeliz criatura. Quanta dor, quanto remorso devia guardar em seu coração. Pobre senhora!

Levava seu filho mais velho para cumprimentar o filho do barão, pensando na infelicidade daquele menino, tão só, sem amigos e que estava prestes a ficar sem a mãe.

Foi recebida pelo barão com extrema delicadeza. Fixando-lhe o semblante cansado e entristecido, percebeu um vislumbre de alegria quando os dois meninos, abraçados, com a simplicidade própria das crianças, se foram para o outro lado do salão, na amizade espontânea e efusiva.

Vendo-os entretidos, o barão tornou:

— Sou-vos muitíssimo grato pela gentileza. Só um coração de mãe como o vosso poderia lembrar-se de alegrar uma criança tão só como meu filho.

Geneviève sorriu:

— Gérard apreciou muito esse encontro, senhor barão. Não tem o que agradecer.

Depois de alguns segundos de silêncio, acomodada em elegante poltrona, Geneviève continuou:

— Minha visita prende-se a outro motivo. Soube pelo doutor Villefort que o estado da senhora baronesa tem se agravado. Vim saber da sua saúde e desejar-lhe pronto restabelecimento.

Pela fisionomia contraída do barão perpassou uma onda de tristeza.

— Infelizmente Lívia estava mal. Desde o início da sua moléstia vimos lutando para devolver-lhe a saúde. Graças ao auxílio do doutor, sua dedicação e ajuda de Deus, chegamos a alimentar esperanças, mas surgiu a recaída e agora sentimos que tudo está perdido.

Gustavo baixou a voz, que lhe morreu na garganta como que a disfarçar um soluço. A jovem senhora sentiu-se tocada pelo sofrimento.

— Como o barão devia amar sua mulher! — pensou. Olhando sua fisionomia, que já se recompusera aparentando calma e cortesia, Geneviève mais do que nunca acreditou que seu romance com a condessa Margueritte, sua mãe, não passara de mal-entendido, de intrigas e ciúmes.

— Coragem, barão — disse ela pousando levemente a mão delicada em seu braço, buscando confortá-lo. — Também sofri a imensa dor de perder meu querido Gérard. Compreendo como vos sentis diante dessa possibilidade. Devo lembrar-vos de que nem tive o consolo de prestar-lhe assistência em seus últimos instantes. Mas Deus assim o quis e preciso ser forte para poder criar meus filhos com o mesmo cuidado e carinho com que o marquês o faria. Coragem.

Gustavo fixou o expressivo rosto de Geneviève com emoção. A sua jovem e elegante figura cujo vestido preto tornava ainda mais delicada, seu rosto sincero cujos lábios tremiam traindo emoção, os olhos puros, brilhantes, num desejo ardente de suavizar-lhe a dor, fizeram-lhe grande bem.

Uma sensação de serenidade o envolveu e distendeu-lhe a fisionomia angustiada. Num gesto espontâneo, colocou sua mão sobre a dela enquanto dizia com contida emoção:

— Sois muito bondosa. Vossa presença trouxe um pouco de paz e conforto em meio à nossa dor.

Estremecendo ligeiramente ao contato da mão de Gustavo, ela retirou a sua um pouco corada.

— Se não incomodar e se vossa graça permitir, gostaria de cumprimentar a senhora baronesa.

Gustavo levantou-se.

— Ela está mal e nas brumas da inconsciência. Nosso doutor faz-lhe companhia. Talvez nem note vossa delicada presença. Aos amigos que nos têm visitado, não temos permitido a entrada em seu quarto, mas rogo-vos que me acompanhe. Um motivo especial leva-me a pedir-vos que não se vá antes de vê-la!

Geneviève levantou-se curiosa.

— Motivo especial?

— Sim. Lamento tocar em um assunto tão doloroso quanto desagradável para nós, que a vossa generosidade e delicadeza de coração não desejou mencionar: a terrível tentativa de assassinato que Lívia cometeu na pessoa da condessa vossa mãe e que tão generosamente ambas ocultaram.

Geneviève baixou a cabeça, embaraçada, evitando fixar o rosto do barão, pressentindo-lhe a dificuldade e o sofrimento na menção de um assunto tão doloroso que todos desejariam esquecer.

— Gostaria que a visse em seu leito de dor e a perdoasse. Por várias vezes, em seu delírio inconsciente, tem pronunciado o nome da condessa, entre o pavor e a angústia. Várias vezes pensei em enviar um portador a Ancour solicitando a presença da condessa, rogando-lhe perdão para minha pobre Lívia. Entretanto, deteve-me o receio de perturbar-vos com a recordação de tão terrível momento e reconheço que não temos esse direito depois de tudo.

Geneviève ouvia de cabeça baixa a voz grave do barão, que se esforçava visivelmente para aparentar serenidade. Duas lágrimas silenciosas desceram-lhe pelas faces e ela não as enxugou, buscando não as tornar evidentes.

— Lívia tem sofrido muito, senhora marquesa. Deve ter-se arrependido imensamente do erro que cometeu. Sou mais culpado do que ela por não ter sabido dar-lhe todo o afeto que ela merecia e gostaria de ser eu o punido em tudo isso, não ela. Mas isso agora não importa. Peço-vos, senhora, como filha da condessa, conhecedora da verdade, tendo sofrido também as conseqüências do seu crime, que tranqüilize uma agonizante com a paz e o conforto do perdão.

Gustavo calou-se. Não teve coragem de dizer que por duas vezes mandara um portador ao castelo da condessa, solicitando-lhe a presença naquela hora difícil sem que ela concordasse em aquiescer-lhe o pedido. Seu lacônico bilhete recusando-se a ir e a perdoar Lívia fora mais uma angústia acrescentada ao coração atormentado de remorsos do barão. Por essa mulher fútil e má ele tinha destruído o amor, a paz, a felicidade do seu lar, do seu filho e de sua jovem esposa.

A presença espontânea de Geneviève causou-lhe por isso grande bem. Devolveu-lhe um pouco a confiança na bondade, na generosidade e na compreensão das criaturas.

Na porta do quarto, o barão, ao colocar a mão na maçaneta, parou e olhou para Geneviève com olhos suplicantes. Ela levantou o rosto ainda molhado, onde se refletiam compreensão e firmeza.

— Sou-vos muito reconhecida por todos os obséquios por ocasião da morte do marquês, mas não foi apenas esse o motivo que me trouxe aqui. Também me preocupava o passado e não me compete julgar ninguém porque isso só a Deus diz respeito. A senhora baronesa deve saber, se possível, se Deus o permitir, que tudo já foi esquecido, perdoado. Para isso vim. Para dizer-lhe o que sinto. Tenho a certeza de que minha mãe diria o mesmo.

Emocionado, Gustavo abriu a porta convidando Geneviève a entrar. Atravessaram a antecâmara e penetraram no quarto de Lívia.

As cortinas estavam cerradas e a enferma imóvel, no meio do enorme leito guarnecido de cortinas vermelhas, parecia ainda mais pálida e mais magra.

Sentado ao seu lado, o velho doutor alegrou-se vendo Geneviève, que parada em respeitosa atitude não se atrevia a aproximar-se.

O médico levantou-se e pegando a mão da jovem senhora conduziu-a à cabeceira da enferma. Fitando-lhe o rosto abatido e magro, Geneviève assustou-se:

— Está morta? — perguntou num sussurro.

— Não ainda — respondeu o médico. — Mas falta pouco.

De fato a respiração de Lívia era tão imperceptível que mal se notava. A gravidade do estado da doente comoveu ainda mais o generoso coração da jovem senhora.

— Cheguei muito tarde? Não poderá ouvir-me?

— Penso que não. Entretanto, algumas vezes tem tido algumas reações de consciência que nos fazem suspeitar que há momentos em que nos pode ouvir.

Nina continuava assistindo a rememoração entre lágrimas e emoções revividas e surpreendeu-se vendo aparecer na tela refletora o espírito de Lívia desligando-se do corpo no momento extremo. Estava amparada por duas figuras iluminadas que a ajudavam a desatar os últimos laços e pôde observar emocionada que, ao ver a figura de Geneviève, quis aproximar-se do seu corpo, agonizante, colando-se a ele por instantes num esforço supremo.

Ninguém na alcova triste da enferma podia saber disso. Contudo, Geneviève fitando o rosto magro da baronesa reparou que seus olhos se abriram fixando-a com extrema lucidez. Fitando-lhe o olhar profundo de Geneviève, disse-lhe com carinho e energia:

— Lívia, vim trazer-te a amizade e a paz. Rogo a Deus que te abençoe e que te encaminhe para suas moradas de luz. O passado está esquecido. Perdoa-me se alguma vez não te soube compreender. Parte em paz.

O peito cansado de Lívia arfou em um suspiro fundo enquanto seus olhos de carne fechavam-se para sempre. Duas lágrimas de despedida rolaram-lhe pelas faces pálidas. Estava morta!

E enquanto o médico curvado sobre o frágil corpo da enferma procurava constatar as batidas do seu sofrido coração, Gustavo, abatido, ajoelhara-se ao lado da cama curvado pela dor e Geneviève rezava comovida, o vulto delicado de Lívia, amparada por duas entidades luminescentes, lançava um derradeiro olhar pelo lar que era forçada a deixar. Mas confortada pelas palavras de Geneviève, pôde adormecer nos braços generosos dos seus companheiros e suavemente ser conduzida para as moradas do Pai.

Ia redimida pelo sofrimento suportado com paciência e pelo remorso que lhe amargurara os dias sem cessar. Mas competia-lhe ainda aprender mais sobre o sagrado direito de viver para poder voltar à Terra e reparar o seu crime.

Nina não pôde dominar a emoção. Era sua história. Sentia reviver as emoções experimentadas em cada cena que se desenrolava na tela reflexiva da sala de rememoração. Mas só que agora a diferença era imensa, porque as imagens refletiam a realidade, em todos os detalhes, retratando até os acontecimentos de ordem espiritual, ao passo que, quando ela vivera na Terra como Geneviève, vira apenas uma parcela particular e filtrada pelos seus próprios sentimentos.

A luz acendeu-se na pausa necessária para descanso de Nina, que abraçada pela amiga generosa e solícita considerou:

— Como a realidade é diferente! Ah! Se quando na Terra pudéssemos saber o que vislumbramos aqui!

— Seria pior, minha querida — respondeu Cora suavemente. — Na Terra, para que possamos conviver relativamente em paz, é imperioso que ignoremos certas verdades. Elas são muito duras para que as possamos suportar sem desilusão e desespero. Isso será possível no futuro, quando os homens forem melhores e a verdade, mais agradável.

Nina serenou. Dirigindo-se ao instrutor que a seu lado permanecia silencioso e cortês, pediu:

— Por favor, podemos continuar.

O instrutor sorriu e respondeu:

— Mas sua memória já está recordando o passado!

— Sim. Está. Mas recordando a minha versão. Preciso ver a realidade.

— Sim, minha filha. Para isso estamos aqui. Contudo, basta por hoje. Amanhã à mesma hora nos reuniremos para continuar.

Nina concordou sem coragem para dizer da sua vontade de saber por que se lembrava de muitas coisas que lhe tinham toldado a felicidade. Seriam verdadeiras? Mil perguntas lhe surgiam à mente febricitante, despertada pela força de um passado que ainda vibrava no mais recôndito do seu ser.

Cora abraçou-a com doçura, sentindo o que lhe ia no íntimo, e sussurrou-lhe aos ouvidos com carinho:

— Nina, sê paciente. Todos estamos desejosos de buscar a melhor solução para tua felicidade e para aqueles a quem amas. Confiemos em Deus e em nossos maiores.

Nina acalmou-se e dirigiu o olhar para o orientador, que a fitava com amizade.

— Perdoai-me tanta emoção. Sabeis o que mais convém. Que Deus vos abençoe.

E as duas abraçadas saíram para a alameda perfumada onde o crepúsculo já começara a descer a cortina de penumbra sobre os últimos raios solares, desenhando no céu suave e belo formas fantasiosas de nuvens douradas e caprichosas.

A brisa agradável movimentava as copas frondosas das árvores e Nina sentiu despertar em seu coração um sentimento novo de paz e de esperança como jamais pensara poder experimentar.

X
O amor brotando nos corações de Gustavo e Geneviève

No dia imediato Nina preparou-se com alegria para comparecer à sala de rememoração.

Entretanto, curioso fenômeno operara-se nela. Olhando-se ao espelho sorriu alegre: sua aparência modificara-se um pouco. Parecia mais velha e seu rosto tinha agora uma tez mais aveludada e formas mais delicadas. Assemelhava-se mais com Geneviève do que com a Nina pálida e doente de outros tempos.

Até sua indumentária pareceu-lhe desagradável e a jovem apressou-se em colocar-lhe novos arranjos que a tornaram mais graciosa.

Vendo-a, Cora emocionou-se.

— Estou começando a reconhecer-te — disse quando a viu. — Agora estás reencontrando tua personalidade.

— Gostas? — perguntou Nina referindo-se ao seu traje.

— Certamente, meu bem. Mas o que mais aprecio são as virtudes do teu coração amoroso e amigo. Vamos, que está na hora.

Saíram alegres. Nina sentiu o coração vibrar emocionado ao tomar assento frente à tela de rememoração que dali a instantes passou a iluminar-se. A volta ao passado ia continuar:

Na sala de estar Geneviève observava com emoção as crianças que com alegria jogavam dardo na varanda. Deixou cair a mão que sustinha o livro em que se entretinha e pensou nos últimos acontecimentos.

Seu filho Gérard e Gustavo, filho de Lívia, tinham se estimado desde o primeiro momento em que se viram. Amizade sincera e simples entre dois meninos quase da mesma idade. Com a morte de Lívia, Geneviève tomou-se de piedade pelo órfão, desejosa de dar-lhe um pouco de carinho que o seu próprio filho desfrutava. Um era órfão de pai e o outro, de mãe. Isto a comovia, principalmente porque o pequeno Gustavo era de saúde delicada, introspectivo, maduro para seus oito anos.

Era sóbrio e educado, e Geneviève surpreendia-lhe sempre um fulgor de tristeza no olhar vivo e brilhante.

Expandia-se sempre em companhia de Gérard. Quando juntos, sorria e brincava, tornava-se mais falante, e aquele ar adulto desaparecia de seu rosto. Por esse motivo, um mês após as cerimônias dos funerais de Lívia, a marquesa solicitava a permissão do barão para convidar o menino a passar as tardes em sua casa.

Gustavo viera triste e abatido dentro do seu luto rigoroso, mas aos poucos a delicadeza de Geneviève, as gentilezas e os agrados de Gérard e Caroline tiveram o poder de devolver-lhe um pouco a alegria de viver.

Olhando os meninos entretidos e alegres, a jovem senhora sentia-se mais feliz. A figura delicada do filho do barão causava-lhe sincera emoção. Sentia despertar em seu coração profundamente maternal grande afeto pelo menino.

— Senhora marquesa, o barão de Varenne pede licença para ser recebido.

Geneviève, arrancada da sua meditação, surpreendida levantou o olhar e viu a figura esguia de Gustavo desenhar-se através do vitral da porta principal. Levantou-se admirada:

— Que entre o senhor barão.

Há um ano já que Lívia tinha morrido e nunca mais se tinha avistado com o barão, após as cerimônias fúnebres, embora o menino viesse com muita freqüência em sua casa. Por isso, a inesperada visita provocou-lhe justa surpresa. Geneviève pensara a princípio que após a morte de Lívia o barão retomasse suas atividades mundanas das quais se afastara desde a moléstia da esposa. Mas não. O barão continuava levando vida retraída e sóbria, imerso em profunda solidão.

Conduzido ao salão, Gustavo inclinou-se beijando com delicadeza, sem roçar, a mão que Geneviève lhe estendeu dando-lhe as boas-vindas.

— Sinto-me muito honrada em receber-vos. Acomodai-vos.

Gustavo acomodou-se fixando o rosto jovem e delicado da marquesa com gentileza.

— Peço-vos perdão pela intromissão. Mas precisava conversar convosco. Sou-vos muito grato pelo que tem feito a meu filho. Só um coração maternal como o vosso poderia ter-lhe oferecido tanto carinho. Meu pequeno Gustavo a adora.

Geneviève sorriu com prazer:

— Podeis crer que o considero como a um filho. Sinto-me feliz por poder dar-lhe um pouco de alegria, mas sei que ninguém jamais poderá substituir em seu coração o amor da mãe que ele perdeu.

Gustavo suspirou imperceptivelmente, enquanto a sombra de tristeza que lhe era habitual refletiu-se-lhe na fisionomia.

— Na verdade, Lívia representava muito para ele. Porém a senhora marquesa tem conseguido ajudá-lo muito, prestando-lhe uma assistência que eu diria de um anjo guardião. Tendes conversado com ele, explicado muitas coisas, orientado de tal sorte que mesmo em seu sofrimento conseguiu conservar a fé em Deus, a alegria e a esperança. Não sei como vos agradecer tanta generosidade!

Geneviève sentiu profunda emoção. A voz do barão estava vibrante e um pouco embargada e em seus olhos havia o brilho de uma lágrima que ele conseguia reter.

— Que homem estranho! — pensou ela. Vira-o sempre tão discreto que jamais pensara que ele pudesse guardar tanta emoção.

— Vossa amabilidade confunde-me, senhor barão. Se quiserdes demonstrar vossa gratidão, permiti que vosso filho venha mais vezes nos ver. Tanto eu como meus filhos nos sentimos muito felizes com sua presença.

O barão calou-se, pensativo. Depois tornou:

— Vim justamente para despedir-me. Tenciono viajar um pouco. Ir à Itália, à Alemanha. Talvez a outros países, não sei ainda. Eu e Gustavo precisamos esquecer!

Geneviève sentiu-se triste.

— Pretendeis demorar-vos?

— Não sei ainda. Talvez seis meses, um ano, ou mais.

— Tanto tempo? Vamos ficar muito sós sem Gustavo!

O barão olhou para a varanda onde os meninos riam e brincavam felizes. Nesse instante o pequeno Gustavo, como que atraído pelo olhar penetrante do pai, voltou-se, e vendo-o surpreendido parou de brincar:

— Vamos até lá — propôs Geneviève abrindo a porta envidraçada seguida pelo barão.

— Papai! Que alegria!

— Não viestes buscar Gus, não? — perguntou Gérard, meio aborrecido. — Ainda é muito cedo.

— O senhor barão veio despedir-se. Eles vão viajar por algum tempo.

Pela fisionomia de Gus passou uma sombra de pavor. Instintivamente abraçou-se a Geneviève como quem procura proteção.

A marquesa sentiu-se embaraçada, mas ao mesmo tempo comovida pela prova de afeto do menino. A eles juntaram-se os outros dois e a jovem senhora passou o braço em volta deles enquanto dizia com amor:

— Que é isto? O senhor barão sabe o que convém ao seu filho. Não temos o direito de intervir.

— Não quero que Gus vá embora. Por favor, mamãe, não deixe!

— Eu também não quero, mamãe — suplicou Caroline já em pranto.

O barão olhava admirado e sem saber o que dizer. Por fim dirigiu-se ao filho:

— Vamos viajar, meu filho, conforme planejamos. Há muito tempo temos feito planos de viagem. Tinhas tanto entusiasmo! Esqueceste de tudo?

O menino, que escondera o rosto no braço de Geneviève, tornou:

— Não esqueci, papai. Mas eles não podem ir conosco?

Dessa vez foi Geneviève quem respondeu:

— Infelizmente não. Mas ficaremos esperando teu regresso, e nos contarás tudo direitinho. Os passeios, os divertimentos, tudo. Sabes aonde vais? Vem comigo, vou mostrar-te.

— Posso ver? — perguntou Gérard.

— Eu também? — inquiriu Caroline.

— Certamente.

Lançando um olhar significativo para o barão, Geneviève conduziu-os à biblioteca enquanto dizia:

— Mostrar-vos-ei quantas coisas bonitas existem e merecem ser vistas.

Escolhendo um enorme volume, Geneviève tomou assento em uma poltrona, tendo as três crianças ao redor. E com voz sonhadora abriu o volume e começou a contar:

— Ireis à Itália, terra dos grandes pintores e dos grandes tribunos. Vede: esta gravura é de Roma, cidade que dominou o mundo...

E a marquesa, com voz doce e imaginosa, foi contando histórias de forma atraente e romanesca sobre cada gravura que examinavam.

As crianças ouviram com interesse e entusiasmo, bebendo-lhe as palavras com avidez e encantamento. O barão, sentado a um lado, não pôde furtar-se ao encanto da narrativa feita com erudição, maestria e graça.

Olhava a figura de Geneviève com enlevo enquanto pensava:

— Que mulher! — Jamais conhecera outra que guardasse tanta beleza, tanta finura, tanto amor. — É linda por dentro e por fora — pensou, observando-lhe o rosto expressivo a transbordar emoção, transmitindo aos que a ouviam tudo quanto desejava sobre a colorida narrativa da suposta viagem.

Quando terminou, não só o pequeno Gus desejava ir, como os outros dois. Olhavam o amigo com respeito enquanto Gérard dizia:

— Será bom veres tudo isso. Um dia nós também iremos, não é, mamãe?

— Certamente, meu filho. Agora está na hora da merenda. Espero que o senhor barão aceite tomar chá conosco.

— É muita gentileza, senhora marquesa.

Enquanto os meninos merendavam na varanda, Geneviève mandou servir o chá na sala. Vendo-se a sós com ela, Gustavo tornou:

— Mais uma vez devo agradecer-vos pelo socorro providencial. Não pensei que a notícia da viagem pudesse causar tanto transtorno. Fico pensando se valerá a pena.

Geneviève surpreendeu nos olhos de Gustavo um brilho novo de admiração. Ele continuou:

— Temos vivido muito sós. Não temos tido a ventura de encontrar tanto aconchego como o que nos agasalha aqui. Perdoai-me, senhora marquesa, se vos digo, mas eu e meu filho não encontramos alegria em nossa casa vazia de amor e de carinho. Não sei se faço bem levando meu filho para longe. O amor é um sentimento tão precioso e profundo que quando o encontramos sincero, jamais o devemos menosprezar.

Geneviève levantou o olhar e fixou-lhe os olhos expressivos.

— Tendes razão. A presença de Gustavo nos traz sempre muita alegria. Sensibiliza-me saber que ele também nos aprecia. Quando perdi meu marido, aprendi a valorizar a presença daqueles que nos são caros. Ninguém sabe por quanto tempo estaremos juntos. Apeguei-me mais aos meus filhos, procurei dar-lhes mais do meu tempo, e para falar com franqueza, estamos juntos o mais que podemos. Quero vigiá-los, amá-los, fazer o que puder para que sejam felizes.

Geneviève falava com sinceridade, sem perceber que adentrara o terreno das confidências. Parecia-lhe que o barão podia compreendê-la, porquanto valorizando o amor chorava a esposa perdida tão prematuramente.

Gustavo tornou:

— Não freqüentais a corte?

Geneviève sacudiu a cabeça negativamente.

— Apesar da alegria aparente, sinto-me sempre triste quando tenho de freqüentar os salões. Reminiscências da minha juventude, talvez. Não me agrada a hipocrisia, senhor barão.

— E não vos sentis só?

— Às vezes. Mas as festas da corte jamais poderiam varrer essa solidão. Prefiro a companhia dos meus filhos. É muito triste para uma criança a falta de afeto materno. Desejar estar com ela, confidenciando suas dúvidas, procurando apoio e não poder. É um vazio que nada e ninguém poderá preencher.

Pela primeira vez Gustavo pensou na condessa como mãe. Era evidente que a vaidade não lhe dera tempo para dedicar-se à filha como esta desejaria. Compreendeu como a menina Geneviève se sentira infeliz. Ele também se sentia órfão de carinho e de compreensão. Tinha remorsos sempre que se lembrava de Lívia e atormentava-se com a consciência da sua culpa.

Conversaram ainda por meia hora, e quando Gustavo saiu, levando o filho pela mão, guardava um sentimento de paz que havia muito não experimentava. A presença moça e serena, amorosa de Geneviève, sua compreensão inata, sua cultura, sua sinceridade tiveram o dom de dar tranqüilidade ao seu coração amargurado.

Sentiu vontade de desistir da viagem, mas não queria dar impressão de leviandade ao filho, já agora desejoso de partir. Sabia que essa viagem fazia parte da educação do menino e não podia descurar desse dever.

Assim, uma semana depois viajavam para o exterior.

Geneviève sentiu muito a falta de Gus, mas as crianças, saudosas, antegozavam a alegria da volta e sempre que podia a marquesa era obrigada a tomar o livro das gravuras, procurando imaginar por que lugares os dois estariam.

Dois meses depois, em uma tarde de outono, os tão esperados viajantes regressaram.

Estavam reunidos no salão, como sempre, conversando animadamente, quando foi anunciada a presença de Gus, acompanhado pelo pai. Traziam no olhar a alegria da volta e o prazer do reencontro. Recebidos com surpresa e muita alegria, contaram as peripécias da viagem da qual Gus trouxera muitos presentes para os amigos.

Enquanto as crianças ruidosamente entregavam-se à palestra fraterna, Geneviève, um pouco emocionada, palestrava com o barão.

— Resolvemos voltar. As saudades eram muitas, e tanto Gus como eu chegamos à conclusão de que não podíamos mais ficar longe de casa.

Os olhos escuros e profundos do barão procuravam os de Geneviève com insistência. A jovem senhora sentia-se perturbada com esse olhar tão emotivo em que havia um interesse maior do que o usual. Mas Gustavo naquele momento estava sendo sincero.

Durante sua ausência a figura de Geneviève, sua doçura, sua beleza, não lhe saíra da mente. Gus, em sua ingenuidade, mais contribuía para isso, falando constantemente dela com admiração e carinho.

Gustavo sentia-se profundamente só. Entretanto, o sentimento que começava a despontar em seu coração era muito diferente de todos os outros que já experimentara antes. Nem a afeição ingênua e insegura de Lívia, nem a paixão irrequieta e desordenada de Margueritte. Sentia um calor agradável quando a fitava, um sentimento misto de respeito, admiração, mas ao mesmo tempo de plenitude que às vezes assustava pela profundidade.

Geneviève sentiu que o barão interessava-se por ela mais do que deveria. A princípio assustou-se. Parecia-lhe estar sendo desleal para com Lívia e com Gérard. Mas, ao mesmo tempo, as emoções que Gustavo deixava transparecer discretamente faziam seu coração bater descompassadamente. Seu amor com Gérard fora tranqüilo e calmo. Insegura e inexperiente, frente aos primeiros contatos com a vida, ávida de emoções e de carinho, desde muito jovem encontrara nele o amparo, a compreensão e o carinho que lhe deram segurança e paz.

Assustou-se diante de um possível interesse amoroso do barão e resolveu evitar sua presença, que, ao contrário de Gérard, provocava-lhe inquietação e certo temor.

Mas o barão era muito delicado. Percebendo certo constrangimento em Geneviève, conduziu o assunto de forma impessoal e aos poucos a marquesa sentiu-se tranqüila, rendendo-se ao encanto de uma boa conversação. Gustavo era um prosador inato. Sua voz grave de entonações veludosas guardava a riqueza de modulações encantadoras, extravasando finura, cultura e brilhante inteligência, prendendo a atenção do mais exigente interlocutor.

Durante os últimos anos, tinha vivido entre o remorso e a depressão, tornara-se triste e calado. Mas, naquele instante, reavivado por novas e acalentadoras emoções, instintivamente mostrava-se tal qual era.

Geneviève estava encantada. Entregou-se de corpo e alma ao prazer da palestra, procurando afastar os pensamentos inoportunos. E os dois foram ficando. Convidados para jantar, aceitaram com prazer e o encantamento prolongou-se por mais duas horas.

Estavam no salão os dois palestrando animadamente. Geneviève sentada em uma poltrona diante do barão. Caroline brincava entre os dois, carregando com alegria uma linda boneca de porcelana com que Gus a presenteara.

Houve um momento em que seu pezinho falseou e teria caído se o barão com impressionante rapidez não a houvesse segurado. Geneviève também quis impedi-la de cair, lançando-se sobre ela, procurando sustê-la. Abraçando o barão e a filha, seu rosto roçou a face morena de Gustavo, suas mãos estremeceram ao contato de seus braços vigorosos e suas mãos fortes.

Geneviève ruborizou-se enquanto sentia-se presa de grande emoção. Ergueu-se imediatamente, murmurando desculpas, procurando consolar a menina, cuja boneca espatifara-se no tapete:

— Não chores, Caroline. Mandarei buscar outra para ti.

— Mas esta era minha — soluçou a menina. — Gus me deu!

Procurando serenar as emoções, Geneviève tomou a filha nos braços, procurando acalmá-la.

— Não chores. Não sabias que se quebrava? Vamos, aprende a ser paciente.

Aos poucos a menina acalmou-se e concordou em ir para a cama com a governanta.

Quando o barão se despediu, Geneviève tornou:

— Talvez não aproveis a maneira livre de educar meus filhos, tão diferente da rigidez dos nossos costumes. Acontece que somos muito unidos e penso de maneira diferente. Acredito no amor como fator preponderante da educação. Não aprovo o rigor dos castigos e das punições.

Gustavo olhou-a bem nos olhos. Sentia-se tentado a beijar-lhe os lábios, recordando a maciez de sua tez no leve e involuntário roçar de momentos antes.

— Vossos filhos são encantadores, senhora marquesa. Providenciarei outra boneca para Caroline.

— Descuidou-se, não sei se ela merece...

— Pois eu acho que merece muito mais. É com prazer que trarei a boneca. Não me priveis da alegria de lha oferecer.

Geneviève sentiu-se embaraçada. Felizmente Gus aproximou-se para as despedidas e não teve que responder. E olhando pela janela a carruagem que se afastava, considerou que aquele fora um dia feliz, tão feliz que não se recordava de ter vivido outro igual.

XI
As forças do mal reagindo

Os dias subseqüentes continuaram felizes e alegres. Pouco importava o vento que soprava fora desvestindo as árvores, afastando os pássaros habituais, que emigravam em busca do sol e do calor, pressentindo a chegada da estação fria.

Todas as tardes Gus comparecia ao castelo de Trussard, com grande prazer dos seus moradores. Embora Gus chegasse acompanhado pela ama, era o próprio barão que habitualmente passava para buscá-lo, invariavelmente tomando o chá da tarde com eles.

Isto tornara-se um hábito, e Geneviève compreendeu certo dia que sentia grande amizade por Gustavo. A convivência, a conversação íntima no recanto agradável da sua sala de estar enquanto as crianças brincavam em seu redor, fizera-a conhecer com bastante profundidade os sentimentos, o caráter, os hábitos, a inteligência, a cultura do barão. Sua personalidade afigurava-se-lhe fascinante.

Na verdade, ele o era. Jamais deixara de conseguir conquistar uma mulher quando desejasse. Com Geneviève era sincero. Preso ao fascínio da jovem senhora, encantado com sua beleza física, mas ainda mais descobrindo sua beleza moral e espiritual, compreendera que aquela bela mulher representava seu sonho tantas vezes procurado nos sorrisos embonecados dos salões, nos contatos aventurosos e ocasionais.

Identificava-se tanto com Geneviève, com seu modo de ser, de sentir, de sorrir, de falar, que lamentava do fundo do coração não havê-la conhecido antes do seu infeliz casamento.

Amava-a. Descobrira isso durante a viagem que fizera. Entretanto, temia não ser correspondido. Temia, ainda, que o amor de Gérard estivesse muito vivo em seu coração para que pudesse aceitá-lo.

Às vezes lembrava-se com temor da sua aventura com a condessa Margueritte. Até que ponto Geneviève conhecia a verdade? Saberia que fora mais do que um simples flerte? Envergonhado, procurava afastar essas importunas lembranças como se nunca tivessem acontecido. Freqüentava-lhe a casa com assiduidade. Tinha esperanças de que ela viesse a amá-lo. Para isso esforçava-se sem no entanto sair da posição respeitosa de amigo da família com a qual fora recebido. Contava que o tempo fizesse o resto. Não lhe passava despercebida a emoção de Geneviève quando a surpreendia aparecendo inesperadamente. Nem do seu tremor quando pousava os lábios com carinho em sua mão macia no cumprimento usual.

Uma tarde, quando os primeiros albores do inverno começavam a vergastar as folhagens do parque e o fogo crepitava agradavelmente na lareira, as crianças brincavam como de hábito, e o barão, sentado em confortável poltrona, saboreava gostosa chávena de chá. Seus olhos fitavam amorosamente a figura de Geneviève ocupada em atar a fita de Caroline que se desprendera.

Amava-a! Amava-a! Era imperioso que ela lhe correspondesse.

Terminada a tarefa, Caroline juntou-se aos outros dois, e a marquesa levantando os olhos surpreendeu-lhe o olhar ardente em súplica muda. Enrubesceu. Coração aos saltos, apanhou umas gravuras ao acaso para desviar a atenção, mas suas mãos tremiam.

Gustavo não mais podia silenciar. Ordenou à ama que levasse os meninos para a sala de jogos, o que provocou o fácil entusiasmo infantil.

Vendo-se a sós com ela, não mais se conteve. Aproximou-se e tomou-lhe as mãos com ardente emoção:

— Geneviève! Preciso falar-te!

Ela levantou-se nervosa tentando impedi-lo, arrancando sua mão de entre as dele com inquietação.

— É melhor não dizer nada, Gustavo. É impossível.

Frente ao primeiro empecilho, Gustavo acovardou-se. Teve medo de perdê-la. Dominado por ardente emoção, segurou-a com determinação, procurando-lhe a boca numa necessidade inconsciente de saber se era amado. Geneviève não mais reagiu. Sentiu-se morrer. Parecia-lhe que a vida se resumia nesse beijo, nessa emoção delirante da qual nunca se julgara capaz. Compreendeu que jamais houvera conhecido o amor, antes de Gustavo.

Ele, também, inebriara-se de emoções nunca imaginadas e não se podia conter. Beijava-lhe os lábios, as faces, os cabelos, numa vertigem incontrolável.

Assustada com o volume das emoções que os envolvia, brandamente ela tentou serená-lo, murmurando com carinho:

— Tem calma. Não somos crianças. Por favor!

Por instantes os olhos dele procuraram os dela com ardente fulguração.

— Geneviève, eu te amo! Eu te amo! Jamais amei alguém como a ti. Nenhuma mulher penetrou em meu coração dessa maneira. Há dias queria perguntar-te se posso ter esperanças. Não somos crianças, é certo, mas agora, para mim, é como se fosse o primeiro amor! Podes compreender isso?

Trêmula e feliz, a marquesa, sem desviar os olhos dos dele, murmurou:

— Sim. Posso. Eu também te amo e parece que em minha vida acontece-me pela primeira vez.

Arrebatado, Gustavo cobriu-lhe de beijos ardentes o rosto corado, e quando a jovem senhora conseguiu acalmá-lo um pouco, sentaram-se um ao lado do outro em um sofá, na amorosa troca de confidências dos namorados.

Falaram das emoções do passado, das alegrias do presente e principalmente dos projetos para o futuro.

Gustavo desejava casar-se o quanto antes, mas Geneviève desejava esperar pela primavera. Queria preparar a casa, mas Gustavo não pretendia habitar no castelo de Trussard. Depois, compreendeu que Geneviève não se sentiria feliz em morar onde Lívia vivera. Por fim concordaram que seria pela primavera e enquanto isso o barão procederia a uma reforma completa em seu belo castelo, inclusive construindo nova ala para habitar com Geneviève.

Nina deixou escapar fundo suspiro. A rememoração daquelas cenas de grande emoção tinha revivido em seu coração o fundo sentimento de amor que a ligara a Gustavo. Vendo-o amoroso, apaixonado, reacendia-se em toda sua plenitude, no íntimo do seu ser, o grande sentimento que ainda se conservava vivo e candente, muito embora o tempo os houvesse separado.

Lágrimas dolorosas de saudades corriam-lhe pelas faces, enquanto de seus lábios, como que incontrolável, partia esse grito de dor:

— Gustavo, meu amor, onde estás?

Imediatamente a luz acendeu-se e Cora, carinhosa, tomou as mãos da amiga, acariciando-as. Trazida à realidade, Nina procurou conter-se. Teve receio de que sua interrupção a privasse de assistir ao restante do seu dramático passado.

— Peço-vos perdão. Não interromperei mais. Podeis continuar.

O instrutor olhou-a com compreensão e bondade, aconselhando:

— Nós aguardaremos alguns instantes. Temos tempo. Não se preocupe.

Colocou a destra sobre a fronte de Nina e aos poucos ela foi se acalmando, sentindo que brando calor penetrava-lhe o corpo, em doce e sereno aconchego.

Pouco depois a tela voltou a iluminar-se. A revivescência iria continuar.

Nina pôde, comovida, rever os dias subseqüentes, plenos da mais completa felicidade.

As crianças foram os primeiros a saber e, para alegria dos pais, sentiram-se contentes e felizes. A amizade espiritual que os unia iria concretizar-se na junção das duas famílias.

Geneviève transbordava de felicidade. Gustavo era o namorado ideal. Galante, atencioso, apaixonado. Parecia remoçado frente ao amor que lhe inundava a alma de calor e de compreensão.

Vivera sempre só, mesmo quando em companhia dos familiares e da própria esposa. Agora, encontrara a companheira com a qual identificava seus mais caros ideais. Parecia-lhe a Terra o próprio paraíso.

Geneviève, radiosa, trazendo no olhar o brilho esfuziante do amor correspondido, procurou a casa paterna para as primeiras participações.

Apesar da viuvez, a moça respeitosamente desejava pedir-lhes consentimento. Fazia-o por uma questão de ordem e piedade filial. Estava certa de que os seus sentir-se-iam felizes por vê-la realizar seu grande sonho, refazer a vida. Considerava com alegria que o conde sempre distinguira Gustavo com amizade e deferência. Conhecera-lhe o pai, de quem fora amigo de infância. Quanto à mãe, não sentia receio. Certamente compreenderia. Mostrara-se sempre muito amiga do barão, ao ponto de sofrer em silêncio o horrível atentado de Lívia para não envolvê-los em um escândalo.

Geneviève não tinha dúvidas quanto às relações da condessa com o barão. Acreditava-os vítimas do doentio ciúme de uma mulher tão descontrolada ao ponto de chegar ao crime por causa disso.

No auge da felicidade, não via Gustavo como um homem passivo de erros e de enganos, bem como seu amor pela mãe, sua consciência sempre reta, não a julgava capaz de chegar ao adultério. Preferiu ver em Lívia uma mulher enferma cujo ciúme infelicitara a vida do casal.

Foi com ares misteriosos que visitou a mãe em sua sala particular e pediu com insistência a presença do conde.

Um pouco assustado frente ao convite da filha, ele penetrou na sala particular de sua mulher um pouco constrangido. Não tinha o hábito de entrar ali, pois a condessa não o permitia por estar sempre às voltas com suas máscaras de beleza e seus cuidados excêntricos.

Sentados em artísticas poltronas, ambos olhavam a filha com curiosidade e certa preocupação. Mas a exuberância de Geneviève os tranqüilizou:

— Peço-vos desculpas se vos tomo o tempo, mas o assunto é tão importante que não pude mais esperar.

A condessa, alçando as sobrancelhas, considerou:

— Será algo inusitado, porque pareces uma menina estouvada e não uma marquesa.— E voltando-se para o marido: — Viste como entrou aqui?

O conde limitou-se a olhar a filha, esperando a explicação que veio em seguida:

— Vim consultar-vos sobre um assunto muito sério! Pretendo casar-me outra vez!

— Oh! — fez a condessa, procurando não enrugar a face a fim de não marcá-la.

O conde permaneceu calado alguns segundos, e por fim pronunciou-se:

— Quando Gérard morreu, deixou-te muito jovem. Não posso esconder-te que isso tem me preocupado. Precisas de um marido. Um homem da nobreza que possa dirigir teus bens com segurança e educar teus filhos. Já quis falar-te várias vezes sobre isto, mas sempre te negavas a ouvir-me.

— Tens razão. Nunca pensara antes em casamento. Entretanto, agora, amo e sou amada. Um homem de bem, tão rico como eu, que meus filhos adoram, e que por ser vosso amigo certamente será muito bem aceito em nossa família.

A condessa parecia satisfeita. Considerava a filha muito só, enterrada em seu castelo sem querer freqüentar a corte, vivendo reclusa como uma freira.

Faltava-lhe certamente um marido que a orientasse. O conde sorriu aliviado:

— Alegra-me que seja pessoa de nossas relações. A que família pertence?

Geneviève levantou-se revelando com alegria:

— É o barão de Varenne!

Enquanto a face do conde se distendia em emocionada alegria e ele corria a abraçar a filha, a condessa empalidecia mortalmente. Seu rosto contraiu-se em um ricto de ódio que a custo conseguiu dissimular.

Percebendo que a olhavam esperando uma reação, procurou sorrir.

— Parece que não te sentes feliz com minha felicidade. Desaprovas minha escolha, por acaso?

A condessa procurou esconder o que lhe ia no íntimo e argumentou:

— Não se trata disso, minha filha. Acontece que o teu casamento com Gérard foi muito feliz. És ingênua e desconheces a maldade da vida. O barão, apesar de ser nosso amigo, é um homem sofrido, que foge ao convívio de todos, envolvido pelos seus problemas do primeiro casamento. Além do mais, tem um filho, que certamente te trará problemas. Temo pela tua felicidade.

A moça sorriu com doçura:

— Sempre foste mãe extremosa. Teus receios não têm razão de ser. O pequeno Gus é muito amigo dos meus filhos e foi por causa dessa nossa amizade, desse afeto que nos une que Gustavo nos tem visitado. Conheço-o bem. É um homem sincero e encantador. Sofreu, é verdade, mas por isso mesmo merece ter uma chance para refazer a vida. Sentimo-nos felizes juntos e todos nós nos amamos muito.

Picada pelo despeito, a condessa inquiriu:

— Ele disse que te ama?

Geneviève corou:

— Disse, mas mesmo que se calasse, eu sei que ele me ama! Tanto como eu a ele. Nosso amor é verdadeiro e puro. Tanto ele como eu, apesar do primeiro casamento, não sabíamos bem o que era o amor. Agora sentimos que realmente o encontramos.

A jovem senhora falava, olhos perdidos na distância, e seu rosto refletia toda a fé, toda a euforia que lhe ia na alma.

A condessa calou-se. O conde ajuntou sereno:

— Gustavo sempre foi um homem de bem e um nome dos mais ilustres. Têm minha aprovação e penso que de tua mãe.

Instada a responder, a condessa sorriu:

— Certamente, minha querida. Se te sentes feliz, seja!

A marquesa abraçou a mãe efusivamente a passaram a tratar dos detalhes do casamento. E quando o conde acompanhado da filha se retirou da sala, desapareceu o sorriso do rosto da condessa, que se tornou ameaçador e sombrio.

— Miserável! — pensou ela. — Desprezou-me porque julgava-me velha! Não sabe que sou muito mais mulher do que minha filha, inexperiente e ingênua. Uma menina que não sabe amar!

A figura de Gustavo surgia-lhe na mente obscurecida.

— Talvez seja melhor assim. Estará em minhas mãos. Ajustaremos contas. Certamente, ele me pagará!

E diante da surpresa dolorida de Nina frente à desoladora realidade, três vultos sombrios de entidades infelizes e trevas que se encontravam na sala envolveram a condessa, colando-se a ela, alimentando seus pensamentos infelizes que naquele instante pareceram recrudescer e intensificar-se.

Brandindo a mão com raiva, ela murmurou, com vibrações de ódio:

— Ele não perde por esperar!

XII
O orgulho e o egoísmo pondo em risco a felicidade de uma família

A tarde estava agradável e morna. Geneviève sentada em confortável poltrona, em alegre e luxuosa sala, repousava no salão de música. Ao lado, as crianças tomavam lições com o professor de piano. Olhos cerrados, Geneviève meditava no rumo inesperado que sua vida tinha tomado.

Seu casamento com Gustavo, realizado em luminoso dia primaveril, três meses atrás, dera-lhe grande emoção e alegria. Fora trêmula e comovida que se deixara conduzir por seu pai à capela do castelo de Trussard, onde se casaram. Essa união trouxera-lhe uma felicidade nunca experimentada. A cada dia o barão revelava-se mais amoroso, mais efusivo, mais encantador.

O belo castelo de Varenne sofrera imponente reforma e nova ala fora construída para receber o casal. Tanto ela como o barão desejavam a máxima simplicidade no casamento, mas tanto o conde quanto a condessa não concordaram. Não querendo desgostá-los, ambos concordaram em oferecer uma recepção no castelo da marquesa. Embora não apreciasse a corte, existiam tradições de família e costumes, as amizades. Submeteram-se portanto às exigências sociais, mas sentiram-se infinitamente felizes quando dirigiram-se ao castelo de Varenne.

Antes de se recolherem, foram olhar uma a uma as crianças, que já se encontravam instaladas no novo lar. Depois, abraçados ternamente, encaminharam-se para seus aposentos.

Geneviève amava profundamente o marido, com um arrebatamento que nunca se julgara capaz. Às vezes pensava em Lívia e compreendia o seu ciúme. Também ela sentia dentro de si o receio de perdê-lo. Parecia-lhe tão grande sua felicidade que temia não a merecer.

Vivia para ele. Pensava sempre nele, procurava dar-lhe alegria e paz. Amava Gus com enternecimento e distribuía equilibradamente seu afeto com os três filhos.

Sua meditação foi quebrada por um ruído vindo de fora. Teve tempo de levantar-se e já a condessa entrava elegantemente na sala.

Surpreendida, Geneviève não conteve uma exclamação:

— Mamãe! Que alegria!

Beijou-lhe a mão que a mãe lhe estendia procurando instalá-la confortavelmente.

— Tive saudades e vim ver-te. Não me esperavas, naturalmente!

Um pouco envergonhada, a baronesa notou que no repouso de momentos antes seus cabelos tinham se desajeitado um pouco:

— Perdoe-me mamãe. Sentei-me aqui e adormeci um pouco. Permita-me sair alguns segundos. Volto em seguida.

Apesar de não ser mais uma criança, Geneviève guardava ainda grande receio da desaprovação materna.

Percebera que sua aparência a desagradara.

Quando a filha saiu, a condessa, com o olhar perscrutador, percorreu toda a sala. O casamento da filha com o homem que a recusara trouxera-lhe grandes emoções. A presença de Gustavo reavivara a paixão que ele um dia despertara. Não considerava a filha como uma rival. Em sua enorme vaidade a condessa se colocava em melhores condições para dar ao barão o amor que ele precisava ter. No auge de sua ilusão, chegava por vezes a supor que Gustavo lhe procurara a filha para poder voltar ao seu convívio com intimidade e segurança.

Era verdade que ele sempre a tratara com polidez e respeito, nunca dando ensejo a qualquer pensamento referente ao passado, mas Margueritte tinha esperanças de que decorrido certo tempo ele encontrasse oportunidade de manifestar-se.

Apesar de ser mulher experimentada, estremecia de paixão e de emoção ao pensar no dia em que novamente pudessem encontrar-se a sós como dantes.

Geneviève regressou alegre, preocupada em recebê-la com carinho e atenção.

Conversaram alguns minutos e nesse colóquio foram surpreendidas por Gustavo. O barão cumprimentou a sogra com delicadeza e seus olhos procuraram logo o rosto corado e querido da esposa.

Beijou-lhe a face com ternura. Amava-a perdidamente. A cada dia ela se lhe revelava em novo encanto. Sentia-se só quando longe dela, e fazia o possível para voltar à casa com toda a rapidez. A presença da condessa o desagradou um pouco, porquanto gostava de estar a sós com Geneviève, para poder acariciá-la livremente, sentar-se de mãos dadas no divã, contando as novas do dia, deitar a cabeça no seu colo, olhando seu rosto alegre, onde a vida parecia refletir-se em doce encantamento.

A presença da condessa sempre o incomodava. Quando resolvera casar-se com Geneviève, sabia que teria que enfrentar essa convivência desagradável. Temia mesmo que, para vingar-se, Margueritte tentasse impedir o casamento. Como isso não aconteceu, supôs que ela houvesse compreendido que o erro passado fora esquecido. Os dois tinham errado. Dando-lhe a filha em casamento, certamente ela o tinha perdoado. Talvez até lhe fosse grata por tê-la impedido de errar mais colocando as coisas nos devidos lugares.

Por isso, resolveu dar-lhe um tratamento cortês, cordial, deferente e respeitoso. Jamais lhe passou pela mente que a condessa quisesse disputá-lo com a própria filha.

Conversaram sobre diversos assuntos, e Geneviève percebeu com alegria que sua mãe estava bem-humorada, mostrando-se encantadora.

Na verdade, a condessa procurava mostrar-se atraente e fina. Sabia sê-lo quando queria. Entretanto, no íntimo, estava enraivecida. Surpreendera os olhares ardorosos de Gustavo para a esposa, observara a transformação ardente do seu rosto quando se dirigia a ela. Naquele instante, a condessa começou a perceber, a sentir que de fato o barão amava sua mulher. Um sentimento misto de desilusão, ódio e revolta começou a manifestar-se em seu coração. Ao mesmo tempo tomou a deliberação de lutar.

Haveria de reconquistá-lo! Precisava fazê-lo! Julgava-se mais bonita e encantadora do que a filha, cuja simplicidade a desagradava. Compreendeu que precisava agir com inteligência a astúcia a fim de alcançar seus objetivos.

Tão encantadora se mostrou que o próprio barão chegou a esquecer sua impressão desagradável sempre que a via.

Quando ela se retirou uma hora depois, Geneviève feliz confidenciou ao marido:

— Não é encantadora?

— Certamente — respondeu com gentileza e sinceridade.

Geneviève alçou-se na ponta dos pés e beijou com garridice a face morena do marido.

— Sinto-me feliz e te agradeço por teres sido tão gentil com ela. Nunca a vi tão alegre.

Gustavo enlaçou-lhe a cintura atraindo-a para si, apertando-a com força de encontro ao peito:

— Não posso esquecer que foi ela quem te trouxe ao mundo. Ser-lhe-ei eternamente grato por isso.

Sentindo o agradável aconchego da esposa querida, beijou-lhe os cabelos, os lábios com carinho e ternura.

Daquele dia em diante, a condessa passou a freqüentar com assiduidade a casa da filha, bem como a insistir para que eles fossem visitá-la amiudadamente. Com habilidade e carinho, arranjava pretextos e ocasiões que justificassem essas visitas. Mostrava-se sempre encantadora para com todos, inclusive para com as crianças, o que para ela representava inaudito sacrifício.

Ao mesmo tempo solicitava à filha auxílio nas pequenas coisas, principalmente nas suas atividades sociais, procurando envolvê-la de tal maneira que ela não tivesse muito tempo livre.

Gustavo aborrecia-se por ver a esposa sempre ocupada, às voltas com os problemas fúteis e esnobes de sua mãe. Manifestou-se a Geneviève, que o repreendeu com doçura, alegando que não lhe custava nada prestar esses pequenos serviços à mãe, cujo devotamento sempre fora constante.

E a jovem senhora desdobrava-se por agradá-la cada vez mais, feliz por sentir-se alvo das atenções maternas que durante a infância e a juventude sonhara poder conseguir.

Entretanto, a condessa, envolvida por sonhos e ilusões, acalentava cada vez mais sua louca paixão pelo barão. A custo conseguia disfarçar seus sentimentos e já não suportava mais esperar.

Uma tarde, dirigiu-se ao castelo do barão. Ia só e seu coração batia descompassado, apesar de todo seu controle emocional.

Conseguira reter a filha com os netos em sua própria casa e, pretextando necessidade urgente de sair, recomendara a Geneviève que a aguardasse. Certa de que seria obedecida, rumou para o castelo de Varenne.

A oportunidade tão esperada chegara!

Como previra, encontrou o genro na biblioteca. O barão, entristecido e só, procurava entreter-se com alguma leitura, mas a presença dos seus entes queridos era-lhe muito cara. Por isso, ansioso, a cada momento perscrutava o parque que se estendia através da janela à espera do seu regresso.

Vendo a condessa chegar só, preocupou-se. Recebeu-a com cortesia, perguntando por Geneviève.

— Estão bem, Gustavo. Vim até aqui porque passava por perto e sentia-me fatigada. Desejo repousar um pouco.

Acomodando-a em um sofá, Gustavo nem por sombras poderia imaginar os pensamentos ardorosos da condessa.

— Doem-me os pés. Tira-me os sapatos, por favor.

Um pouco aborrecido, Gustavo curvou-se e, meio sem jeito, descalçou com delicadeza os caprichosos sapatos da sogra. A instâncias suas, colocou-lhe os pés sobre almofadas.

Pretextando indisposição, a condessa pediu-lhe para colocar uma almofada sobre a cabeça. Solícito, o barão curvou-se sobre ela e Margueritte enlaçou-lhe o pescoço com violência.

Sobressaltado, Gustavo quis afastar-se, mas ela abraçou-o, suplicando com voz sumida:

— Por favor! Sinto-me mal. Acho que vou morrer!

Apanhado de surpresa, o barão não sabia o que fazer. Uma dúvida o assaltou quanto ao súbito mal-estar da condessa. Essa possibilidade deixou-o estarrecido por um momento, sem capacidade de reagir.

Com braços que pareciam de ferro, a condessa envolvia-lhe o pescoço e seu rosto bem empoado encostava-se-lhe na face.

— Largai-me, condessa... — pôde balbuciar Gustavo, assustado.

— Deixai-me socorrer-vos, chamar um médico.

Sentindo a aflição por livrar-se dela e a indiferença com que recebia sua proximidade, a condessa desesperou-se. Seu corpo tremia de emoção ao contato com a pele morena de Gustavo e a proximidade de seus lábios, que noutros tempos lhe suplicavam a dádiva de um beijo.

Sentiu-se desfalecer. Sem poder sustar a avalanche das emoções, apertou-o com mais força e seus lábios ardentes buscaram os de Gustavo com desesperada paixão.

O barão, ainda perturbado pelo inesperado, horrorizou-se sentindo o ardor daquela mulher e o contato de seus lábios voluptuosos. Não retribuiu o beijo, e Margueritte não encontrando reciprocidade afastou um pouco seu rosto e olhando-o nos olhos tornou:

— Não me amas mais? Não me desejas mais? Como pudeste esquecer tempos tão felizes? Não tens dentro de ti nem um pouco de amor por mim?

Sentindo-se mais livre, Gustavo, com delicada determinação, tirou-lhe os braços de volta do seu pescoço e respirou fundo.

Era-lhe profundamente desagradável aquela cena. Enojava-se diante daquela mulher, mas ao mesmo tempo tinha-lhe pena. Sentia-se embaraçado e sujo.

— Por favor, senhora condessa. Acalmai-vos.

Ela, sentindo-se impossibilitada de alcançar o que desejava, deixou que algumas lágrimas lhe deslizassem pelas faces.

— Não pensei que pudesses ter esquecido tudo. Desposaste minha filha. Por que foi senão para te aproximares de mim?

Sacudido por essas palavras, Gustavo reagiu:

— Pensastes isso de mim? Acreditastes que eu pudesse fazer de Geneviève um meio para chegar até vós? Cometestes terrível engano. Agora sabeis. Casei-me com ela porque a amo verdadeiramente. Não pensastes nisso. Eu a amo! Amo como jamais havia amado antes e como certamente jamais amarei outra mulher.

Humilhada, a condessa chorava baixinho. Seu plano falhara! Seu amor não fora correspondido. Mal ouvia as palavras explicativas com as quais o barão queria esclarecer de uma vez aquela questão, para evitar futuros aborrecimentos.

Infelizmente, não podia pô-la para fora ou impedir que Geneviève a visse. Esperava, pelo menos, que ela compreendesse esse sentimento impossível.

Entretanto, Margueritte ruminava pensamentos de ódio e de vingança. Não querendo que ele percebesse, levou o lenço aos olhos e disse com voz sumida:

— Perdoa-me, Gustavo. Foi mais forte do que eu! Sinto-me muito infeliz! Isto não voltará a acontecer.

Um pouco aliviado, Gustavo generosamente declarou que esqueceria o sucedido e que tudo seria como antes.

Quando a condessa, demonstrando pudor e fraqueza, partiu, Gustavo suspirou aliviado. Abriu as janelas para entrar ar fresco.

Apesar da atitude de arrependimento que ela assumira, Gustavo sentia-se apreensivo. Quando já tinha se esquecido do passado, eis que tudo vinha à tona torturando-lhe a mente com a sensação de culpa.

Sentia ímpetos de fugir dali com a família, indo morar em outro lugar. De impedir a todo custo a convivência da esposa com aquela mulher sem caráter e sem sentimentos que não tripudiava em roubar o marido da própria filha.

Entretanto, temia que a condessa, em sua vingança, contasse a Geneviève toda a verdade. Era esse o seu maior suplício. Seu amor pela esposa era sincero e profundo. Ela era para ele o símbolo das coisas puras e belas. Sentia-se tocado de terror só ao pensar que aquela sórdida história pudesse ser-lhe revelada.

Se fosse com outra mulher, encontraria maneira de explicar-lhe, mas com sua própria mãe erá-lhe sumamente difícil.

Enterrou a cabeça entre as mãos em desespero. Pressentia que a condessa não desistiria com facilidade.

Resolveu procurar o velho médico amigo. Precisava de conselho e conforto.

Encontrou-o em casa, e entre embaraçado e aflito, contou-lhe o desagradável incidente.

— A situação é delicada, doutor. Temo pela nossa felicidade.

O médico sacudiu a cabeça concordando.

— Tendes razão, barão. A condessa não é mulher que esqueça. Quero crer mesmo que seu orgulho encontra-se ferido. Tem sempre dominado, imposto seus caprichos. Sua beleza tem despertado muitas paixões.

— O que aconselhais? Tenho vontade de ir para longe com minha família.

— A fuga apenas contemporiza. Quando temos um inimigo, o melhor é tentar fazer dele um amigo.

— Foi o que fiz. Mas minha sogra parece que perdeu a razão. Se Geneviève souber a verdade, sofrerá muito e talvez não possa perdoar-me!

O médico olhou o rosto torturado do barão buscando estudar-lhe os sentimentos.

— Meu filho, nesses casos, é preciso ter coragem e enfrentar a realidade. O melhor que tendes a fazer é contar tudo à senhora baronesa.

Gustavo assustou-se:

— Como?! Enlouquecestes? Pois é justamente isso que quero evitar a qualquer preço! Jamais o farei.

O doutor Villefort abanou a cabeça, exclamando:

— Pois é a única solução possível, se quiserdes evitar males maiores. Escutai-me. Há longos anos conheço a senhora condessa e permiti dizer-vos que seu caráter volúvel, vingativo, mau, sempre evidenciado, não nos tranqüiliza de forma alguma. Naturalmente desde o vosso casamento tem se preparado para a satisfação desse capricho, do qual não desistirá jamais. Acredito mesmo que envidará todos os esforços para vingar-se caso não consiga o que pretende.

— Esse é o meu receio.

— Uma das maneiras talvez seja de contar à filha, a seu modo e em versão sua, essa aventura passada. Penso ainda que ela vá mais longe, procurando afastar a filha do vosso convívio.

Gustavo levantou-se e sem poder conter-se ergueu o punho encolerizado:

— Se ela fizer isso eu a mato! Mato como se mata uma cobra venenosa!

— Acalmai-vos, senhor barão. Essa seria a pior solução. A senhora baronesa é uma mulher compreensiva e avançada. Deveis procurar contar-lhe tudo. Juntos procurareis solução para o caso. Estou certo de que ela a encontrará.

— Pedis o impossível. Como aparecer aos seus olhos como um conquistador vulgar e leviano de sua própria mãe?

O médico suspirou preocupado:

— É o tributo pelos vossos erros passados. Cedo ou tarde teremos que arcar com as conseqüências das nossas ações. A verdade a fará sofrer menos do que as armadilhas e as intrigas de sua mãe.

Gustavo, inquieto, andava de um lado a outro.

— É esse vosso conselho?

— Sim. Não tendes outra saída. Ou contais toda a verdade prevenindo vossa esposa, conquistando-lhe a confiança e a ajuda, ou tereis que ficar à mercê da condessa e das suas ameaças. Sabeis a que ponto vos poderão levar?

— Certamente à loucura e ao crime. Meu amor por minha mulher é tão grande que jamais permitirei que alguém nos separe. Ai daquele que se interpuser entre nós.

O médico pousou a mão sobre o ombro do barão com amizade:

— Deveis lutar contra esses pensamentos violentos. A violência só cria violência e não nos ajuda de maneira alguma. Sois homem de coragem. Fazei da senhora baronesa uma aliada.

— Impossível!

— Meditai no que conversamos.

— Farei o possível, mas não terei essa coragem.

O médico abanou a cabeça pesaroso.

Gustavo retirou-se meia hora depois, ainda abatido e preocupado. Não podia aceitar a solução que o amigo aconselhara. Seu coração ensombrecido pela tristeza sentiu a sombra do ódio a envolver-lhe o pensamento cansado.

Sua mulher representava em sua vida a concretização máxima do ideal. Por ela sentia-se inclinado a um conceito mais enobrecido da vida. Fora a seu lado que conseguira esquecer um pouco o remorso e a sensação de culpa do passado.

Com o peito oprimido por angustioso receio, retornou ao lar. Ao entrar, vendo a família reunida no salão, comoveu-se. Beijou-os com infinito carinho, e passando o braço sobre os ombros da esposa querida, conduziu-a a um sofá com ternura enorme.

Atentando para seu rosto emocionado, Geneviève perguntou:

— O que se passa? Noto que estás diferente.

Gustavo olhou-a nos olhos e pediu:

— Não me deixes. Preciso muito de ti. Não poderei viver sem teu amor!

Geneviève sorriu:

— Sabes que te amo! Por que me falas assim?

— Quero pedir-te que fiques mais a meu lado. Sinto-me muito infeliz quando não estás em casa. Peço-te! Fica comigo! Necessito tanto de ti!

O acento sincero e profundo do barão impressionou Geneviève, que respondeu:

— Certamente. Se achas que tenho estado fora muitas vezes, procurarei restringir minha ausência. Sabes que saio contrariada, apenas para não ofender minha mãe, a quem tanto devemos.

Vendo mencionar a condessa, o barão estremeceu. Sua lembrança causava-lhe sensação desagradável de repulsa.

— Eu sei, minha querida. Contudo, és minha esposa, minha companheira. Sinto-me muito só. Peço-te que fiques mais a meu lado!

— Por certo, Gustavo. Digo-te que não desejo outra coisa senão isso.

Ele beijou-lhe a face corada e macia. O simples pensamento de perdê-la o desesperava. Por enquanto podia ficar tranquilo, mas até quando?

XIII
Uma vitória do mal

A tarde ia em meio e o sol estava alto, penetrando alegre pelos reposteiros do gabinete, povoando-o de luz e sombras, fazendo refulgir os metais dos candelabros ou esmaecer o colorido dos quadros da parede.

Indiferente à beleza da tarde, Gustavo ia e vinha num irrequieto caminhar, cenho franzido, rosto preocupado, onde se refletia certo temor.

Trazia entre os dedos um bilhete perfumado que relia de quando em quando, procurando penetrar nas entrelinhas, um tanto comuns.

"Preciso ver-te urgente na cabana de costume. Ainda hoje, espero-te. Vamos resolver de uma vez nossos problemas."

Não estava assinado, mas o barão sabia bem do que se tratava. O que desejaria aquela perversa mulher?

Resolveu não ir. Ignorar o bilhete. O que poderia ela fazer? Talvez seu receio fosse infundado.

Se contasse à filha a verdade, ela seria a primeira a ficar em dificuldade, porquanto além de adúltera, poderia acusá-la de querer destruir-lhe o lar.

Ao mesmo tempo sobressaltava-se ao pensar: Geneviève compreenderia? Não iria defendê-la acusando-o? Conhecia-lhe o profundo amor pela mãe. Temia que a defendesse.

Deveria ir? Para quê? Para suportar novas cenas desagradáveis?

Não. Não iria. Amarrotou o bilhete e o queimou, atirando fora as cinzas.

Durante o resto do dia procurou esquecer o fato, mas não estava tranqüilo. Foi com horror que viu chegar a condessa, já nos derradeiros raios solares, quando o crepúsculo começava a descer, enchendo de sombras as árvores do parque.

Geneviève recebeu-a com a gentileza e a alegria habituais e Margueritte parecia alegre e indiferente.

Mas no momento em que o barão a ajudava a subir na carruagem, sussurrou-lhe com energia:

— Preciso ver-te. Urgente. Vai à cabana amanhã às quatro horas.

Procurando disfarçar, conservando o sorriso, Gustavo respondeu:

— Não irei. Nunca mais:

A condessa não titubeou:

— Espero-te. Se não fores, conto à Geneviève toda a verdade. Escolhe.

— Não farás isso! — exclamou ele, aterrado.

— Sabes que farei. Nada mais me importa agora.

Vendo-a partir sorrindo, dando os últimos acenos à filha, Gustavo sentiu-se enraivecido e triste.

O que lhe preparava aquela mulher? Como desiludi-la?

Notando-lhe o olhar entristecido, Geneviève tornou:

— Gustavo, o que tens? Noto-te estranho, pareces triste. O que te preocupa?

O barão sorriu:

— Nada. Ligeira indisposição. Passará logo, tenho certeza.

E enquanto a abraçava com ternura e a conduzia para o interior do castelo, sentia uma imensa tristeza, um vago pressentimento desagradável a envolver-lhe o coração.

Por um momento pensou em seguir o conselho do doutor Villefort, mas observando o rosto ingênuo e tranqüilo da esposa faltou-lhe coragem.

Apesar do receio que tinha da condessa, bem no fundo não acreditava que ela fosse capaz de cumprir a ameaça.

Entretanto, se pudesse ver o que se passava no íntimo daquela mulher, teria duvidado. A condessa planejava sua vingança antegozando o prazer de ver o homem que a desprezara chorar e ser desprezado pela mulher que amava. Tudo estava bem delineado Não podia falhar.

No dia imediato esperou ansiosamente a visita da filha, que solicitara de maneira irrecusável.

Geneviève chegou sorrindo, alegre e bem-disposta. Conversaram muito e a condessa solicitou-lhe a prestação de alguns delicados serviços que a moça procurou executar com prazer.

Pretextando lembrar-se de um compromisso urgente e ter que ausentar-se, a condessa pediu-lhe que acabasse a tarefa, antes de sair.

A passos rápidos, dirigiu-se ao pavilhão de caça, tendo nos lábios pérfido sorriso.

Assim que a mãe saiu, a baronesa procurou ultimar os documentos que sua mãe lhe pedira e as cartas. Tinha urgência de voltar ao lar, do qual agora procurava ausentar-se o menos possível.

Encontrava-se na sala particular da condessa e a camareira cuidava de alguns arranjos.

— Ana, sabes onde está o lacre?

Com os olhos brilhantes a serva abriu uma gaveta da escrivaninha elegante. Logo, demonstrando nervosismo, fechou depressa.

— Perdão, senhora. Essa gaveta não. Ninguém pode abri-la.

— Por quê?

— Não sei... Mas, peço-vos por tudo, não deveis abri-la.

Geneviève estremeceu. Quando Ana abrira a gaveta, não tivera suficiente rapidez para fechá-la sem que Geneviève visse um papel com a letra conhecidíssima de Gustavo. Vencida por um sentimento indominável, a jovem senhora afastou a serva que se havia interposto entre ela e a gaveta e com rapidez a abriu.

Apanhou o bilhete que dizia:

"Minha amada. Morro de saudades. Preciso ver-te no lugar de costume. Não suporto mais esta ausência. Beija-te com ardor o teu maior admirador."

Geneviève empalideceu mortalmente. Não estava assinado, mas não havia necessidade. Conhecia a letra muito bem.

Apavorada olhou a serva que a um canto soluçava assustada. Com a mão gelada, o coração batendo descompassado, a baronesa procurou na gaveta e encontrou diversos bilhetes que falavam da avassaladora paixão, na necessidade de suportar uma esposa sem amor.

Levada ao paroxismo da angústia, Geneviève segurou a serva pelos ombros, sacudindo-a com violência:

— Ana. Tu sabias! Tu sabias! Conta tudo. Quero saber toda a infâmia!

— Não posso — choramingou ela. — A senhora condessa me mata.

— Se não falas, mato-te eu! Vamos, conta-me ou chamo o conde e a ele contarás o que sabes.

A serva enxugou uma lágrima inexistente e tornou:

— Pobre senhora condessa! Tem sido vítima desse homem toda a vida! Ele a tem perseguido; antes quando a primeira esposa vivia. Nunca lhe deu sossego, ameaçando-a, obrigando-a a aceitar o seu amor. Sabeis como fez sofrer a baronesa Lívia, que tentou contra a vida da senhora condessa quando descobriu a verdade. Eles são amantes há muitos anos. Jamais deixou de persegui-la. Contra a vontade, a senhora condessa concordou com vosso casamento, ameaçada por ele, que queria fazer parte da família para bem poder estar com ela, não lhe dando chance de escapar.

Cada palavra de Ana atingia fundo o coração angustiado de Geneviève, que se sentia morrer. O golpe brutal que fizera ruir seus sonhos e ilusões provocava-lhe terrível sensação de peso no peito, como se estivesse esmagado pela dor.

— Ainda hoje — fez a serva com voz compungida — obrigou-a a ir ao seu encontro no pavilhão de caça. Ameaçou-a de contar-vos tudo, caso ela se recusasse.

Comprimindo o peito com as mãos, Geneviève, pálida como cera, murmurou:

— Não pode ser. Não acredito. Não acredito.

— Ide, certificai-vos...

— Sim — ajuntou a jovem senhora, meio atordoada. — Sim, é preciso verificar. Irei.

— Acompanho-vos, senhora.

Sem atinar bem o que fazia, Geneviève dirigiu-se ao pavilhão de caça. Cautelosa, aproximou-se de uma janela, procurando ouvir o que diziam. Percebeu a voz de Gustavo suplicante, mas não entendeu as palavras.

Foi nesse momento que viu a figura do conde surgir de uma moita e dirigir-se à porta da cabana. Apavorada, quis impedi-lo. Era tarde. Seu pai, de um só golpe, com violência abriu a porta.

Geneviève correu para ele. A cena que presenciaram os deixou estarrecidos: ajoelhada aos pés do barão, Margueritte soluçava convulsivamente.

Vendo a porta abrir-se e o marido surgir enraivecido, Margueritte levantou-se, correu para ele e implorou:

— Salve-me. Salve-me desse monstro!

O conde, rosto inflamado pelo ódio, sacou de um revólver e, insensível ao grito de Geneviève, apontou e deu ao gatilho.

O corpo do barão rolou por terra enquanto seu peito tingia-se de sangue.

— Meu Deus, meu Deus! — soluçou Nina, comovida. — Que tragédia!

As imagens da tela desapareceram enquanto as luzes da sala se acenderam. Cora afagava com ternura a cabeça delicada de Nina, procurando sustê-la.

Sentindo as lágrimas descerem-lhe pelas faces, a jovem, voltando-se para o instrutor, pediu:

— Tende piedade de mim. Tenho sofrido muito. Agora quero saber a verdade. Começo a perceber que fui enganada. Que fui injusta! Oh, meu Deus, mostra-me a verdade! Quero saber!

— Acalma-te, Nina. Teu pedido é justo. Terás a verdade. Mas procura agora serenar um pouco para que possamos continuar.

Envolvida pelas vibrações suaves dos circunstantes, Nina sentiu que uma doce serenidade lhe envolvia o espírito aflito e pouco a pouco conseguiu acalmar-se.

As luzes se apagaram, a rememoração iria continuar.

XIV
Gustavo perde a vida numa cilada

O barão estava visivelmente preocupado. Caminhava de um lado a outro do seu gabinete, imerso em profundos pensamentos. Finalmente, tirou novamente do bolso o bilhete de Margueritte, leu-o e amassou-o com raiva.

Se tivesse coragem, contaria tudo a Geneviève. Mas não tinha. Sabia que Margueritte já o esperava na cabana. Não queria ir, mas por fim resolveu. Haveria de enfrentá-la. Convencê-la a deixá-lo em paz.

Apanhou o sobretudo e saiu. A cavalo, dirigiu-se ao local do encontro. A porta da cabana estava fechada, mas Gustavo a abriu com facilidade. Entrou.

A condessa já o esperava sentada a uma cadeira. Estava só. Gustavo nem percebeu que a ama não a acompanhava como de costume para vigiar a porta do lado de fora.

Cumprimentou-a friamente, dizendo logo após:

— Não desejava este encontro. Contudo vim para que possamos resolver nossos problemas de uma vez.

Um brilho de ódio perpassou pelos olhos pintados da condessa.

— Também não desejo outra coisa — acentuou com alguma ironia. — Parece que tua leviandade não deixa margem à dúvida. Depois do amor que me juraste, de tudo quanto houve entre nós, soubeste ferir meus sentimentos de mulher.

Acreditando-a mais compreensiva, o barão argumentou com sinceridade:

— O que houve entre nós foi um erro. Muitos males ocasionaram para nós dois. Compreenda, condessa. Eu era jovem e o amor de minha primeira mulher não me tocava de maneira profunda. Gostava dela, mas hoje sei que nunca amei com plenitude. Vossa beleza fascinou-me e os costumes libertinos da corte nos empurraram ao adultério. Entretanto, a paixão é um vício e jamais nos poderá tornar felizes, principalmente quando traímos nossos deveres. Quase fizemos de Lívia uma assassina e por pouco não perdestes a vida. Destruímos Lívia, que muito sofreu pelo nosso crime. O conde sempre foi um homem de bem e não merece que lhe manchemos a honra.

A condessa sentiu recrudescer o ódio dentro de si. Sorriu maldosa quando disse:

— Dizes isso agora, quando já não tens mais amor por mim.

A condessa, num arroubo de emoção, levantou-se aproximando-se do barão, que de pé a fitava com serenidade.

— Entretanto, Gustavo, eu ainda te amo! Eu te amo! Não sentes que posso suportar teu desprezo?

Gustavo olhou-a com firmeza:

— Por favor, condessa. Eu vos peço. Desejo que possais compreender que não vos desprezo. Gostaria que perdoásseis se vos fiz algum mal. Porém, só agora sou feliz. Só agora encontrei a paz, a ternura de um amor verdadeiro. A plenitude que sempre busquei encontrei no amor de Geneviève e sou sincero. Desejo apenas fazê-la feliz!

A condessa não conteve a avalanche de revolta.

— Não posso crer que ela seja mais mulher do que eu. Uma criança! É ridículo!

Gustavo procurou acalmá-la.

— Voltai à realidade, condessa. Ela é vossa filha. Pretendeis destruí-la?

— Claro que não. Mas és meu muito antes dela. E depois, ela não precisará saber.

Lançando olhares misteriosos ao redor, ela tornou:

— Se quiseres, ainda posso salvar-te. Dize que serás meu como dantes e tudo estará resolvido. Caso contrário, destruirei tua felicidade. Se não me quiseres, não a terás também.

Gustavo perdeu a calma. Compreendeu que ela tramara alguma coisa terrível. Uma sensação de perigo iminente o acometeu.

— Que fizestes, condessa? Que planejastes para me destruir?

Margueritte, parecendo dominada pela emoção violenta, abraçou-o com força.

— Gustavo, sê meu. Dize que me amas!

Revoltado, ele a repeliu, procurando desvencilhar-se dela, tentando sair dali o mais breve possível. Mas ela o agarrava febrilmente. Entre soluços, suplicou ardentemente, ajoelhando-se a seus pés:

— Concorda, Gustavo. Eu te amo. Concorda e posso salvar-te.

Nesse exato instante a porta abriu-se estrepitosamente e a figura agressiva do conde surgiu na soleira. O barão viu horrorizado que a condessa se lançou nos braços do marido, suplicando ajuda.

Dolorosamente surpreendido, pôde ver a figura de Geneviève, com o rosto transmudado de dor, pedir que o poupassem. Depois, sem que pudesse dizer nada ou tentar explicar-se, sentiu que o sangue lhe corria pelo corpo, empapando-lhe a roupa. Seus olhos turvaram-se e suas pernas se foram dobrando inapelavelmente. Quis gritar para a esposa que era inocente, mas não conseguiu. Caiu ao chão, e por mais que lutasse para reerguer-se, seus pensamentos perderam-se nas brumas da inconsciência.

Geneviève lançou-se sobre Gustavo chorando copiosamente enquanto o conde, ainda pálido e enraivecido, abraçava a condessa, que em lágrimas assustadas extravasava suas emoções.

Não planejara a presença do conde. Como ele descobrira o encontro? Desejava apenas que Geneviève soubesse a verdade para separar-se do barão, mas não desejara que o marido se envolvesse. Ele era mais perspicaz do que a filha e seria mais difícil iludi-lo. Em todo caso, saíra-se bem. Ele a julgava vítima não culpada. Vendo a filha em prantos, ergueu-a dizendo-lhe com carinho:

— Não chores por ele. Era um canalha. Neste mundo não há lugar para eles.

A jovem baronesa, transida de dor, parecia morrer. A condessa abraçou-a enquanto dizia com fingida ternura:

— Filha, não queria causar-te esse desgosto. Mas a perseguição do barão não me dava sossego. Supliquei que me deixasse em paz. Já no tempo da primeira mulher ele me perseguia tanto que ela quase me assassinou por isso. Quis impedir teu casamento, mas parecias tão feliz! Pensei que ele tivesse mudado. Porém isso não aconteceu. Continuou a perseguir-me sem descanso. Hoje vim implorar-lhe que me esquecesse. Porém, não sabia que nos iriam encontrar.

— Por sorte — ajuntou o conde —, ouvi a conversa de Ana com Geneviève e consegui chegar primeiro. O canalha está morto. Ambas estão livres.

Geneviève não suportou mais. Sentiu uma dor profunda no peito e, lançando furtivo olhar para o corpo de Gustavo estendido no chão, caiu, perdendo os sentidos.

No silêncio da sala de rememoração ouviu-se a voz entrecortada de Nina num desabafo incontrolável:
— Meu Deus. Tende piedade de mim. Ele era inocente! Ele era inocente!

Abraçou-se a Cora soluçante enquanto as luzes se acendiam novamente.
— Acalma-te, meu bem. Agora sabes a verdade. Agora sabes!
— Pobre Gustavo! Quanta injustiça lhe fizemos! — suspirava ela, enternecida. — Meu Deus, como poderei repará-las?

Cora afagava carinhosamente a cabeça da amiga, aconchegada ao seu ombro.

— A verdade, seja qual for, sempre nos beneficia se soubermos aproveitar os erros passados como preciosas lições de aprimoramento espiritual. Deus permitiu hoje que a mágoa secreta do teu coração se esvaísse, embora a revelação tivesse reservado dolorosa surpresa.

— Tens razão. Gustavo sempre foi o maior amor de minha vida. Recordo-me com desoladora tristeza dos dias que se seguiram à sua morte. Apesar da imensa desilusão que me corroía a alma, eu era uma mulher forte moralmente. Durante aqueles dias, muitas vezes pensei enlouquecer. Ninguém soube a causa da tragédia. Um acidente com a arma durante a preparação de uma caçada foi a justificativa dos meus pais para a trágica morte do barão. Confesso que estava aturdida e não tomei parte nas explicações do acidente, e ninguém ousaria duvidar da palavra do conde de Ancour. Meu marido não tinha parentes próximos que pudessem esmiuçar a questão e, assim, o crime ficou impune pelas leis humanas, tão deficientes na ocasião.

Nina fez uma pausa, enquanto o orientador perguntou sereno:
— Lembras-te de tudo com clareza?
— Sim — respondeu Nina. — Parece que um véu foi me arrancado da mente e todos os acontecimentos de então me acodem à memória.
— Poderá descrevê-los?

— Perfeitamente. Como já disse, apesar do golpe mortal que recebera, reagi. Tinha três filhos que precisavam de mim e do meu carinho. Gus encontrava-se inconsolável. Não se conformava de perder o pai, logo depois de ter encontrado a alegria de um novo lar, e acusava Deus de injusto e mau. Foi-me preciso muita coragem para vencer minha própria dor e poder socorrê-los.

Apesar de tudo quanto Gustavo fizera, o filho era inocente e não devia jamais saber a verdade. Eu não tinha o direito de destruir-lhe no coração os nobres sentimentos que seu pai lhe inspirava.

Voltamos para Varenne e nossa dor continuava incessante. Lá, tudo nos lembrava a forte personalidade de Gustavo, sua figura, suas palavras, seus gestos, sua risada franca e sonora.

Durante o dia, eu fazia o possível para entreter as crianças, usando toda minha força de vontade para isso, mais do que nunca disposta a educá-los para que fossem homens úteis e de bem, para que jamais se deixassem arrastar pelas paixões e pelos erros humanos, como Gustavo.

Mas, à noite, quando me recolhia na solidão triste dos meus aposentos, onde o eco alegre da sua voz não mais soaria, quando me estendia no leito enorme e vazio, onde suas mãos fortes e meigas não mais me aconchegariam, toda dor, toda mágoa profunda se extravasava na avalanche de lágrimas e de angústia.

Jamais duvidara do seu amor por mim. Jamais pensara que pudesse ter sido mentira. No entanto, era para minha mãe que ele vibrava de amor, enquanto eu tinha sido apenas pretexto, servindo de meio para que ele pudesse atingir um fim. Às vezes pensava que meu amor por Gus, tão correspondido, o tivesse também influenciado ao nosso casamento. Revirava-me no leito aflita e angustiada e muitas vezes cheguei a indagar em alta voz, como se ele pudesse ouvir:

— Por que fez isso comigo, Gustavo? Por quê?

Chorava copiosamente e quase não dormia. Emagrecia a olhos vistos e a custo mantinha a calma diante das crianças.

A princípio evitava a presença de meus pais. Mas sempre tive horror às injustiças. Acreditava minha mãe inocente. Ela era minha mãe! Jamais pensei que pudesse ocultar-me a verdade.

Mas, no meio da provação mais rude, Deus sempre coloca uma mão amiga e sustentadora. Para mim, o amparo nessa hora foi o doutor Villefort. Amigo dedicado e querido, soube multiplicar-se em cuidados, como o faria o pai mais extremoso. Sua presença tinha o condão de dar-me forças novas.

Foi graças a ele que consegui perdoar. Agora sei que ele sabia da verdade e que falava com conhecimento de causa. Nunca aceitou a culpabilidade de Gustavo. Contei-lhe tudo num desabafo, e para surpresa minha tornou:

— A tragédia consumou-se. Pobre barão. Como deve estar sofrendo!

— Se, como pensamos, a alma sobrevive após a morte do corpo, certamente os remorsos não lhe darão tréguas.

Ele me olhou com firmeza e declarou:

— Para mim as coisas ainda não estão claras. Gustavo vos amava com sinceridade e arrebatamento. Não acredito nessa história.

Sobressaltei-me.

— Achais que minha mãe teria mentido? Nós vimos com nossos próprios olhos!

— Não quero julgar. Porém as aparências enganam. Confio no caráter e no amor do barão. Era um homem de bem. Algo deve ter acontecido, alguma coisa que não podemos compreender por agora, que determinou a tragédia.

— Dizeis isto para confortar-me. Tudo está muito claro. Preferia ter morrido a descobrir a verdade.

— O tempo provará quem tem razão. Vereis, senhora baronesa.

Hoje, depois de tanto tempo, compreendo que estava certo. Mas, naquele tempo, a mágoa era muito profunda e a confiança em minha mãe, cega.

Não escondo que por vezes, na intimidade do coração, sentia um ímpeto de revolta, mas fazia tudo por dominá-lo.

Acreditava piamente na sobrevivência do espírito após a morte e aprendera a aceitar a reencarnação, bem como a justiça perfeita de Deus, que dá a cada um segundo suas obras.

O doutor Villefort, meu amigo predileto, foi meu orientador. Lia-me o Novo Testamento e explicava-me as parábolas de Jesus com simplicidade e firmeza. Foi o que me deu forças para não sucumbir e continuar lutando. Foi também o que me valeu durante as provas que em minha atribulada encarnação ainda me restava suportar.

— Minha filha — tornou o orientador —, se quiseres poderemos parar aqui, no que diz respeito à rememoração. Não há mais necessidade.

Nina colocou a mão timidamente no braço do dedicado assistente:

— É verdade. Contudo, existem ainda algumas coisas que eu gostaria de saber. Onde está Gustavo? Por que não o encontrei ao regressar da Terra?

— Está bem. Podemos continuar, então. É necessário que conheças toda a verdade. Acomodemo-nos.

Sentaram-se silenciosos. Nina conservou a mão de Cora entre as suas. A penumbra se fez e a tela reflexiva iluminou-se novamente. A rememoração iria continuar.

Na sala do pavilhão de caça do castelo de Ancour ainda a cena fatal. O barão, apavorado, querendo desvencilhar-se, e a condessa ajoelhada a seus pés, suplicante.

A porta abriu-se e Gustavo no auge da angústia divisa a figura do conde e atrás o rosto conturbado de Geneviève. Compreendeu a cilada em que caíra, mas era tarde. Num segundo, a tragédia consumou-se.

Na tela de rememoração, todos os personagens falavam muito baixo, e ela agora focalizando mais a figura do barão registrava-lhe os pensamentos de tal sorte que os presentes o ouviam perfeita e distintamente.

Sentindo que o sangue escorria do peito ferido e que a vista se lhe turvava, tentou inutilmente gritar:

— Geneviève, sou inocente. Eu te amo. Eu te amo. Não me deixes nunca. Não me deixes!

Estendido no chão, Gustavo lutava com todas suas forças para evitar que a morte o arrebatasse. Foi inútil. Seu corpo não mais lhe obedecia o esforço desesperado, e percebendo que não poderia mais resistir, num rápido segundo viu desfilar em sua memória todos os acontecimentos de sua vida. Seus erros e fraquezas, suas lutas, seu amor por Geneviève. Seu último pensamento foi para Deus. Depois, mergulhou nas brumas da inconsciência.

XV
A perturbação de Gustavo

Acordou alguns dias depois em local estranho e deserto. Atordoado, sentia enorme fraqueza e, um tanto desmemoriado, olhou ao redor querendo compreender o que se passava.

Aos poucos a paisagem foi se aclarando e ele verificou que se encontrava absolutamente só. Um lugar desagradável e escuro. Procurou erguer-se, o que fez com alguma dificuldade. Onde estaria? Tentou acalmar-se, mas sentia uma tristeza enorme invadindo-lhe o coração. Levou a mão ao peito dolorido e num átimo sentiu novamente o sangue bordejando e o desespero por não poder estancá-lo.

Lembrou-se de tudo. Um pensamento de terror e de revolta o acometeu. Não desejava morrer! Separar-se de Geneviève, de sua família querida, sua casa feliz.

Sentindo novamente que ia perder as forças, lembrou-se de Deus e implorou:

— Pai de Misericórdia, tende piedade de mim, pobre pecador. Socorrei-me.

Ajoelhou-se no auge da dor e por entre lágrimas suplicou ajuda.

Ele não pôde ver, mas duas entidades iluminadas o envolveram com eflúvios de amor. O sangue estancou e o seu estado geral melhorou sensivelmente.

Reconfortado, levantou-se e apalpando com alívio balbuciou exultante:

— Estou vivo! Estou vivo! Margueritte não conseguiu destruir-me. Vou procurar Geneviève. Explicar-lhe tudo. Há de compreender-me e perdoar-me.

Um pensamento de rancor o envolveu por instantes.

— Assassina! Falsa! Perversa! Ainda pagarás pelos teus crimes! Não erguerei meu braço contra ti, porque és mãe de minha querida esposa. Não quero que ela me odeie e despreze por tua culpa. Meu Deus há de punir-te com rigor. Mentirosa, assassina!

A lembrança do crime e de Margueritte perturbou-o novamente e súbito mal-estar o acometeu. Assustado, levou a mão ao peito, que novamente lhe doía e cujo sangue recomeçava a gotejar.

Surpreendido, amedrontado, deixou-se cair de joelhos e num acesso de pranto pediu em tom suplicante:

— Oh, Deus! Tem piedade de mim. Não sei o que acontece, a cada pouco sinto-me morrer! Tem piedade de mim. Socorre-me!

Vendo que não melhorava, aflito, murmurou sentida prece pedindo esclarecimento.

Foi quando tênue luz acendeu-se-lhe diante do olhar enevoado de lágrimas e uma figura delicada de mulher apresentou-se.

Acreditando-se frente a uma manifestação sobrenatural, Gustavo calou-se respeitoso em atitude humilde. A entidade aproximou-se estendendo-lhe as mãos. Tornou com suavidade:

— Vim buscar-te. Tua existência terrena terminou. Tem coragem e vem comigo.

Gustavo, fitando a mensageira divina, pediu em soluços:

— Senhora! Eu vos peço, deixai que eu continue vivendo! Geneviève precisa de mim. Gus também. Depois, como sucumbir perante a infâmia e a mentira? Deus permitirá tamanha injustiça? Eu estou inocente!

Com voz calma mas enérgica, a mensageira respondeu:

— Nada podemos fazer. Teu corpo já está morto há vários dias. Precisas de socorro e atendimento. Vem comigo!

Vendo que Gustavo, magoado e triste, mentalizava a condessa com rancor, ela continuou:

— Não guardes ódio ou ressentimentos em teu coração. A justiça de Deus é perfeita. Confia nela e perdoa. Nenhum de nós é inocente ou injustiçado. Cedo ou tarde colhemos sempre o que semeamos. Todo aquele que erra e prejudica seu próximo é candidato certo ao sofrimento depurador. Ninguém sairá da Terra sem pagar o último ceitil do mal que houver feito. Confiemos na sabedoria divina e aguardemos dias melhores. Aceita a prova rude como salutar remédio e vem comigo.

As palavras da entidade bondosa envolveram o espírito sofredor de Gustavo com eflúvios suaves e amorosos. Contudo, a perturbação do recém-desencarnado era evidente.

— Não — murmurou ele visivelmente angustiado. — Ninguém poderá afastar-me dela. Preciso de Geneviève como do ar que respiro. Não posso deixá-la. Deixei-me... não irei. Não irei!

Sentindo que a interlocutora o atraía com eflúvios de compreensão e paz, arrojou-se à distância, como querendo subtrair-se à sua influência, e entre o terror e a tristeza repetia como que para si mesmo:

— Não é verdade. Eu estou vivo. Sinto-me vivo. Ferido, é verdade, mas vivo! Quero ir para casa. Ninguém conseguirá impedir-me.

A forma luminosa apagou-se-lhe do olhar atemorizado e novamente viu-se só dentro da escuridão.

— Onde estou? — pensou ele procurando identificar a paisagem triste que vagamente vislumbrava ao seu redor.

Não se lembrava daquele lugar. Mas haveria de voltar para casa. Por algum tempo perambulou sem encontrar o que buscava. Por mais que procurasse sair daquele lugar escuro, não conseguia. Estava agoniado e triste. Já passara por diversas crises de humor, indo da revolta à exasperação, do desespero à súplica. Parecia-lhe estar vivendo um pesadelo.

Numa dessas crises, após chorar copiosamente, conseguiu finalmente adormecer. Quando acordou, pareceu-lhe que a escuridão estava menos densa, e sentado a um canto da estrada solitária e de vegetação escassa, começou a analisar com mais calma sua situação.

Teria mesmo morrido? Seria verdade que o espírito é eterno?

As palavras do doutor Villefort acudiam-lhe ao pensamento dorido. Apalpou-se com cuidado. Como era possível? Sentia-se respirar, viver, sofrer, amar, existir. Seu peito doía-lhe ainda. Como podia ser? Se estava morto, continuaria eternamente nesse lugar triste e solitário?

— Preciso sair daqui — pensou. — Quero ir para casa! Preciso saber a verdade.

Seu pensamento foi tão positivo que pareceu-lhe de repente divisar um caminho conhecido e que certamente o conduziria ao lar. Resoluto, criou novas forças e começou a andar. À medida que avançava emocionado, as trevas foram clareando, como se estivesse amanhecendo, e ao chegar frente aos enormes portões do castelo de Varenne, não pôde evitar que profunda emoção o acometesse. Duas lágrimas rolaram-lhe dos olhos cansados.

Precisava entrar. Os portões estavam fechados. Aflito, pendurou-se na sineta, para chamar o porteiro, mas não ouviu nenhum ruído. Preocupado, aproximou-se do gradil da janela, e viu que na sua pequena sala o porteiro, sentado displicentemente, trocava idéias com o cocheiro.

Gustavo chamou-os várias vezes sem que nenhum dos dois o atendesse. Vendo inúteis seus esforços, abatido, sentou-se no muro, tentando concatenar as idéias.

A atitude estranha dos servos, sempre fiéis e atenciosos, dava-lhe o que pensar. Eles não o tinham visto nem ouvido. Seria então verdade? Teria mesmo morrido?

Agora, mais do que nunca, precisava ver Geneviève, Gus, saber como estavam, procurar qualquer forma de falar-lhes, provar-lhes sua inocência. Mas os portões estavam fechados e precisava esperar que alguém entrasse ou saísse para passar.

Na sua aflição Gustavo não percebeu quanto tempo permaneceu à espera. Era já no entardecer quando uma carruagem aproximou-se e, reconhecendo o doutor Villefort, Gustavo teve uma exclamação de alegria.

A carruagem parou frente aos portões e o barão de um salto penetrou no seu interior. Procurou conversar com o velho amigo, mas vendo que não era visto nem ouvido, encolheu-se a um canto, entre desiludido e triste.

O rosto do médico revelava preocupação a abatimento. Era-lhe penoso voltar àquele lar, dantes tão feliz, agora enlutado pela tragédia.

Reconhecendo sua casa, seus objetos queridos, Gustavo não conseguiu dominar a emoção. As lágrimas lhe desciam pelas faces pálidas. Ao lado do médico adentrou o pequeno salão, tão seu conhecido, e quando viu a figura pálida e emagrecida de Geneviève, trajada de preto, foi como se violenta pancada lhe tivesse sido desferida no peito dolorido e por pouco não perdeu as forças.

Temeroso de ser arrebatado dali, perdendo os sentidos, lutou para controlar-se. Sentou-se a custo no sofá onde tantas vezes se tinham abraçado e procurou dominar as emoções.

Então, era mesmo verdade. Ele estava morto! Geneviève estava de luto! Esse pensamento provocava-lhe indizível pavor. Ele estava morto! Mas ao mesmo tempo, ele estava vivo! Num ímpeto, pensou:

— Preciso falar-lhe. Ela há de ouvir-me. Tem de acreditar em mim. Tenho de dizer-lhe que eu vivo. Que a morte é ilusão!

Aproximou-se da esposa com intraduzível carinho. Procurou prestar atenção ao que conversavam:

— A vida continua, doutor. Preciso cuidar do futuro dos meus filhos.

— Fico mais tranqüilo com vossa atitude. Aliás, outra coisa não esperava da vossa compreensão.

Geneviève baixou o olhar onde uma sombra de tristeza pareceu mais evidente.

— Por certo, doutor. Amo Gus como um filho querido. Pobre criança. Não tem culpa da maldade dos homens. Por amor a ele não quero que saiba jamais o que aconteceu. Prefiro que conserve no coração a imagem que sempre teve do pai. Não posso dizer-lhe o quão canalha ele foi.

— Concordo convosco. Mas é necessário cuidado para que outros não lhe relatem a triste ocorrência. Seria um desastre.

— Nada receio quanto a isto. Ninguém sabe o que se passou na cabana a não ser meu pai, minha mãe, eu e o senhor, doutor. São todos de minha inteira confiança. Quanto a isto estou tranqüila. Meus pais já sofreram demais com o drama do qual participaram. Procuram esquecer o que aconteceu.

Gustavo estava revoltado. Geneviève o acreditava um canalha! Que calúnia lhe dissera a condessa?

Sem poder conter-se, aproximou-se da esposa dizendo:

— Geneviève. É mentira. Estou inocente! Eu te amo. Eu te amo! Sempre te fui fiel!

Mas a baronesa continuou, com voz magoada:

— Todos desejamos esquecer. Que outro objetivo poderemos ter?

Vendo uma lágrima furtiva nos olhos queridos da esposa, sentindo a dor imensa que lhe martirizava o íntimo e que ela procurava dissimular, Gustavo, desesperado, abraçou-a com força, tentando forçá-la a tomar conhecimento da sua presença. Em lágrimas gritou-lhe sua inocência, beijando-lhe as faces com tal emoção que Geneviève de repente empalideceu. Sentiu uma dor aguda no peito enquanto a sala girava ao seu redor.

O médico, assustado, amparou-a, obrigando-a a deitar-se no divã. Tomou-lhe o pulso que batia desordenadamente e desatou os cordões do vestido, afrouxando o corpilho.

Procurou um pequeno frasco na valise, e pingando algumas gotas em um pouco de água obrigou-a a ingeri-lo. Seu semblante era preocupado e triste.

Assustado, Gustavo ajoelhou-se ao lado da esposa entre a angústia e a dor. Percebeu que sua atitude de certa forma perturbava Geneviève. Não queria magoá-la. Ao contrário, tudo faria para vê-la feliz. Mas como fazê-la compreender a verdade? Como dizer-lhe que era inocente?

Vendo-a mais calma, o doutor tornou:

— É natural vosso estado. Outros fossem os acontecimentos e vos aconselharia a não mais voltar a este assunto. Entretanto, a vossa mágoa precisa ser externada para que possais recuperar o equilíbrio.

Gustavo olhou a fisionomia amiga do doutor e lembrou-se do seu conselho. Arrependeu-se amargamente por não o ter seguido. Como fora ingênuo! Mas o doutor sabia a verdade, era o único, além de Margueritte, que o podia inocentar perante a esposa. Aproximou-se dele suplicante:

— Doutor! Sabeis a verdade. Sou inocente! Dizei-lhe que sou inocente!

Um soluço dolorido escapou do peito de Geneviève:

— Doutor, não posso esquecer! A mágoa está muito viva dentro de mim. Nem que viva mil anos, não esquecerei.

O médico olhou-a com carinho:

— Baronesa. Não guarde tanta mágoa em vosso coração. Um dia vereis que tenho razão. Há em tudo um lamentável equívoco. O barão é inocente. Eu sei. Conheci-o bem, fomos amigos. Sei que vos amava com sincero e profundo amor. Não nego que na juventude tenha sido um pouco leviano, porém a doença de Lívia o transformou, acordando-o para a responsabilidade. Tornou-se um homem de bem. Quando vos conheceu, tornou-se ainda melhor. Não deveis crer nessa infâmia.

Gustavo, por entre lágrimas e com ansiedade, estudava as reações de Geneviève. As palavras do velho amigo lhe balsamizavam o coração dolorido.

Os olhos de Geneviève brilharam com intensidade por alguns momentos. Depois, sacudiu a cabeça desalentada:

— Sois um velho e bondoso amigo, incapaz de enxergar os defeitos alheios. Dizeis tudo isto para confortar-me.

Aflito, Gustavo abraçou o velho médico, dizendo-lhe ao ouvido com paixão:

— Conta-lhe tudo. Dize-lhe a verdade! Desmascara aquela mulher!

O médico passou a mão pelos alvos cabelos como para afastar uma idéia insensata. Por momentos sentiu ímpetos de revelar-lhe a verdade. Reprimiu o impulso com vigor. De que adiantaria? O barão já estava morto. Para que dar mais um desgosto à pobre viúva revoltando-a contra a própria mãe? Que lucrariam com isto? Apenas distilar ódios e discórdias. Se a verdade tivesse que ser revelada a Geneviève algum dia, Deus se encarregaria disso.

Vendo que o médico não lhe atendia os desejos, Gustavo, sem querer perder a oportunidade, começou a falar aos ouvidos do velho amigo sobre seu amor pela esposa, sobre os tempos de noivado, sobre a plenitude dos seus sentimentos.

Mais animado, Villefort tornou:

— Lamento que penseis assim. Sou honesto mas não ingênuo. Conheço as fraquezas humanas e não me deixo ludibriar com facilidade. Quando vos conheceu, o barão começou a amar-vos e me procurava para trocar confidências. Seu rosto iluminava-se de tal forma quando aludia às visitas que vos fazia que ninguém poderia duvidar da sua sinceridade. Procurou-me antes de vos pedir em casamento e depois para contar que tinha sido aceito. Jamais esquecerei sua felicidade, sua alegria, naquela noite! Jamais poderia ser falsa. Não creio.

Por momentos o rosto abatido da baronesa refletiu saudade e alegria.

— Sim — respondeu ao cabo de alguns segundos —, eu sentia que era amada! Havia tanta luz em seus olhos quando me fitava! Tanta alegria quando me abraçava, tanto enlevo! — Sua voz morreu num soluço. — Mas, não! Foi tudo ilusão. Um engano terrível, que em minha condição de mulher apaixonada não percebi. Como pôde ser tão cruel?

Lágrimas rolavam-lhe pelas faces emagrecidas enquanto sua mágoa reaparecia contundente.

O desespero de Gustavo tocava as raias do insustentável. Deu livre curso às lágrimas, à revolta, à violência, à súplica, fez o que pôde para convencer a esposa da sua inocência, mas nada conseguiu senão gastar suas energias.

Caiu em prostração e em funda tristeza. Estava tudo acabado, pensava abatido. Melhor seria para ele se a vida se acabasse no túmulo. Do que lhe servia continuar vivo no além, se não podia provar sua inocência nem ajudar os entes que amava? De que lhe valia saber que era desprezado por quem mais amava no mundo? Que iria ser de sua vida dali por diante? Ficaria eternamente nesse castigo?

Pensava com raiva na condessa de Ancour. Era a culpada de tudo. Mulher perversa e traiçoeira. Sentia-se mal quando pensava nela. Odiava-se no fundo da sua revolta. Mas ao mesmo tempo uma ponta de remorso o acometia ao recordar-se de que fora ele quem procurara conquistá-la, dando livre curso à vaidade cortesã. Era um homem casado, com boa mulher, que certamente não merecia sua traição.

No fundo, a figura do conde não lhe aparecia na mente como assassino odioso. Sabia que conspurcara-lhe o lar, tripudiando sobre a honra de uma amizade tradicional de família. Jamais o conde o ofendera e sempre tivera para com ele gestos afáveis e afetuosos. Não lhe guardava rancor. Tinha-lhe pena e achava que a ele, sim, devia uma satisfação.

Porém, doía-lhe tê-la dado justamente quando se tinha regenerado. Quando, tocado pelo amor, se transformara num homem correto e responsável e que justamente por isso tivesse pago com a vida a sua regeneração.

A constatação desse fato provocava-lhe acerba mágoa. Se tivesse cedido às pretensões da condessa, mesmo sem amá-la, certamente tudo teria continuado com dantes. Ser honesto teria sido um mal?

Ao mesmo tempo compreendia que sua consciência não suportaria semelhante situação e, mesmo no auge da desesperação, sentia-se algo confortado por não ter cedido. Mas isso de que lhe servia agora?

Incapaz de fazer-se ouvido ou entendido, Gustavo passou a viver no castelo, como uma sombra triste e infeliz, acompanhando de perto o sentimento da esposa querida, assistindo-lhe a luta interior para suportar os problemas do dia-a-dia com resignação e coragem.

Observando-a desvelar-se no atendimento e no carinho dos filhos sem preferências ou parcialidades, dispensando a Gus o mesmo carinho que a seus dois filhos, Gustavo reconhecia que seu amor por ela crescia ao mesmo tempo que sua angústia.

Muitas noites, quando na solidão do leito vazio Geneviève dava livre curso ao pranto, chamando por ele com doloroso acento, ele a abraçava com carinho e misturava com ela suas lágrimas e seu desespero. Tentava por vezes aparecer-lhe durante o sono. Aprendera que quando o corpo se acomoda no sono reparador, o espírito liberta-se parcialmente, excursionando pelo mundo espiritual, seu local de origem, sua pátria real.

Vendo-a sair em espírito, Gustavo procurou falar-lhe, abraçá-la para tentar dizer-lhe a verdade. Contudo, Geneviève quando o via, na semi-obscuridade do quarto, repelia-o vigorosamente, horrorizada, relembrando incontinenti o choque sofrido no pavilhão de caça. Fugia-lhe com tal pavor que Gustavo, entristecido, abstinha-se de abordá-la, seguindo-a de longe, qual sombra desorientada e infeliz.

Muitas vezes, o pavor de Geneviève era tal que ela se refugiava no corpo adormecido, acordando-o imediatamente. Faltava-lhe o ar, sentia uma dor funda no peito. Tinha medo de adormecer, procurando vencer o sono para não encontrá-lo de novo.

Esse estado de agitação constante foi abalando a saúde da jovem senhora, que emagrecia a olhos vistos, preocupando seus familiares e o médico amigo.

A condessa ponderava que a filha estava feia nesse estado de magreza. Desejava forçá-la a alimentar-se melhor. Sugeriu que deveria viajar um pouco.

Gustavo, revendo a condessa, sentiu renascer a revolta que lutava por sufocar. Vendo-a satisfeita, com saúde, desfrutando uma impunidade que lhe parecia acintosa, não conseguiu sopitar a avalanche de ódio que o acometeu. Acreditava-se injustiçado. Se ele fora culpado, ela o fora ainda mais. Por que somente ele arcara com as conseqüências dos erros? Por que ela duas vezes mais criminosa usufruía da vida respeitada e feliz?

Sentiu ímpetos de agredi-la, de atirar-se a ela dando livre curso ao que lhe ia na alma. Porém, não teve coragem. Geneviève, doente e debilitada, impunha-lhe desmesurado respeito.

Embora não sendo visto por ela, não desejava magoá-la. Percebera que todas as suas manifestações de revolta e inconformismo, de desespero e angústia, contribuíam de alguma forma para agravar seu estado de saúde. Por diversas vezes calara suas explosões de desespero ao perceber que as transmitia sem o querer à esposa aflita cujo estado se agravava.

Quando isto acontecia, encolhia-se timidamente a um canto e entre lágrimas pedia perdão a Deus por sua incompreensão.

Conteve-se diante da condessa, lutando com todas as suas forças, vendo-a aparentar diante da filha uma ingenuidade e um carinho que não possuía. Mas, para Gustavo, a prova seria ainda mais difícil.

Margueritte, olhando a filha que descansava em um divã, tornou:

— Não sei por que te deixas conduzir pelo desespero. Quando Gérard morreu, não ficaste nesta depressão. Suportaste com mais coragem. Afinal, ele sim foi um homem de bem que mereceu teu amor! Quanto ao barão, lamento que não me tivesses ouvido. És uma ingênua sempre trancada em casa. Não conheces os homens. Não freqüentas os salões!

Geneviève fez um movimento nervoso.

— Por favor, mamãe. Não falemos neste assunto, que me desgosta muito.

A condessa não se deu por vencida.

— Como não falar? Como deixar que definhes por um miserável traidor? Como permitir que continues encerrada neste castelo, carregando o fardo de um filho que não é teu e que te faz recordá-lo a cada instante?

Geneviève levantou-se como movida por uma mola. Seus olhos expeliam chispas. Parecia uma gata assustada:

— Peço-te pelo que mais queres que não te refiras dessa forma a meu filho. Ele é meu filho. Ele é meu filho. Amo-o e não me separarei dele. É um inocente que tem sofrido tanto quanto nós.

A condessa mudou de tom, procurando dissimular seus sentimentos:

— Acalma-te. Não me agrada ver-te aqui encerrada. És jovem. Afasta-te desta casa, destas lembranças e certamente a vida te sorrirá de novo. Deixa que eu te escolha um marido conveniente e bom. Confia em tua mãe, que tem experiência e que só deseja o teu bem!

Gustavo não se conteve. No auge da revolta aproximou-se da condessa, empurrando-a com força.

— Assassina, infeliz — gritou-lhe exasperado. — Como podes ser tão má? Deixa-nos em paz. Não vês o mal que causaste? Não estás suficientemente vingada? Ainda não aplacaste o ódio que me devotas e queres atingir-nos ainda mais? Assassina! Vai-te daqui. Assassina!

Margueritte, que parecia bem-disposta, sofrendo o impacto da fúria de Gustavo, sentiu repentino mal-estar. Uma tontura violenta e um arrepio de pavor percorreu-lhe o corpo bem cuidado.

Num gesto aflito, passou a mão pela testa como querendo afastar de si aquela onda destruidora que a envolvia. Foi quando seus olhos se abriram desmesuradamente e ela viu a figura do barão, à sua frente, ameaçadora e vingativa.

Foi um segundo, mas o bastante. Apavorada, Margueritte gritou:

— Me acudam! É ele! Ele que veio vingar-se. Socorro! Tirem-no daqui, levem-no!

Geneviève, apavorada, acercou-se da mãe a tempo apenas para ampará-la, pois a condessa perdeu os sentidos.

Assustada, Geneviève chamou as servas e procuraram socorrê-la friccionando-lhe os pulsos e afrouxando-lhe as vestes. Achegaram-lhe os sais ao nariz, e aos poucos Margueritte foi voltando a si. Abriu os olhos, parecendo ainda atordoada, depois tornou nervosa:

— Eu o vi. O barão. Ele estava aqui. Olhava-me com ódio, parecia que queria agredir-me.

Embora impressionada, Geneviève tornou:

— Não há ninguém aqui além de nós. Foi uma alucinação, acalma-te, mamãe. — Achegou-lhe aos lábios um cálice de vinho, sugerindo: — Bebe e te sentirás melhor.

— Era ele, minha filha. Quer vingar-se, eu o vi. Tinha o peito ferido, coberto de sangue!

— Tem calma, mamãe. Todos ainda nos conservamos chocados com a tragédia. É natural que tenhas perdido a calma. Depois, por que haveria Gustavo de querer vingar-se? Não era por acaso culpado? Não, prefiro crer que onde quer que se encontre esteja arrependido do mal que nos fez.

A condessa calou-se. Estava apavorada, mas fez visível esforço para recuperar a serenidade. Por pouco se tinha traído diante da filha.

Querendo desfazer a impressão de momentos antes, enxugou com o lenço rendado duas lágrimas inexistentes, enquanto seu peito arfava em soluços ardilosos.

— Foi por isso — ajuntou com voz lamuriosa — que te pedi para deixares esta casa. Está mal-assombrada. Por isso estás doente. Por isso andas nervosa. Quero ir-me daqui. Se quiseres ver-me, sabes onde me encontro. Aqui não mais porei os pés. O infeliz quer perseguir-me até depois de morto.

Foi a custo que Margueritte concordou em esperar mais um pouco até que estivesse melhor. Nada a deteve assim que pôde equilibrar-se nas pernas. Foi-se, pálida, abatida, apavorada.

Geneviève deixou-se cair no divã, desalentada. Estranhava a atitude materna. Sempre a soubera descrente e cética. Como poderia ter admitido a presença de Gustavo?

Porém, o espírito infeliz e aflito do barão, encolhido a um canto, parecia a imagem do desespero. Recriminava-se pela cena de momentos antes e não compreendia como Margueritte tinha podido vê-lo.

Estava ali para provar à esposa amada sua inocência e seu amor. Contudo, o que tinha conseguido? Apenas aparecer como espectro da vingança e do ódio. Naquele instante, mais do que nunca arrependeu-se profundamente de sua leviandade no passado.

A sociedade concede ao homem, no campo dos sentimentos e das paixões, todas a prerrogativas e liberdades. E os homens, impulsionados em sua maioria pela tentação e pela impunidade, entregam-se a ligações ilícitas, fruto das paixões momentâneas, procurando desfrutar o máximo, sendo por isso louvados pelos outros homens, pela sua posição de virilidade e exuberância. Nenhum homem que comete adultério na Terra tem noção de culpabilidade na consciência. Fazem-no iludidos e ignorantes de que se a sociedade humana os deixa impunes e os impulsiona, as Leis de Deus são iguais para todos, independentemente do sexo ou posição social a que pertençam.

Gustavo começava a aprender que todo desvio, toda ofensa à moral que venha a prejudicar terceiros ou que nos chafurde no vício e na luxúria, será punido com conseqüências terríveis e inadiáveis.

Começava também a compreender que o castigo sempre chega e irritava-o apenas a impunidade da condessa. Vagamente sabia que um dia ela seria chamada às contas, mas quando? Até quando permaneceria na impunidade? Até quando poderia viver gozando o aconchego de um lar, desfrutando vida social, intervindo a bel-prazer na vida dos outros, traindo e enganando?

Ele desgraçadamente pagava o preço de um erro, do qual já se encontrava bastante arrependido. E ela? O que a estava preservando?

Entretanto, mais experiente e mais lúcido do que a princípio, Gustavo procurou controlar as emoções, temeroso de prejudicar Geneviève.

A pobre senhora sentia-se nervosa e preocupada. Seu pensamento não se desviava da cena de momentos antes. Só havia alguém capaz de ajudá-la. Era Villefort.

Tocou a sineta e ordenou ao criado que fosse imediatamente buscá-lo. Precisava vê-lo com urgência.

Quando o médico chegou, espelhando certa preocupação na fisionomia bondosa, Geneviève levantou-se angustiada:

— Doutor, preciso muito da vossa ajuda.

— Por certo, minha filha, farei o que puder, mas noto que estais perturbada. Deixa-me examinar-vos primeiro.

Tomou-lhe o pulso, permanecendo silencioso por alguns minutos. Gustavo, pálido, abatido, observava ansioso.

Sem esperar que ele terminasse, Geneviève tornou:

— Mandei chamar-vos por causa de um incidente ocorrido hoje à noite. Deixou-me preocupada e nervosa. Sempre temos conversado sobre a vida além da morte e temos fortes razões para acreditar que o espírito sobrevive à morte do corpo de carne.

Surpreendido, o médico respondeu:

— É verdade. Quanto a mim, nenhuma dúvida resta quanto à sobrevivência do espírito.

— Pois bem. Hoje, ainda há pouco, minha mãe teve uma crise, afirmando ter visto o espírito de Gustavo. E o mais estranho é que ele a queria agredir. Minha mãe falou em vingança e o descreveu com o peito coberto de sangue. Terá sido alucinação?

A fisionomia sempre serena do médico tornou-se muito séria. Após alguns segundos de meditação, fixando-a com firmeza respondeu:

— Não creio. Gustavo teve morte inesperada e violenta. Talvez se acerque do seu lar desejoso de explicar o que não teve tempo de fazer, ou busque o aconchego que lhe era tão caro.

— Era ele então? Estaria em tão lastimáveis condições?

Duas lágrimas comovidas rolavam pelos olhos de Geneviève. O médico estava preocupado. Muitas vezes pensara em Gustavo, receoso de que a traição da condessa o conduzisse ao ódio e à vingança. Era fora de dúvidas que ele estava ali e pedira contas a Margueritte.

— Minha filha. Deveis conter as emoções. Tendes três filhos que necessitam dos vossos desvelos e não deveis negligenciar a saúde. É natural que Gustavo tenha estado aqui, é possível mesmo que a condessa tenha podido vê-lo. Contudo, esta circunstância serve para nos lembrar de que precisamos assisti-lo com nossas preces. É preciso que ele sinta a vossa compreensão, o vosso perdão. Posso afirmar-vos que ele certamente sofre mais com a vossa mágoa e a vossa censura do que com a própria morte.

Reconfortado pelos pensamentos de simpatia que em forma de emanações suaves lhe banhavam o espírito atormentado, Gustavo, ao lado dos dois, sentiu vislumbrado um átimo de esperança. Iria o velho amigo dizer a verdade?

— Doutor, eu jamais deixei de amá-lo. Não lhe guardo rancor. Mas a mágoa, doutor, como livrar-me dela?

— Deveis pensar, filha, que tudo foi um lamentável engano. Que Gustavo sempre vos amou com ternura e sinceridade. Que nunca vos traiu.

Por momentos a fisionomia de Geneviève distendeu-se em extasiante felicidade, depois sacudiu a cabeça e ajuntou com voz sucumbida:

— Mas não posso. Minha mãe me afirmou que foi verdade. Eu mesma suspeitei, antes de conhecê-lo melhor, das relações de ambos.

— Sempre afirmei sua inocência e continuo afirmando. Um dia ainda concordareis comigo. Porém acho que o momento é propício para tentarmos ajudá-lo. Não vamos julgar nem ele nem ninguém. Deve estar desesperado e abatido. A morte do corpo representa, para a maioria, dolorosa surpresa e a constatação de que a vida continua, de que somos os mesmos, nos sentimentos, nas necessidades, nas dores e nas alegrias, estabelece um cerco emotivo que os enreda constantemente nos problemas que a contragosto deixaram no mundo. Mormente no caso do barão. Sua figura me é muito querida. Para mim, é alma nobre, dedicada, que, envolvida pelas felicidades e tentações do mundo, muito tem sofrido.

Acalentada pelas palavras serenas de Villefort, Geneviève recordou a bela figura do marido, com carinhosa emoção.

Nesse instante, dois espíritos entraram no salão, invisíveis aos demais.

Emocionada, Nina reconheceu Lívia, que, amparada por simpática senhora de vestes alvas e aureoladas por luminosos eflúvios, aproximou-se do grupo.

Com um gesto carinhoso separou-se de Lívia e, aproximando-se do médico, colocou a mão sobre sua fronte enquanto seu pensamento em vigorosas ondas luminosas envolvia-lhe o tórax.

Como que tocado por súbito impulso, Villefort ajuntou com voz persuasiva:

— Sei que Gustavo está aqui, ao nosso lado. Sei que não encontra meio de falar conosco. — E, dirigindo-se a ele, continuou: — Meu querido amigo, teus sofrimentos são acerbos, bem sei, mas há já em teu coração a semente da misericórdia e do amor! Confia em Jesus, que sofreu todas as infâmias e injustiças dos homens sem merecer, e pensa que as Leis de Deus são justas e sábias e não nos punem senão quando merecemos. Nós é que erramos, nós é que precisamos lutar e sofrer para conseguirmos nossa redenção. Rogo-te que, neste instante, eleves o pensamento a Jesus e peças a ele que te ajude. De nada adianta permaneceres aqui, no estado lastimável de desequilíbrio em que te encontras, pois tua presença angustiada torna maior a mágoa dos que te amam. Tem coragem para renunciar por agora à presença dos que amas, mas confia que o amor é a maior força que existe. Um dia ele vos reunirá de novo em melhores condições; então podereis ser felizes. Perdoa e esquece. Deus é juiz imparcial e certo. Confia nele. Podes crer que te devotamos sentimentos de amor e de saudade. Segue em paz.

Em voz comovida, Villefort iniciou um pai-nosso, secundado por Geneviève, que, por entre lágrimas, não conseguia afastar o pensamento da lembrança do marido.

Gustavo, comovido e reconfortado, sentiu que cada palavra do médico lhe banhava o espírito com eflúvios de paz e suavidade. Apesar da dor que ainda lhe acicatava o coração, pensou desalentado:

Que adiantava permanecer ali, perturbando a paz da sua família, depois de tê-los deixado na orfandade? Não seria sua culpa pelo que lhe acontecera? Não fora leviano, desrespeitando o lar de um amigo e causando a morte de sua primeira esposa?

Diante do seu pensamento surgiu a imagem de Lívia. Vivo sentimento de remorso o acometeu. Onde estaria? Ferira seus mais caros sentimentos de mulher, causara-lhe dor e morte. Que destino cruel, pensava ele. Abusara da confiança ingênua da esposa amorosa e sincera, e quando fora leal e dedicado, a vida engendrara a farsa e era tido como canalha e traidor. As duas mulheres que amara não tinham sido felizes. A culpa era sua. Pela primeira vez raciocinou com lucidez. Villefort tinha razão. Deus dá a cada um segundo suas obras. Sua justiça não falha e é tão perfeita que sabe ensinar a cada um de acordo com o erro cometido.

Lágrimas emotivas desciam-lhe pelas faces. Precisava fazer alguma coisa. Não podia permanecer perturbando seu lar tão querido, com seus pensamentos de angústia e dor. Era preciso rezar. Emocionado ajoelhou-se recordando velho hábito da infância e murmurou sentida prece.

— Meu Deus! Tende piedade de mim. Socorre-me, senhor Jesus. Não suporto mais o peso dos meus erros passados. Vem em meu auxílio, leva-me daqui, para onde eu não possa perturbar os que amo. Perdoa-me, te imploro, pelas exigências descabidas; sou fraco e sozinho. Se quiseres me aceitar, senhor, em algum lugar, procurarei redimir-me, sendo obediente aos teus mensageiros, e farei tudo que puder para que um dia possa reunir-me de novo com meus entes queridos. Senhor, neste instante penso em Lívia, e se tua bondade permitir-me vê-la algum dia, desejo pedir-lhe perdão. Estou aqui, Senhor. Não mereço, mas espero tua misericórdia...

À medida que falava, Gustavo vibrava intensamente, extravasando sinceridade e emoção. Calou-se porque nesse instante percebeu que a pouca distância uma claridade tênue se estabelecia e extraordinário acontecimento: Lívia sorridente, olhos marejados, face serena, estava diante dele.

Vendo-a surgir naquele momento de prece e meditação, Gustavo arrastou-se de joelhos e suplicou com voz trêmula:

— Lívia, vieste! Deus me ouviu. Quero pedir-te perdão. Reconheço meus erros. Perdoa-me! Perdoa-me!

Naquele instante sublime de reencontro, Lívia carinhosamente procurou erguê-lo enquanto dizia:

— Gustavo. Há muito que te perdoei. Também fui muito culpada pelo que nos aconteceu. Era meu dever de esposa estabelecer em nosso lar laços de alegria e de amor. Entretanto, orgulhosa e fútil, não soube ser para ti a companheira, a amiga, a amante, a mãe. Na minha inexperiência e orgulho, cultivei o ciúme ao invés do carinho e da compreensão que necessitavas para deixar a aventura. Não soube compreender as tentações e os enganos a que as facilidades da corte podem nos conduzir. Vi que estavas sendo enredado pela sedução de outra mulher e não soube salvar-te com meu amor e meu carinho Ao contrário, recorri ao ódio, ao crime e à vingança. Com isso, afastei-me mais de ti e tornei-me indigna da tarefa que a vida me destinara de esposa e mãe. Em tudo quanto te aconteceu, uma parcela de culpa me cabe também.

Gustavo não sabia o que dizer. Sua vítima dizia-se algoz. Tamanha nobreza de alma o tocava nas fibras mais profundas do coração. Observando a tênue luz que a envolvia, ajuntou comovido:

— És uma santa!

— Não. De modo algum. Quando conheceste Geneviève e começaste a amá-la, fiquei triste e o ciúme voltou a lacerar-me o coração, principalmente porque percebi que nunca me amaste como a ela. Vi e penetrei teus pensamentos e pude saber que entre nós existiu uma grande amizade, mas que jamais sentiste por mim o mesmo arroubo, a mesma exaltação, a mesma emoção, a mesma profundidade de sentimento que nutrias por ela. Entretanto, uma amiga e conselheira fez-me também penetrar os sentimentos dela e pude ver que era uma mulher boa e sincera. Que te amava com a mesma sinceridade que tu a amavas e, o que era muito importante para mim, amava nosso querido Gus com desvelado sentimento de mãe. Como sentir ciúme se ela beijava meu filho com amor e ternura? Como não querê-la se eu precisava dela para dar a ele tudo quanto eu não pudera? Como podia eu, que apressara minha morte com atos criminosos e impensados, deixando-o órfão dos carinhos de mãe, privá-lo agora também do aconchego sincero daquele coração nobre e dedicado? Não seria cair de novo no ciúme destruidor e cruel? Lutei. Lutei, Gustavo, para vencer a mim mesma. Uma vez o ciúme me destruíra, não queria que o fizesse novamente.

Aos poucos fui serenando o coração e pude perceber que a queria com gratidão e amizade. Ela era a depositária do meu lar, dos meus entes queridos. Teriam sempre meu apreço e minha gratidão. Estimo-a sinceramente. Apesar de a calúnia e a infâmia terem lhe ferido o coração sincero e amoroso, ela, em sua nobreza de alma, soube compreender e separar as coisas, e continua dispensando amor e carinho ao nosso filho, ocultando-lhe a dor interior, não destruindo em Gus o amor e o respeito que a memória de seu pai merece.

Com acento dorido, Gustavo concordou:

— Tens razão. Também tenho observado tudo isso. É uma mulher excepcional. Entretanto, dói-me a calúnia e a aviltação. Deves saber que estou inocente! Deves saber que arrependi-me de tudo quando adoeceste e, desde então, tenho sido leal e fiel aos compromissos do lar!

Lívia sorriu animosa:

— Tem paciência. Deus determina sempre os acontecimentos da vida visando nossa elevação moral e espiritual.

— Gostaria pelo menos que Geneviève pudesse saber a verdade.

— Não te lamentes. Aceita as conseqüências de tuas faltas com humildade e resignação. Deus é pai amoroso e justo. Um dia, quando for oportuno, todo mal-entendido estará desfeito. Vim para buscar-te. Não como a esposa de outros tempos, mas como a amiga sincera que desejo ser. Ambos temos interesses comuns na Terra. Nossos entes queridos precisam da nossa ajuda e sustentação nas provas da carne. Somos, porém, espíritos fracos e endividados perante as Leis sacrossantas do Pai. Se quisermos fazer algo por eles, precisamos nos preparar devidamente, aprendendo e servindo, procurando nos tornar discípulos de Jesus Cristo. Há muitas coisas que não sabes ainda sobre nossa vida real, mas quando fores te desligando da Terra aos poucos tua memória irá voltando.

Gustavo lançou um olhar doloroso sobre Geneviève, abatida e orando com fervor. Depois deteve-se nos objetos familiares e queridos do seu lar terreno.

— Eu quero ir, mas é doloroso ter que fazê-lo.

— Tens razão. Parece que nosso coração se despedaça nesse último olhar, e nossos pés de repente se tornam como chumbo a nos impedir a partida. Mas é imperioso, para teu bem e daqueles que amamos, que partas por agora. Sabes que tua presença aqui tem provocado angústia e depressão. Vem, prepara-te, ergue-te no bem, no trabalho da redenção, e breve poderás voltar para, com tua luz, tua alegria, tua força, assisti-los e ajudá-los. Vamos.

Gustavo aproximou-se de Geneviève com infinito carinho, beijou-lhe a face abatida, abraçou Villefort. Lágrimas doridas caíam-lhe insopitáveis. Foi aí que ele vislumbrou o espírito iluminado da benfeitora que os assistia com bondade.

— Nossa irmã tem me socorrido, Gustavo. A ela devemos todo auxílio que temos recebido.

Gustavo, perturbado, quis ajoelhar-se diante dela, impressionado pela luminosidade de seu olhar. Contudo, num gesto firme e simples, aquela bela figura de mulher enlaçou-lhe o braço dizendo com voz um tanto enérgica:

— Vamos, meus filhos. Precisamos partir já. Conversaremos pelo caminho.

Lívia enlaçou-a do outro lado, e os três, como que impulsionados por energias novas, saíram do castelo e seus vultos perderam-se na distância.

Fundo suspiro escapou do peito de Villefort.

— Graças a Deus. Parece que agora está tudo em paz.

E realmente estava. Geneviève sentia-se mais serena e o ar parecia soprar energias novas ao seu redor.

— Sim, doutor. Seja como for, estas orações fizeram-me grande bem. Sinto-me muito melhor.

— Sempre que possível deveis orar por ele, porém nunca chamá-lo.

— Confesso, doutor, que às vezes a solidão é tão grande que a saudade nos coloca em situação dolorosa. Se ele agora é um espírito liberto e pode ouvir-me, por que não posso evocá-lo nos momentos difíceis?

— Na verdade, nossos entes queridos que partem da carne são espíritos libertos, mas carregam consigo todos os problemas que tinham na Terra, todas as imperfeições. Logo após a morte, não se podem furtar à perturbação decorrente do seu estado emocional e lutam para adaptar-se à nova situação. Estão entre dois mundos, sofrendo delicado processo de transformação. De um lado, a Terra que amam apesar de todos os sofrimentos e lutas, seus entes queridos, seus hábitos aos quais desejam e não podem voltar; vida que deixaram e da qual não conseguem desvencilhar-se. Do outro, a paz, o esforço para uma vida melhor, que os atrai e da qual vieram e precisam voltar. É uma luta que existe e na qual muitos têm sofrido largos anos de fracassos e angústia. Os laços do amor e da família dificultam o desligamento do espírito. Deveis pensar que uma evocação inoportuna poderá conduzi-lo à perturbação e aos problemas terrenos dos quais precisa libertar-se. É verdade que os espíritos mais evoluídos podem e nos vêm ajudar, mas nós não sabemos se aqueles que amamos estão nessas condições.

Geneviève permaneceu meditando por alguns segundos, depois disse:

— Tendes razão. Compreendo e não quero perturbá-lo. Sinto-me melhor. Deus me dará forças para cumprir minha missão até o fim.

Fundo suspiro partiu do coração de Nina. Era muito comovente rever estes acontecimentos e conhecer-lhes a profundidade.

XVI
A origem dos problemas

A tela apagou-se e Nina permaneceu: olhos enevoados, pensamento perdido nas reminiscências longínquas. Depois, como que obedecendo a uma idéia largamente meditada, alçou os olhos para o orientador e tornou um tanto enleada:
— Posso fazer-vos uma pergunta?
— Certamente.
— Sabeis que minha vida na Terra não foi um mar de rosas. Lembro-me bem de tudo que aconteceu depois desse dia. Procurei ser boa mãe para os três filhos que Deus me havia confiado. Sorvi o cálice de amargura sem me queixar até o fim. Minha esperança maior era o reencontro com Gustavo, depois da morte. Entretanto, nunca mais nos vimos. Por quê?
Pelo rosto tranqüilo do orientador passou uma onda de simpatia. Com voz firme tornou:
— Esperava por esta pergunta. Sabia que a farias. Sabes que Deus é justo e bom. Todos os seus desígnios são sábios. Para encontrarmos a origem dos nossos problemas precisamos voltar um pouco no tempo. Em encarnação anterior, tu e Gustavo vos amastes. Contudo, ele, leviano e fútil, cedeu à tentação de uma cigana que o despojou de todos os haveres e com a qual ele te foi infiel. Casado contigo, ocupando alto cargo na nobreza romana, não valorizou o lar que era premiado com quatro filhos. Enleado pela perigosa cigana, que mais tarde renasceu condessa de Ancour, abandonou o lar e desceu os degraus da miséria moral e material. Vendo-se abandonado pela cigana, arrependido, caindo na realidade, levado pelo desespero, suicidou-se. Teus sofrimentos foram grandes. Na luta para manter o lar e os filhos, dois meninos e duas meninas, empenhaste todos teus haveres e não pudeste impedir que tua filha mais velha, seduzida pela posição e pela fortuna que não mais lhe podias dar,

tenha se perdido no torvelinho das facilidades sociais. Cedeu às instâncias de um homem na nobreza que lhe pôde dar uma situação de riqueza. Infelizmente ele era casado, e sua esposa, no auge do desespero, foi definhando até morrer.

Nesse instante, Nina abriu desmesuradamente os olhos e num repente ajuntou:

— Sim. Lembro-me agora! Minha filha querida que tanto me fez sofrer é Lívia, de quem nunca senti ciúme apesar de ter sido esposa de Gustavo!

— Sim — disse o instrutor com alegria. — É verdade. Lívia é tua filha muito amada. Meditemos na bondade do Senhor, permitindo a todos nós, apesar dos erros, recomeçar e refazer nossos caminhos! Pois bem — continuou ele —, Gustavo, suicida, passou longos anos no vale dos sofrimentos para recuperar um pouco o equilíbrio do seu perispírito lesado. Sofreu muito até que pudesse recuperar um pouco de paz. Interessou-se pela sorte da família que abandonara em um momento de desvario. Chorou muito a sorte da filha que seu abandono relegara à queda moral e que não tinha ainda suficiente força para enfrentar a pobreza com dignidade. Longos anos te preparaste em estudos e em tarefas sacrificiais em benefício do próximo, para reencarnar de novo na Terra. Vencedora na luta, estavas em boas condições espirituais e acima de tudo o amavas. Com teu consentimento, foram programadas as realizações necessárias ao reajuste de Gustavo, de Lívia e da cigana, que, na bondade do teu coração voltado ao bem, desejavas auxiliar. Ela renasceria primeiro e tu serias sua filha e companheira. Assim, estarias perto dela para amá-la, dar-lhe carinho e, quem sabe, ajudá-la. Sua morte ocorrera em condições muito dolorosas. O espírito de Gustavo, enraivecido e desvairado, a perseguira por toda parte até que ela, enlouquecida e na miséria, tivesse morte horrível. Por algum tempo os dois espíritos digladiaram-se. A cigana e o suicida. Assistidos por amigos dedicados, quando foi possível, cada um seguiu novo caminho. Entretanto, ligados pelos erros passados, precisavam reencarnar para ressarci-los.

Por isso, para ajudar teu marido, concordaste em reencarnar como filha da cigana. Estava estabelecido que ele desposaria Lívia para reconduzi-la ao equilíbrio que por sua culpa ela agravara. Estava também previsto que Lívia morreria jovem, estando assim saldado seu débito perante a Lei. Então, ele te desposaria e, juntos novamente, teriam também os três filhos, Gérard, Caroline e Gus, que foram seus filhos na anterior encarnação. Lívia deveria reencarnar brevemente em teu lar e, juntamente com a condessa, tudo caminharia para o reajuste.

Sabia-se que Gustavo não viveria muito tempo. Suas condições de ex-suicida não lhe possibilitavam longa vida, contudo era necessário que permanecesse mais alguns anos para terminar a tarefa.

O orientador calou-se, e vendo o olhar brilhante de Nina fixando-o com interesse continuou:

— Entretanto, submetido à prova difícil no reencontro com o espírito da cigana, que era a condessa de Ancour, novamente deixou-se seduzir pela sua personalidade avassaladora. Cedeu à paixão e com isso provocou a revolta de Lívia, que inconscientemente rememorava a perda do pai e da oportunidade de progresso que se lhe oferecia. Deixou-se levar pelo ciúme e apressou sua morte, desarticulando as forças do bem que a sustentavam.

Gustavo, chocado, procurou reagir, tendo se esforçado por realizar a parte que lhe cumpria. Arrependido, rompeu definitivamente com a condessa. Porém ela não fez o mesmo. Deixou-se arrastar pelas emoções do passado, teve vida fútil e novamente destruiu lares com sua leviandade contumaz. Quando Gustavo, levado por sincero amor, casou-se contigo, teve oportunidade de retomar o programa de recuperação delineado antes da reencarnação, mas na luta entre o amor de mãe e o amor de Gustavo, Margueritte não soube ver a realidade. Preferiu manter-se no erro.

Embora Gustavo estivesse arrependido, era ex-suicida e fraquejara novamente, reavivando e alimentando os sentimentos da antiga cigana. Por essa razão, os acontecimentos desencadearam-se e ninguém, nem o seu desejo do bem, sua renovação mental pôde impedir. Como sabes, Margueritte sofreu perturbações mentais nos últimos anos de sua vida. Teve morte atormentada e seu espírito sofreu durante muito tempo nas zonas depuradoras do umbral. Apenas tu conseguiste vencer. Educaste teus filhos com coragem e amor. Sofreste as injúrias de tua mãe, doente, que na sua ignorância via em Gus e em sua semelhança com o pai motivo para odiá-lo. Suas palavras veladas e reticenciosas, cheias de subentendidos, despertaram a desconfiança do jovem sobre a morte do pai. Embora te procurasse sempre para saber a verdade, nunca quiseste revelá-la, temerosa de destruir o respeito e o amor, o exemplo de virtude que sempre Gus vira no pai. Pelo contrário, a cada dia mais o elogiavas, dando a Gustavo todas as grandes virtudes. Gus sentia que havia algo, algum segredo, e Margueritte, querendo que ele se fosse para sempre, desejosa de esquecer-se da tragédia que já a incomodava, sugeria-lhe a desconfiança de que a infidelidade fora a causa da morte do pai. Não podendo crer que fosse o pai o infiel, principalmente porque o defendias com ardor, suspeitou da tua dignidade.

Sei que teu sofrimento foi inenarrável; tu o amavas como filho muito querido. Suportar suas desconfianças e seu afastamento foi-te dolorosa prova. Porém tudo suportaste até o fim, sem nada revelar. Recolhendo-te a bondade, Gus pediu-te perdão na hora extrema e pudeste regressar à Pátria Maior como uma vencedora, aureolada de luz, podendo gozar largo período de paz e de felicidade.

Mas a lembrança dos entes queridos não te deixava usufruir a felicidade tão duramente alcançada. Quiseste ver tua mãe, e o seu estado deplorável e constrangedor comoveu-te o coração amoroso. A ex-condessa, como deves lembrar agora, havia se transformado em uma dementada figura, coberta de farrapos, na colheita irrecusável da sua semeadura.

— Sim — disse Nina num sopro. — Lembro-me bem. Durante muitos anos dediquei-me às tarefas de socorro em favor dos infelizes na esperança de algum dia poder ajudá-la.

— Certo. E tanto trabalhaste, tanto fizeste que conseguiste te aproximar dela, fazer-se reconhecer e ajudá-la. A desventurada agarrou-se a ti suplicando que a tirasses do inferno onde se julgava atirada. Aos poucos, com perseverança e carinho, ajudaste-a a recuperar algum equilíbrio. Foste além: conseguida a oportunidade de uma encarnação redentora, quiseste ajudá-la de perto e pediste para renascer novamente a seu lado, como filha.

— Sim. Lembro-me que a custo consegui esse benefício. No programa elaborado pelos nossos maiores, após longos e minuciosos estudos que fizeram do caso, ficou estabelecido que meu pai, unido a ela pelo crime cometido, renasceria antes e ela iria pouco tempo depois. Foi escolhida uma fazenda no interior de Minas Gerais. Seriam lavradores. Aprendendo a lição do trabalho, viveriam na pobreza, porque a riqueza fora o motivo do fracasso de ambos. Receberiam-me como filha.

O orientador sorriu e esclareceu:

— Sim, mas o que ignoravas era que Gustavo renasceria a teu lado, como teu irmão na figura de Roque.

Nina, movida por funda emoção, levantou a cabeça vivamente, considerando:

— Roque era Gustavo? Era por isso que nos amávamos tanto! Ele sempre me cercou de cuidados e atenções. Meu Deus! Eu o encontrei e não sabia!

— Era preciso. Se conhecesse a verdade, seria mais difícil para ti o desligamento na hora precisa, quando o prazo que te foi concedido expirasse.

— Compreendo! — respondeu ela humilde.

— Tua irmãzinha Lídia era Lívia reencarnada. Verifica bem, minha filha, como Deus é justo e bom. Permitiu renasceres ao lado dos que amas e recuperá-los no bem. Permitiu a Margueritte e ao conde dar a vida a Gustavo que tinham tirado e a Lívia, a quem desviaram da oportunidade redentora!

— Meu Deus!— balbuciou Nina, comovida. — Quanta bondade! Como pagar-vos?

Num assomo de intraduzível sentimento, Nina ajoelhou-se e com voz entrecortada tornou:

— Senhor! Bendito sejas pela tua bondade e justiça. Na tua misericórdia infinita, reconduzes os que erraram ao caminho da redenção e permites novamente o recomeço e a retificação. Senhor! Mestre amado, que nos tens sustentado e assistido nas horas difíceis com abnegação e carinho, faze subir aos pés do Pai a gratidão desta serva inútil e cega que, tendo recebido tanta felicidade, desejava dirigir os acontecimentos, os que ama, com risco de mal conduzi-los. Senhor Jesus, Mestre dos Mestres, ensina-me a resignação sem reservas, para com os desígnios do Pai, porque só Ele tem sabedoria para nos conduzir. Só Ele pode transformar erros e sofrimentos em redenção e experiência. Ajuda-me ainda, Senhor, para que de hoje em diante eu possa ser obediente e submissa às suas santas Leis! Ajuda-me, Senhor.

À medida que Nina pronunciava sua prece, seu espírito foi se iluminando. Do seu peito partiam raios de luz que alcançavam o infinito, enquanto suas vibrações, qual flocos minúsculos e perfumados, desciam sobre todos, que em atitude de respeito e emoção entregavam-se ao instante sublime.

Quando Nina se calou, o orientador levantou-a, dizendo com bondade:

— Hoje, minha filha, só hoje, recuperaste tua personalidade.

Realmente, a figura franzina de Nina desaparecera. Transformara-se em Geneviève, mas uma Geneviève que, embora jovem, irradiava na luminosidade do olhar toda a formosura do seu espírito sublime.

Cora abraçou-a comovida:

— Como me sinto feliz!

— Sim — respondeu Geneviève com doçura. — Sinto-me feliz, mas preciso retornar à ação. Há muito sofrimento ao nosso redor. Depois — continuou ela, sorrindo —, há a redenção dos que amo! Que farei para ajudá-los?

O orientador sorriu com certa malícia:

— Eu sabia que continuarias. Que Deus te ajude e abençoe.

E as duas mulheres, abraçadas e quase a uma voz, sussurraram:

— Que assim seja!

XVII
Roque foge para a cidade

A tarde ia em meio. Na fazenda e na casa humilde de Maria, apenas se ouvia o barulho da lenha crepitando no fogão e a água borbulhando na lata, derramando-se nas labaredas que estalavam.

Lídia, distraída, entretinha-se em brincar com uma boneca de pano gasta e um tanto encardida. Embalava-a com amor, como se fosse a coisa mais preciosa do mundo. Tão entretida estava que nem percebeu o ruído da porta. Apenas assustou-se ao ouvir a voz da mãe dizendo zangada:

— Lídia! O café! Ainda não coou. Menina danada. Vive no mundo da lua. Qualquer dia destes jogo essa porcaria dessa bruxa no fosso.

Lídia, num gesto rápido, escondeu a boneca embaixo da cama.

— Já ia fazer, mamãe.

Maria olhou a filha, franzina e delicada:

— Você nem parece que tem treze anos. Ainda brinca com boneca. Quando vou ter quem me ajude?

E num gesto de desprezo voltou ao assunto costumeiro:

— Se Nina estivesse viva, eu não estava tão abandonada. Ela fazia todo o serviço da casa desde os cinco anos. Mas você não presta para nada.

Lídia disfarçou uma careta de ódio: Nina, sempre Nina! Sua mãe só falava na filha mais velha que tinha morrido. Só ela era boa, só ela sabia fazer tudo. Lembrava-se vagamente dela, mas sua mãe parecia que não conseguia conformar-se com a escolha de Deus, tirando-a do mundo em lugar dela, Lídia. Não que não gostasse de Nina, mas a atitude de sua mãe tinha o condão de irritá-la. Momentos havia em que chegava a odiá-la.

Sempre que podia, Maria a criticava procurando justificativas para castigá-la. Jamais a acariciava ou tinha para com ela gestos de amizade. Em contraposição, apegara-se ao irmão mais velho com carinho e dedicação. Roque tratava-a com delicadeza e ternura. Protegia-a contra os castigos da mãe e, sempre que ganhava algum dinheiro, comprava-lhe doces ou mesmo algum vestido.

Maria, resmungando ainda, atirou a um canto o feixe de gravetos que trouxera de volta da roça e começou a preparar o café. Logo mais os homens viriam para comer.

Abriu o armário velho e um tanto sujo, procurando o que fazer para o jantar.

— Vida desgraçada. O que temos mal dá para matar a fome de seu pai. Lídia, vai no cesto ver se tem mandioca para cozinhar.

Lídia apressou-se a ir ao barracão do lado, que servia de celeiro e de despejo também.

— Não tem não, mãe. Mas trouxe mais batata-doce. É só o que tem.

— Batata-doce de novo. Um dia eu largo isso e dou o fora com o primeiro que aparecer.

Lídia deu de ombros. Estava habituada às queixas da mãe. Ia saindo quando a ouviu chamar.

— Lídia! Teu irmão acordou. Vai dar banho nele.

Lídia obedeceu contrariada. Aquela vida dura e difícil revoltava-a. Sonhava com a riqueza, o luxo. Um dia, iria para a cidade e encontraria um moço rico com o qual se casaria! Deixaria a mãe com alegria e sem saudades. O pai sempre ocupado, trabalhando, revoltado com o patrão, não lhe dava muita atenção. Não lhe alimentava queixas. Bastava a ele seus próprios problemas para que se importasse com a filha.

Chegou para o jantar mal-humorado e sentou-se:

— Feijão com batata-doce! Outra vez?

— Ah! — ironizou Maria. — Você queria peru ou, quem sabe, um terneiro gordo!

— Quero a carne que estava na banha.

— Acabou — gritou Maria irritada. — Você mesmo comeu toda.

José resmungou entre dentes, mas começou a comer em silêncio.

— O pão é puro fubá — disse por fim.

— Ainda bem que reconhece. Foi o que pude arrumar. Se você fosse outro homem, tivesse mais cabeça, nós já teríamos saído desta miséria! A gente podia ir para a cidade...

José passou a mão grossa pelos cabelos castanhos:

— Não é fácil. Não temos dinheiro para agüentar os primeiros tempos. Não se pode ficar na rua. Depois, a vida lá é dura. Não sei o que poderia fazer. Só sei lavrar a terra.

— E, por causa da sua burrice, nós vamos ficando por aqui, morrendo de fome.

— Cala a boca, mulher. Estou cansado de suas queixas.

— É, eu deveria ter ido embora mesmo... Enquanto tinha só Nina... Quem sabe ela não tivesse morrido. Na cidade a vida é melhor. Fui ficando e, agora, cada vez fica pior. Enchendo de filhos! Às vezes dá vontade de sumir...

José levantou-se irritado:

— Pois suma, mulher do inferno. Não presta nem para me ajudar. Só sabe queixar. Se abrir mais a boca eu sento o braço. Pensa que não sei? O que você quer é andar atrás de homem por aí.

As quatro crianças assustadas olhavam o semblante congestionado do pai. A cena se repetia com freqüência e quase sempre acabava em troca de sopapos.

Roque sentia-se mal cada vez que isto acontecia. Respeitava o pai, temia-o pela sua severidade, mas não gostava da mãe. Evitava-a o quanto podia. Ela, entretanto, queria-o sempre perto. Tratava-o ora com excessos de carinhos, ora com repentes de irritação. Roque não compreendia o que se passava em seu coração. Havia certas expressões da mãe que lhe causavam profunda repulsa. Sentindo-se em erro, procurava combater esse estado de alma e sentia-se culpado por nutrir esse sentimento. Estava agora com quinze anos. Desejava ir-se embora, tentar a vida longe de casa. Mas Lídia era acometida de fundo desespero quando expressava esse desejo, agarrando-se a ele e fazendo-o prometer que não iria.

A mãe, apesar de desejar mudar-se, também o impedia de ir-se.

Roque, menino obediente e educado, granjeara as simpatias de Dona Emerenciana. Fora companheiro de brinquedos de Fábio, de quem aprendera as primeiras letras com avidez. Entretanto, quando ele se fora para o colégio interno, Roque se sentira mais só. E a cada ano, mais instruído, Fábio voltava diferente, não encontrando mais prazer na companhia de Roque.

Felizmente Maria calou-se — o que raramente acontecia — e aos poucos José foi serenando.

Roque mal tocou na comida. Saiu andando a esmo, absorvido por seus pensamentos íntimos, sem atentar para a beleza da tarde que morria no sol incendiado, que aos poucos escondia-se na linha do horizonte.

Dirigiu-se a um local sossegado, sob um árvore, e sentou-se na relva. Seu coração apertava-se em vaga melancolia. Trazia tristeza e saudade, sem poder explicar do que e de quem. De repente, a figura de Nina surgiu-lhe na mente e lágrimas assomaram em seu rostinho magro e moreno. Tinha saudades dela. Sentia falta da sua presença alegre e graciosa. Pobre irmã... Sucumbira de miséria e sofrimento, pensou entristecido.

As coisas em casa iam de mal a pior. Não tinha vontade de acabar como o pai, às voltas com as queixas da mãe e as exigências do patrão. Aspirava ser útil, estudar, aprender a ler direito, como Fábio. Não o invejava, certamente, mas em seu coração havia o desejo de ser como ele. De ter a mesma segurança que ele tinha.

Fábio lhe contara muitas coisas sobre a cidade e ele ardia de vontade de conhecê-la. Muitos amigos seus tinham deixado a fazenda rumo à cidade. Por que ele não podia fazer o mesmo?

Nervoso, arrancou um punhado de mato, atirando-o longe.

— Vou embora de qualquer jeito — resolveu. — Se não deixarem, eu fujo.

Falaria com o pai naquela mesma noite se tivesse ocasião. Dessa conversa dependeria sua atitude. Muitos planos fervilhavam em sua cabecinha jovem quando uma hora depois regressou à casa.

A noite descera de todo e encontrou o pai fumando seu cigarrinho de palha sentado em um caixote na porta da casa. Seu rosto rugoso e maltratado refletia amargura e tristeza. Talvez o momento não fosse oportuno, mas Roque não conseguiu dominar a impaciência.

— Pai, quero falar com o senhor.

José levantou os olhos com indiferença.

— Fala! O que é?

— Tenho vontade de ir embora.

— Você também... — respondeu irritado.

— É, pai. Eu quero tentar a vida na cidade. Quando arrumar serviço e casa, venho buscar o senhor.

José casquilhou uma risada irônica.

— Você?! Quer ir para a cidade? Não sabe o que quer. Que pensa que pode fazer na cidade?
— Trabalhar, pai. Quero estudar e trabalhar.
— Você?! Quem pôs essas idéias na sua cabeça? Sua mãe, com certeza. Sua mãe, que não pensa em outra coisa senão em ir para lá. Não sabe o que tem lá. Pensa que é fácil.
— Não tenho medo de trabalhar, pai.
— Loucura! Você precisa me ajudar na roça. Estou velho e não sustentei você trabalhando duro durante quinze anos para depois ficar abandonado na velhice.
— Mas eu volto para buscar vocês!
— Não quero ouvir mais nada sobre isso. Já chega sua mãe. Se você falar de novo, leva couro. Onde já se viu?

José estava ameaçador. Diante disso, decepcionado, Roque se calou. — Fico quieto porque não quero apanhar, mas vou pensar no caso. Qualquer dia desses eu fujo desta casa. — Com raiva foi para trás da casa, e seu pensamento, olhando as estrelas que coruscavam no céu, voltou a sentir a vaga melancolia, a saudade indefinida, o anseio de alguma coisa que não podia explicar.

Só muito tarde e a instâncias da mãe, entrou para dormir.

Daquele dia em diante, foi se firmando no pensamento de Roque a idéia da fuga. Dinheiro não tinha, roupa muito menos. Mas olhava seus braços morenos pensando que haveria de trabalhar. Pensou, pensou e resolveu que nada lhe valia esperar. Para quê? Dinheiro não conseguia ganhar, roupa era difícil.

Naquele dia mesmo falou com Dona Emerenciana, se lhe podia arranjar uma calça e uma camisa velha porque andava muito necessitado. Conseguiu mais do que pediu. Duas camisas e uma calça de Fábio. Eram desbotadas, mas sem rasgão. Ficaram-lhe um pouco grandes, mas isto não tinha importância. Embrulhou-as cuidadosamente e escondeu-as sob uma moita.

O dia seguinte era domingo. Dia de ir à capela e à tarde podia sair um pouco para jogar com os amigos. Planejou tudo. Seria no domingo.

Sem demonstrar o que lhe ia no íntimo, fez todas as obrigações de costume e à tarde preparou-se para a fuga.

Tomou Lídia pela mão e conduziu-a longe de todos:
— Lídia, jura que não conta o que vou dizer para ninguém?

— Roque, o que é? Você está esquisito.
— Jura, senão não falo!
Lídia olhou assustada:
— Juro!
— Jura por Deus?
— Juro por Deus.
— Está bem. Vou-me embora.
Lídia agarrou-se nele chorosa.
— Não vai, não. Eu não quero!
— Boba. Eu vou, arranjo emprego, ganho dinheiro e venho buscar você!
— Eu não quero!
— Não seja boba. Lá na cidade a gente ganha muito dinheiro, daí eu venho buscar a mãe e você, e todos.
Lídia, chorosa, murmurou:
— Você vai demorar?
— Não sei. Mas só digo que vou e um dia volto. Aí vou levar você para a cidade, comprar vestido bonito, água de cheiro, tudo que você quiser, até sapato!
Lídia abriu os olhos admirada:
— Tudo isso?
— Sim. Tudo isso. Espere e verá. Agora eu vou.
Num gesto carinhoso, abraçou e beijou a irmã.
— Adeus, Lídia. Assim que puder mando notícias.
— Adeus, Roque — respondeu a menina chorosa.
De um salto, sem olhar para trás, alcançou a moita, pegou a trouxa de roupas e de magras provisões que levava e, ágil, em poucos minutos sua minúscula figura desaparecia em direção da estrada.

XVIII
Roque vai buscar a sua família

Foi com alegria que Roque contemplou a pequena casa que alugara, dando os últimos retoques nos arranjos que com orgulho preparara. Era uma casa modesta, de quatro cômodos em bairro periférico de São Paulo, mas representava para ele a realização de um velho sonho e o cumprimento de uma velha promessa.

Dez anos se tinham passado desde o dia em que, com o coração inquieto e munido de esperanças, tinha abandonado o teto paterno, vestindo roupas emprestadas. Conseguira chegar a São Paulo pedindo carona a um caminhão de transporte. Sofrera fome e frio, trabalhara duro, mas perseverante no esforço e no trabalho, estudando à noite, tinha conseguido alfabetizar-se e aprender o ofício de marceneiro.

Ganhava pouco. Porém, acomodado e simples, procurava juntar seus parcos recursos para realizar seu sonho de buscar a família.

Reconhecia empresa difícil. Não ganhava o suficiente para todos, mas seus irmãos poderiam trabalhar e assim, mesmo que o pai não encontrasse trabalho de pronto, não passariam necessidades. Quando conseguiu economizar o suficiente para mobiliar uma casa e ter o bastante para a mudança, escreveu para o pai, mandando dizer através de carta a Dona Emerenciana que tudo estava pronto e iria buscá-los no fim do mês.

Arrumou a casa com alegria, antegozando o prazer da mãe tendo água encanada, luz elétrica, fogão, panelas, conforto que jamais usufruíra. Comprara para cada um uma lembrança.

Nunca mais revira a família. Lídia era já moça. João e Antônio precisavam estudar e trabalhar.

Arrumara a pequena bagagem e vestira sua roupa melhor. Queria impressionar bem seus antigos amigos. Era como vencedor, como moço experiente que retornava ao lar. Várias vezes tivera notícias dos seus, conseguidas através de amigos que viajavam por aqueles lados.

Sabia que o pai ficara furioso com sua fuga, mas confiava que o tempo tivesse feito esmaecer sua revolta.

Durante a viagem sentiu crescer a sua impaciência, seu desejo de chegar. Foi com emoção que reviu os caminhos de sua infância.

Estava entardecendo quando cansado chegou ao antigo lar. Sentiu um aperto no coração. A casa pareceu-lhe mais feia e mais velha. O pai, como de hábito, sentava-se no caixote na porta e, vendo-o, levantou-se fixando-o com o olhar perscrutador.

— Quem é o senhor? — perguntou curioso.

— Sou eu, pai. Roque. Vim para casa.

José procurou fixá-lo como que ajuizando seu aspecto. Seu semblante mais enrugado e envelhecido pareceu contrair-se em ricto de amargura.

— Você veio! Foi-se embora, deixou nossa casa. Filho ingrato.

— Sim, pai. Eu fui, mas estou de volta. Quero levar vocês para a cidade. Eu disse que ia mas voltava para buscá-los. Chegou o dia!

Abraçou o pai emocionado.

Nesse momento, atraídas pela sua chegada, a mãe e Lídia saíram e vendo-o precipitaram-se para ele com efusões de alegria.

— Meu filho! Você voltou! Como está bonito! Como está moço!

— Roque, eu estava esperando, você veio! Você veio!

As duas correram para ele abraçando-o e falando ao mesmo tempo. Os dois irmãos mais novos que estavam atrás da casa aproximaram-se abraçando-o efusivamente.

Com exceção de José, que observava calado, tudo era entusiasmo e alegria. Roque abriu a maleta que portava e foi distribuindo com orgulho os presentes que trouxera.

Serviram-lhe café com pão, depois sentaram-se ao redor para ouvi-lo contar coisas da cidade, o que fizera e aprendera durante todo esse tempo.

Ele, embalado pelo entusiasmo, foi contando seus sofrimentos, suas vitórias, suas conquistas.

— Agora, vim para levá-los comigo. Tenho tudo pronto. Casa mobiliada, tudo. Quando chegarmos lá, Lídia, Antônio e João irão trabalhar de dia mas de noite vão para a escola. Vão estudar, vão ser gente!

Eles ouviam estáticos, como se estivessem diante da descrição do próprio paraíso.

— Bobagem. Eu não saio daqui e ninguém vai. Trabalho perdido, Roque.

As palavras do velho José provocaram verdadeira estupefação. Maria indignou-se:

— Por que não quer ir para a cidade? Não dizia que só ia quando tivesse jeito de viver e dinheiro para os primeiros tempos? Agora o Roque se matou para buscar a gente e você não quer ir?

— Se matou porque quis. Eu não mandei.

— Pai, nós vamos com ele — advertiu Lídia, meio chorosa.

— Pois quem quiser vai. Não seguro ninguém. Eu não vou!

Maria respondeu com aspereza e Roque reviveu as cenas costumeiras de sua infância. Procurou intervir e conciliar as coisas. E tanto falou, secundado por seus irmãos, que aos poucos foi vencendo a resistência de José.

— O que vou fazer na cidade, um velho como eu que só sabe lidar na roça?

— Eu arranjo um emprego pro senhor, pai. Se não arranjar logo, não faz mal. O senhor trabalhou muito para nós e é tempo de trabalharmos pro senhor.

Este argumento pareceu satisfazê-lo. Acalmou-se e aos poucos acabou concordando. Iriam para São Paulo e caso não se acostumassem sempre poderiam voltar à fazenda.

No dia seguinte Roque iria à casa-grande falar com Dona Emerenciana. Sabia que ela iria opor alguns obstáculos, mas já tinha em mente argumentos que considerava suficientes para romper a barreira, sem desfazer a amizade e os favores que a gratidão recomendava por todos aqueles anos de convívio.

Resolvido este detalhe, naquela noite ninguém sentia sono. Excitados com o inesperado, traçaram planos, alguns fantasiosos mas naturais em criaturas inexperientes que se preparavam para realizar um sonho de tantos anos.

Roque sorria das infantilidades de Lídia, das perguntas ingênuas da mãe e do olhar entendido e superior com que o pai o escutava contar coisas e costumes da cidade.

Aos poucos eles iriam se adaptando à nova vida. Roque tinha sofrido muito no início de sua vida citadina, mas conseguira vencer, alcançando um objetivo ardentemente desejado. Amadurecera apesar de jovem. Sentia-se feliz. Só muito tarde recolheram-se naquela noite, e de todos só Roque, cansado da viagem, conseguiu dormir.

No dia imediato, levantaram-se cedo e começaram a preparar-se para a viagem. Ninguém foi para a roça a não ser José, que não queria dar motivos de queixa ao seu patrão.

Às nove horas, Roque, em companhia de Lídia, foi falar com Dona Emerenciana. Recebido com bondade e alegria, viu a preocupação estampada no rosto redondo de Dona Emerenciana.

— Você acha que vai dar certo? Que pode dar à sua família conforto e tranqüilidade?

Roque olhou-a muito sério.

— Acho que ganho o suficiente. Nunca fomos ricos. Aqui, apesar da bondade dos patrões, nossa família vive vida dura e miserável. Gostaria que eles pudessem desfrutar de mais conforto que só a vida da cidade poderá dar. Depois, gostaria que meus irmãos aprendessem a ler, conhecessem a vida, pudessem viver.

Dona Emerenciana abanou a cabeça.

— Grande ilusão a de vocês. Aqui a vida é dura mas singela. Há tranqüilidade e paz. A leitura não resolve os problemas do coração. Ler para quê? Que falta faz a seu pai e a sua mãe o saber ler?

Roque olhou-a admirado.

— Espero que a senhora acredite que lhe somos muito agradecidos por tudo quanto nos fez. Mas progredir é um direito que cada um tem. Minha mãe está cansada desta vida dura. Meu pai já sente o peso dos anos no cabo da enxada. Eu e meus irmãos trabalharemos para eles. Terão vida tranqüila e mais confortável.

— Foi sua mãe que colocou esta idéia em sua cabeça. Maria sempre teve ilusões com a cidade. Nunca se conformou em ter nascido na pobreza!

— Eu também desejava vida melhor.

— Quando pretendem partir?

— O quanto antes.

— Seu pai tem uma dívida conosco. Só pode ir depois da colheita, para pagar. Se não retirar mantimento ou dinheiro, talvez dê para pagar.

Pelos olhos de Roque passou um brilho emotivo.

— De quanto é a dívida?

Com ar triunfante, Dona Emerenciana dirigiu-se a uma velha secretária a um canto da sala, e abrindo uma gaveta tirou um livro meio ensebado. Era o caderno dos apontamentos dos colonos. Jamais conseguiam ficar quites com ele. Roque sabia que esse era o argumento mais forte. Muitas vezes ele detivera famílias em debandada. Outros, tal como ele próprio, fugiam sem pagar nada, jamais retornando.

Dona Emerenciana folheava-o com atenção.

— Aqui está. José deve dois contos de réis.

Roque tirou a carteira do bolso e depositou quatro notas sobre a mesa.

— Aqui estão, Dona Emerenciana. Tenha a bondade de contar.

Visivelmente contrariada, a fazendeira pegou o dinheiro e, contando-o meio sem jeito, colocou-o dentro do caderno. Não esperava que o rapaz tivesse o dinheiro. Para os camponeses era difícil reunir aquela soma. Um pouco seca ela retrucou:

— Está certo. Podem ir, mas lembrem-se de que os preveni. Conheço a cidade. Sei que a vida lá é muito pior. Em todo caso, não pensem que somos maus patrões. Apesar da ingratidão de vocês, que nos abandonam com tanta facilidade, se um dia precisarem voltar, arranjaremos serviço para vocês. São crias da casa.

Roque estendeu a mão para ela enquanto dizia:

— Somos gratos pela sua bondade. Que Deus abençoe a fazenda e a todos os seus. Peço que nos desculpe de alguma coisa. Acredite que nunca esqueceremos o quanto a senhora foi boa para nós.

A fisionomia de Dona Emerenciana distendeu-se. Roque tocara-lhe o ponto fraco. Ela gostava de ser elogiada pela bondade e era com alegria que dizia que em sua fazenda os peões eram como filhos. Pena que tudo ficasse nas aparências e no desejo, porque se fosse verdade a miséria seria menos rude àquelas famílias. Ignorância e miséria. A vida simples da roça é uma bênção quando entendida e vivida em plenitude. Para isso, há necessidade de dar cultura e instrução para que, especializando-se e cultivando os hábitos sadios de higiene e de respeito mútuo, possam estabelecer padrão de vida diferente.

Conservar o homem na ignorância sem os benefícios que a civilização já pode oferecer é rebaixá-lo ao nível do primitivismo e da animalidade.

Foi com alívio que Roque deixou a casa-grande, tendo resolvido mais aquele problema.

Assim, tudo preparado, levando roupas e alguns pertences de uso pessoal, a família embarcou rumo a São Paulo. Ia começar para eles nova vida. Partiam sem penas nem saudades, com o coração vibrando de entusiasmo e a alma cheia de esperanças.

XIX
*O conde de Ancour
expiando homicídio*

O sol se despedia incendiando o horizonte e Maria atarefada recolhia a roupa seca do varal. Há dois anos estavam na cidade e sua aparência modificara-se bastante. Estava caprichosamente penteada e suas roupas, embora de pano barato, eram bem-feitas. Seu porte tornara-se altivo e seu rosto empoado, e por vezes um olhar de altivez a colocava um pouco distante dos demais.

Apesar de não ter havido nenhum atrito com os vizinhos, não era bem-vista pelas mulheres.

— Antipática! — diziam ao vê-la passar altiva e ereta, sempre bem composta. — O que pensa que é?

E outra argumentava:

— Você viu a Maria? Olha para a gente como se fosse uma princesa. Seus filhos são operários como nós. Dizem que não come para comprar roupa e sapato! O marido dela que abra o olho. O que ela quer é assanhar o marido das outras!

— Que não se meta com o meu. Faço ela em pedacinhos! Acabo com sua pose!

Na verdade, apesar dos seus cinqüenta anos, Maria ainda era muito bonita e sua elegância, seu perfume, atraíam sempre os olhares masculinos por onde passasse. Não que ela os incentivasse. A bem da verdade, ela nem sequer os olhava, muito embora se envaidecesse dessas atenções. Julgava-os ignorantes e sujos.

Lídia trabalhava em uma loja como balconista e tornara-se uma jovem encantadora. Seus dois irmãos estudavam e trabalhavam como meninos de recados.

Como moravam na Penha, saíam muito cedo, levando lanche para almoço e só regressavam à noitinha. Quanto a José, depois de alguns meses sem trabalhar, tinha arranjado um lugar de guarda em uma fábrica, não distante da sua residência. Trabalhava a noite inteira e voltava pela manhã. Raramente via os filhos, e, ao contrário dos demais membros da família, sentia saudades da fazenda, quando podia estar reunido com os seus na contemplação da natureza, tendo tempo para tudo.

Sentia-se triste. O ruído dos bondes e o bulício da cidade o aturdiam. Às vezes falava em voltar para Minas Gerais, mas era tão mal recebido que não tinha condições de alcançar seu objetivo. O que mais o entristecia era verificar que com os filhos trabalhando fora e ajudando a manter a família, pois ele não tinha condições de fazê-lo, sua autoridade de pai diminuíra.

Longe de casa à noite, nem sequer sabia a que horas seus filhos se recolhiam. Até Lídia, uma moça, ia à escola noturna, voltando muito tarde.

Sua mulher não o ouvia quando tentava impor sua autoridade. Brigava com ele, obrigando-o a modificar seus hábitos, usar roupas diferentes, terno, sapatos, meias, que o faziam sentir-se ridículo e pouco à vontade. Chamava-o de ignorante, de caipira, esquecida de que ambos tiveram a mesma origem. Seu ordenado era pequeno, mas superava muitas vezes o que ganhava na roça. As despesas eram maiores e ele entregava tudo a Maria para que ela dirigisse a casa.

Sobraçando as roupas secas, Maria colocou-as sobre a mesa da cozinha e começou a dobrá-las.

A noite já descera, e José já tinha ido para a fábrica. Seus filhos logo mais chegariam para o jantar, o que faziam às pressas para irem à escola.

Roque, para incentivar os irmãos, também cursava uma escola de eletrorrádio, desejoso de melhorar as suas condições e um dia poder, quem sabe, trabalhar por conta própria.

Após o jantar, depois da saída dos filhos, Maria sentou-se nos degraus da escada do quintal. Estranha melancolia apossou-se do seu coração. Uma sensação de medo a invadiu enquanto um sentimento de angústia oprimiu-lhe o peito.

— Bobagem — pensou —, tudo vai tão bem!

Sacudiu os ombros e cuidou de ligar o rádio. Estava perto do carnaval e ela apreciava com entusiasmo as marchinhas alegres. Contudo, naquela noite não conseguiu prestar-lhes maior atenção. O ar lhe faltava e tinha a impressão de que o ambiente estava abafado e sombrio. Fez um chá de cidreira e resolveu deitar-se. Não esperou pelos filhos. Custou a dormir, e quando conseguiu seu sono foi cheio de pesadelos. Via-se em uma cabana de madeira e suas paredes escuras infundiam-lhe incontrolável pavor. Tinha vontade de impedir alguém de entrar ali, porém por mais que tentasse fechar a porta sempre ela se abria. Acordou assustada e oprimida. Levantou-se. Foi ao quarto dos filhos, estavam já dormindo. Era madrugada. Deitou-se novamente, mas o sono custava a aparecer. Finalmente, eram já cinco horas, resolveu levantar. Seu marido logo regressaria e estava na hora de chamar os meninos.

Foi para a cozinha, acendeu o fogo e pôs água na chaleira para ferver. A campainha da porta tocou com força. Maria estremeceu. Com o coração apertado foi abrir. Deparou com um guarda civil.

— A senhora é esposa de José de Sousa?

— Sou — respondeu apavorada.

— Venha comigo. Seu marido sofreu um atentado e está muito mal.

Maria não pôde emitir palavra. Dirigiu-se ao quarto dos filhos e sacudiu Roque com força. Este acordou e, vendo a mãe preocupada:

— O que foi mãe? É cedo!

Maria, com voz fraca, articulou:

— Seu pai. Está mal!

— O quê?

Num pulo Roque se levantou, vestiu-se e vendo que sua mãe estava meio aturdida, acompanhou-a. Dirigiu-se ao guarda:

— O que aconteceu?

— A fábrica foi assaltada. Seu José foi atacado.

— É grave? — perguntou Roque, assustado.

— É. Ele está mal! Convém vir logo. Não sei se escapa.

Olhando consternado para a mãe assustada, Roque resolveu:

— Fica, mãe. Eu vou com ele. Chama Lídia. Hoje ela não vai trabalhar. Fica com a senhora. Estou pronto, seu guarda. Vamos.

Apanhou o paletó rapidamente e saiu.

Na viatura o guarda, olhando-o com algum alívio, tornou:

— Foi bom ter vindo você. Sua velha me parece muito nervosa e ia dar trabalho.

Roque olhou-o fixamente:
— Ele está morto?
— Está. Não teve tempo nem de ser socorrido.
Roque baixou a cabeça entristecido. Sentia-se com remorso. Seu pai nunca se adaptara à cidade. Por que não o tinha deixado na fazenda? Seu coração apertou-se.
Quando chegaram, a polícia rodeava o local. Entraram. Vendo o corpo caído em uma poça de sangue, suas pernas enfraqueceram.
— É o filho — disse o guarda ao policial que examinava o local.
— Dêem uma cadeira para o moço, senão ele cai.
Roque estava pálido. Levaram-no para outra sala e alguém lhe deu um copo de água. Envergonhado, Roque procurou reagir. Afinal era um homem.
Mas sempre que via sangue se perturbava. Principalmente os crimes de morte o afetavam. Quando seus colegas comentavam as notícias dos jornais sensacionalistas, que relacionam as violências, Roque sempre se sentia mal. Envergonhava-se dessa fraqueza, mas não podia evitá-la.
Abaixou a cabeça o mais possível e aos poucos foi melhorando. Quando se sentiu mais disposto, perguntou a um policial como tinha acontecido.
— Pelo que parece, os ladrões surpreendidos pelo guarda atiraram e fugiram. Acreditamos que tenham sido dois, porque chegaram a arrombar a porta do escritório.
Roque estava arrasado. Sentia-se culpado. Jamais se perdoaria.
Os dias que se seguiram foram tristes para a família. A autópsia, os funerais e as formalidades legais causaram-lhes aborrecimentos e preocupações. Entretanto, aos poucos todos foram se recuperando das emoções.
Afinal, a rotina da casa não se alterou, porquanto o pai tinha se tornado ausente desde que começara a trabalhar.
Maria foi quem primeiro se recuperou. Roque, entretanto, era o único que não esquecia o pai nem por um instante. Era sua culpa. Se o tivesse deixado na fazenda, isso não teria acontecido.
Tal pensamento alimentado por ele começou a tomar vulto de tal sorte que passou a ficar nervoso e assustado. Tinha a impressão de ver

o pai na poça de sangue. Parecia-lhe ver seu rosto pálido acusando-o, acusando-o.

Aos poucos foi perdendo o equilíbrio e dando vazão a crises nervosas. Um dia em que teve uma séria alteração na fábrica foi mandado ao exame médico.

O diagnóstico veio acompanhado de muitos calmantes. Distonia do neurovegetativo.

Roque começou o tratamento, porém sem resultados. Os calmantes o atordoavam, e a angústia, o pavor, a sensação de culpa, o medo invadiam-no cada vez mais.

Afastado do emprego por alguns dias, recebeu a visita de um operário seu colega. Se suas relações sempre tinham sido discretas, por isso a sua presença foi uma surpresa. Osvaldo trazia fisionomia alegre e agradável.

— Vim tomar um cafezinho com você, Roque. É domingo!

— Entra, Osvaldo. A casa é sua. Lídia, prepara um café para nós.

A presença do colega sensibilizou Roque. Estava muito deprimido e emotivo. Qualquer demonstração de amizade ou de descaso o tocava profundamente.

— É a primeira vez que você vem à minha casa e o único que se lembrou de vir até aqui. Obrigado por isso.

O outro sorriu.

— Que é isso, Roque! Eu sou seu amigo. Não costumo falar muito, mas sou sincero. Tive vontade de conversar com você. Desde que seu pai morreu tenho vontade de vir aqui.

A palestra seguiu amena. Os irmãos de Roque saíram, enquanto Maria na cozinha ouvia seu programa de rádio. Lídia foi à casa da vizinha e os dois ficaram sozinhos.

— E sua saúde, como está?

Roque abanou a cabeça com tristeza:

— Estou mal. Não sei o que se passa comigo. Não durmo, não como bem. Dói-me o corpo, o estômago, e a vida parece-me muito penosa.

Osvaldo fixou-o com olhar firme:

— Você é jovem, tem saúde, família, emprego, por que essa tristeza? Não crê em Deus?

Roque olhou o amigo admirado.

— Certamente. Mas foi depois da morte de meu pai. Eu sou culpado. Eu o matei.

— Por que pensa assim?

Roque estava pálido, e suas mãos tremiam denunciando seu estado de alma.

— Ele não queria vir para a cidade. Foi eu quem insistiu. Se estivesse na fazenda, ainda estaria vivo.

— Como pode saber? A morte é uma determinação de Deus. Se seu pai tinha que morrer dessa forma, isso aconteceria onde ele estivesse.

Roque olhou o amigo com admiração.

— Não tinha pensado nisso...

O outro continuou:

— Acha que Deus não dispõe de recursos para fazer cumprir Sua lei, onde quer que nos encontremos? Não seja ingênuo, Roque! A morte violenta representa sempre uma provação, não só para a vítima como para os familiares. A culpa de cada um de nós, nos acontecimentos dolorosos de hoje, se encontra em nossas vidas passadas. Você acredita na reencarnação?

Roque pensou um pouco e respondeu sério.

— Acredito, sim.

— Já foi a algum Centro Espírita?

— Duas ou três vezes. Você sabe que não tenho tempo. Mas às vezes eu sinto que já vivi outras vidas. Em sonho, algumas vezes me vejo outra pessoa.

— Eu sei aonde você vai em sonhos. Em um castelo na França no tempo antigo.

O outro admirou-se:

— Como sabe?

— Eu sei. Sei também que sua doença não é causada pela morte de seu pai. Ele resgatou uma dívida, mas você tem uma tarefa a realizar na Terra nesta encarnação. Precisa ter muita paciência com sua mãe.

— Como sabe tudo isso?

— Tem uma moça perto de você que está me dizendo.

Interessado, Roque perguntou:

— Como é ela?

— É um espírito muito bonito. Uma mulher jovem e bela, com roupas antigas, cabelos bastos e cacheados.

Roque sentiu violenta emoção que não podia explicar. Era como se a pessoa que procurara encontrar — ou se o que sempre inconscientemente tinha buscado — estivesse ali, a seu lado, ao alcance de sua mão.

Nervoso, agarrou o braço de Osvaldo com força e pediu:

— Preciso vê-la, preciso falar-lhe. Não me abandone, por favor!

— Calma, Roque. Ela diz que se chama Geneviève. Ama-o muito e está a seu lado. Vai ajudar. Mas que você precisa ler o Evangelho. Freqüentar um Centro, trabalhar muito no auxílio ao próximo. Recomenda que jamais abandone sua mãe, aconteça o que acontecer.

Violenta emoção tomou conta de Roque. Lágrimas deslizavam pelo seu rosto, sem que ele pudesse saber o que lhe ocorria.

Aquelas palavras, aquele nome acordaram emoções inusitadas, que nunca dantes sentira.

— Ela diz que estará a seu lado até o fim. Que você precisa lutar para poder conquistar sua libertação espiritual.

Osvaldo levantou-se, espalmou a mão sobre a cabeça do amigo e proferiu comovente prece:

— Senhor Jesus! Nós vos rogamos ajuda para este lar! Esse irmão nosso, Merire, que muito tem sofrido, mas que espera, Senhor, poder resgatar seus erros. Dai-lhe, Senhor, oportunidade de reajuste. Que ele possa, Senhor, ir ao encontro da vossa luz, conquistando com coragem, passo a passo, a própria redenção. Assisti-nos, Senhor, e permiti que nós possamos servir sempre.

Osvaldo calou-se comovido e renovado. Roque estava sereno. Seu rosto pálido guardava vestígios das lágrimas; em seu olhar estampavam-se paz e certa tranqüilidade.

Ficaram calados, cada um guardando em seu íntimo os benefícios balsamizantes da prece. Por fim, Roque tornou:

— Sua presença me fez muito bem. Sinto-me aliviado como há muito não me sentia. Quero aprender a ser espírita como você.

O outro colocou a mão em seu ombro dando uma palmadinha amiga:

— Certamente. É uma alegria poder contar com um amigo como você. Amanhã mesmo você vai comigo ao Centro. Mas é preciso se preparar bem. Estudar o Evangelho de Jesus para poder auxiliar aqueles que, como você agora, precisam de uma palavra consoladora.

— Eu irei. Farei o que puder. Sinto-me muito melhor.

— Esta noite você vai dormir bem. Mas lembre-se que é dando que recebemos. Você precisa esquecer suas mágoas, confiar na bondade de Deus e trabalhar muito em benefício de todos, principalmente de sua mãe.

Roque sentiu que era verdade. Entre sua mãe e ele sempre existira alguma coisa diferente que ele não podia explicar.

Ela o queria com arroubos excessivos; ele, por vezes, sentia dificuldade de aceitar-lhe os afagos e os carinhos.

O que haveria por trás de tudo isso?

Quando o amigo se foi, estava mais animado. Ganhara forças novas, recobrara o ânimo. Em seu coração havia mais esperança.

Os acontecimentos daquela tarde encontraram ressonância nas profundezas de seu ser. A presença desse espírito, dessa mulher que o ajudava, causou-lhe íntima sensação de felicidade. Identificava-a na figura que por vezes delineara em sonhos, e estava certo de que ela desempenhara em sua vida passada importante papel.

Pensou em Deus e, agradecido, sentindo-se amparado, formulou intimamente o desejo de lutar, de conquistar corajosamente sua evolução espiritual.

XX
O apostolado de Roque

Dois anos se passaram. Roque ingressara de corpo e alma na nova doutrina que em tão boa hora seu companheiro trouxera ao seu coração aflito. Levado ao grupo espírita, sentira-se de início aliviado e sereno.

Já nos primeiros contatos sentira que sua angústia, seus problemas com a morte do pai foram desaparecendo. Ávido de conhecimento, procurou ler a fim de melhor compreender a natureza daqueles acontecimentos que modificaram completamente seus conceitos em relação à vida e ao destino da humanidade.

Sempre respeitara a religião católica, a que por tradição sua família se filiara. Mas as superstições e as crendices dos seus pais jamais o atraíram.

Agora, tocado no íntimo do ser pela doce figura de Jesus, que na sua bondade colocara a seu lado aquele anjo em figura de mulher, que o comovia e que lhe despertara no coração doce sentimento de felicidade e de esperança, resolvera lutar. Sentia que chegara a hora de conseguir algo que sempre almejara, mas que ainda não conseguira definir.

Lançou-se ao estudo de *O Livro dos Espíritos*, de Allan Kardec, e apesar da sua pouca instrução escolar, conseguiu penetrar fundo em seus ensinamentos. Deslumbrou-se. Parecia-lhe que um véu lhe fora arrancado dos olhos, e compreendeu perfeitamente a origem da vida na Terra, as Leis de Deus disciplinando os homens.

A reencarnação consubstanciando a justiça perfeita de Deus. A bondade do Pai permitindo-nos, após o arrependimento dos erros cometidos, a reparação.

Entendeu que a família representa sagrada instituição na reconstrução do bem, unindo espíritos em tarefas redentoras, no ressarcimento das faltas recíprocas. Compreendeu e desejou mais. Leu todas as obras de Kardec, de Léon Denis, de Delane, de Bozzano, que lhe eram emprestadas pelo diretor do centro com prazer.

Tornaram-se grandes amigos. Roque, renovado, contente, desejou ajudar o próximo, e sempre que podia tomava parte nas atividades assistenciais em benefício dos necessitados. Sentia-se útil e feliz.

Suas faculdades psíquicas desabrocharam. Recebia belas mensagens do espírito de Geneviève, falando sobre as virtudes espirituais. Escrevia receituário assinado pelo espírito do doutor Villefort. Quando falava sobre Evangelho, surpreendia os companheiros pela beleza de suas palavras, em linguagem correta e elegante. Ninguém, vendo-o falar, poderia supor que ele houvesse cursado só o primário. Depois, sua delicadeza no trato, sua finura de sentimentos e sua simplicidade conquistaram logo a simpatia dos freqüentadores, que procuravam acercar-se dele, compreendendo talvez seu potencial mediúnico.

Entretanto, embora Roque em tão pouco tempo se modificasse tanto, seus familiares não o seguiam. Com zeloso carinho, Roque procurara transmitir-lhes aqueles conhecimentos que tantas alegrias lhe trouxeram ao espírito.

Apenas Lídia, sempre muito apegada a ele, interessara-se. Acompanhava-o por vezes e lia alguns livros, embora sem compreender muito bem. Contudo, esforçava-se para agradar a quem adorava. Seu maior prazer era estar com ele, ouvindo-o falar, trabalhando para ele, saindo com ele.

Apesar de querê-la muito, esse apego excessivo preocupava-o. Apesar da idade, Lídia nunca se interessava por nenhum rapaz. Roque, principalmente depois da morte do pai, pensava em seu futuro.

Todavia, um dia Lídia chegou em casa mais alegre do que o costume. Como sempre, procurou o irmão para contar a novidade. Fora promovida no emprego. Passara de balconista a funcionária do escritório.

Roque exultou. Sua irmã conseguira estudar e melhorar suas condições econômicas. Realmente a mudança fez bem a Lídia, que foi se desembaraçando cada vez mais, melhorando o vocabulário e, ao contrário de seus dois irmãos, já nem parecia ter sido criada na fazenda. Vestia-se melhor, com gosto apurado e discrição. Vendo-a, Roque sentia-se contente. Parecia-lhe ter contribuído para sua ilustração e isso lhe dava paz e conforto.

Um dia Lídia o procurou para contar que conhecera um moço com o qual simpatizara muito. Por isso, gostaria de namorá-lo.

Preocupado, Roque quis conhecê-lo. Lídia pediu-lhe para esperar um pouco mais. Afinal conheciam-se apenas há algumas semanas e ela não queria convidá-lo a ir à sua casa.

— Como o conheceu? — indagou ele, curioso.
— No escritório. É amigo do chefe.
— Ele trabalha?
— Não. Estuda apenas.

Roque franziu a testa, preocupado.

— Lídia. Cuidado. Nós somos pobres. Moço rico não casa com moça pobre. Não desejo que você sofra.

— Eu sei, Roque. Eu não queria. Há algum tempo ele tem me procurado. Mas não sei, ele me parece tão sincero, tão bom!

Roque sorriu com bondade.

— Confio em você, Lídia. Não entregue seu coração assim, sem ter certeza.

— Hoje ele me esperou na saída e viemos juntos. Disse-lhe tudo. Contei a nossa vida sem esquecer nada. Roque, tive vergonha!

Roque a abraçou com carinho, mas sua voz era um tanto enérgica quando disse:

— De quê, Lídia?

Ela pareceu enleada.

— Fale — pediu ele.

— Tive vergonha de que ele viesse, visse nossa casa... Ele é tão distinto, tão fino...

— Não podemos esquecer, minha querida, que viemos de condições humildes. Mas que temos guardado em nossos hábitos a honestidade e o trabalho, preservando-nos da ambição e do orgulho.

Lídia baixou a cabeça, confundida.

— Eu sei. Aprecio nossa vida de trabalho e honestidade. Mas gostaria que nossos irmãos fossem tal qual você. Entretanto, suas maneiras, um tanto grosseiras, deixam a desejar. Nossa casa é muito modesta...

Roque olhou a irmã com seriedade:

— Lídia! Não se deixe envolver pelas ambições humanas. Acorda! Se esse moço for bom, procurará apenas as qualidades do coração.

Caso contrário, melhor será que siga um rumo diferente, ao encontro de uma moça que pertença à mesma classe social.

Lídia não pôde sopitar as lágrimas.

— Mas eu gosto dele. Sinto que com ele poderei ser feliz.

Roque acariciou com delicadeza a cabeça da irmã.

— Não chore. Lembre-se de que neste mundo precisamos de muita coragem para enfrentar nossas lutas. Não vai agora desanimar, quando sua vida apenas se esboça.

Lídia olhou para o irmão como que procurando apoio.

— Eu sei. É por isso que tenho medo. Medo de mim mesma. Depois, receio a família dele...

Roque suspirou:

— E eu receio que você se iluda com as aparências. Com o fausto de uma vida da qual nunca fizemos parte. Seria melhor se você pudesse afastar-se dele. O ideal seria que o seu futuro marido pertencesse ao nosso meio. Temo pela sua felicidade.

Lídia baixou a cabeça pensativa. Tomou uma resolução:

— Acho que você tem razão. Não daria certo. Sei que a família de Geraldo freqüenta a alta sociedade. Não nos veriam com bons olhos. Hoje mesmo acabarei tudo. Acho que cada um deve conhecer seu lugar. Também tenho meu orgulho. Não suportaria nenhuma humilhação.

Roque sorriu aliviado. Beijou a testa da irmã com carinho:

— Deus a abençoe por ser tão sensata. Será certamente muito feliz. Você merece.

Lídia sorriu. O apoio do irmão dava-lhe imensa satisfação. Amava-o profundamente. Admirava-o. Aparentando despreocupação, Lídia retrucou sorrindo:

— Afinal, ele nunca me pediu em casamento. Nem sequer falou nisso. Acho que nos precipitamos.

— Antes assim, Lídia.

Nos dias que se seguiram não mais voltaram ao assunto. Até que Roque, observando o ar despreocupado da irmã, inquiriu:

— Tudo em paz no seu coração?

— Creio que sim. Tive uma longa conversa com ele. Usei de franqueza e procurei cortar todos os laços amorosos entre nós. A princípio Geraldo não aceitou minha explicação, mas depois, aos poucos, foi se acalmando. Disse-me que se sente muito só. Pediu-me para aceitá-lo como amigo. Não pude recusar. Ele é tão delicado! Gostaria que você o conhecesse! Penso que seriam bons amigos.

— Certamente, querida — tornou Roque pensativo.

— Falou-me com franqueza, fiquei com pena dele. O dinheiro não é tudo neste mundo! Seus pais estão praticamente separados, guardam apenas as aparências. Sua irmã única anda em péssima companhia em noitadas e bebe constantemente. Tem distúrbios nervosos. Já esteve até internada em casa de saúde. Tem apenas vinte e cinco anos!

— E sua mãe?

— Passa as noites em uma mesa de jogo. Quanto ao pai, sustenta uma artista de teatro e com ela passa a maior parte do tempo.

Roque preocupou-se:

— Lídia, cuidado! Tem certeza que este moço é bem intencionado?

— É sincero. Eu sei. Disse que ao meu lado sente-se bem. Não precisa dissimular ou manter as aparências. Não mais lamenta seus pais, mas sofre muito pela irmã, a quem quer muito. Gostaria de ajudá-la, Roque. Quem sabe você, no Centro, poderia pedir em favor dela?

— Certamente, Lídia. Poderemos orar por eles, mas lembre-se: para que uma pessoa possa erguer-se no bem, vencer as tentações, é preciso que ela pelo menos deseje lutar. Em todo caso, Deus é bom e vamos pedir por eles.

Lídia beijou a face do irmão:

— Eu sabia! Você é tão bom que certamente Deus o ouvirá.

Roque sorriu.

— Você que pensa, porque me quer bem.

Roque ficou preocupado com o problema da irmã. Temia pela sua felicidade. Conhecia a maldade e o lado triste da vida. Sabia que o preconceito e a posição social dominam ainda o coração dos homens.

Nos dias que se seguiram, procurou não demonstrar seu receio. Todas as noites pedia a Jesus em suas orações pela felicidade da irmã e, também, pela família do rapaz.

Certa tarde o jovem acompanhou Lídia até sua casa e Roque pôde ser-lhe apresentado. Seu rosto claro e seu sorriso simples impressionaram favoravelmente. Apertaram-se as mãos com cordialidade e Roque convidou-o a entrar.

Maria recebeu-o com simpatia. O ambiente era simples mas agradável. Convidado a jantar, Geraldo aceitou com alegria, e a comida simples e bem preparada agradou-o sobremaneira.

O moço, muito à vontade, conversou com naturalidade e, ao sair, apertando a mão de Roque, disse-lhe em voz súplice:

— Apreciei muito conhecê-los. Queria que me permitisse vir mais vezes.

— Certamente. A casa é sua. Acompanho-o. Tenho vontade de andar um pouco e gozar a fresca brisa da noite.

Saíram. Roque desejava conhecê-lo melhor. Foram conversando sobre vários assuntos e pôde verificar que tinham muitos pontos de afinidade.

O rapaz, sentindo o interesse fraterno de Roque, enveredou naturalmente pelo caminho das confidências. Trazia profunda mágoa no coração. Sentia-se só, embora em meio à sua família. Não gostava da vida social, a qual responsabilizava pelos fracassos dos pais e pelos problemas da irmã.

— Detesto a sociedade falsa de aparência. Gostei de Lídia porque está fora desse ambiente. Se um dia me casar, quero ter uma família de verdade, onde haja amor, compreensão, harmonia e entendimento.

Roque permaneceu pensativo. Depois tornou:

— Culpar a sociedade e fugir ao seu contato não melhorará o problema dos seus. Ninguém pode prescindir a convivência com o semelhante, seja qual for o nível social em que viva. É condição para conquista de nosso progresso moral esse convívio. Devemos ter em mente que só nos prejudicam nossas fraquezas e imperfeições.

— Como assim?

— Você vive no mesmo ambiente dos seus, contudo não se deixou arrastar no desequilíbrio. Por quê?

— Porque não gosto.

— Sim. Você tem estado imune às tentações da vaidade, do orgulho, das paixões, porque seu espírito é mais forte. Naturalmente já venceu em encarnações passadas suas batalhas morais.

— Você acredita mesmo nisso?

— Sim. Você teria uma explicação melhor?

Pensativo, Geraldo calou-se. Nunca tinha observado a questão dessa forma. Sua profunda desilusão para com a família tinha-o abalado profundamente. Para poder suportar a dor, procurara revestir-se de indiferença. Não achava possível uma modificação no ambiente doméstico. Por isso, evitava participar de qualquer problema.

Roque continuou:

— Certamente, um dia eles conseguirão ser fortes como você. Compete-nos ajudá-los para que encontrem o caminho da redenção.

— O que posso fazer? A princípio tentei aconselhar, harmonizar. Falei com meu pai tentando acordá-lo para as responsabilidades do lar. Falei com minha mãe inúmeras vezes, tentei retê-la no lar, estabelecer ambiente agradável e amparar Helena, que sempre viveu muito só, nas mãos de empregadas e professores. Tudo inútil. Meu pai alegava que minha mãe era indiferente e fútil, jamais lhe oferecendo o carinho desejado. Ela por sua vez dizia-se abandonada e traída, necessitando aturdir-se nas amizades e no jogo para poder suportar a vida. Quanto a Helena, sempre se sentiu infeliz e só. Atira-se às emoções para fugir à análise da tristeza.

— Quanto a você, desanimou e procurou isolar-se para não sofrer mais e envolver-se na angústia e na dor.

— É verdade — concordou ele pensativo —, mas que podia fazer?

— A fuga não imuniza. Apenas protela a solução dos problemas.

— Sinto que você me compreende! Analisa meu estado de espírito melhor do que eu. O que acha que poderia ter feito?

— O que poderia ter feito não importa agora, mas sim o que pode fazer!

— Acredita que haja alguma esperança?

— Creio em Deus e tenho fé.

— Eu também creio... — murmurou Geraldo, surpreendido.

— Quando cremos em Deus, nós fazemos nossa parte, e Deus, quando for a hora, fará o resto.

— Gostaria de ser como você. Sua segurança me faz grande bem.

— Você pode. O importante é saber qual o seu programa na Terra, o que não é difícil...

— Como assim?

— Quando renascemos, trazemos todo um programa de realizações que deveremos concretizar na nossa passagem terrena. Esse programa visa nosso equilíbrio espiritual através da conquista das virtudes morais, no resgate de nossos erros passados cometidos em existências anteriores. É inegável que você foi colocado junto dos seus familiares com a incumbência de ajudá-los e conduzi-los ao caminho do bem.

Geraldo olhou para Roque admirado.

— De que forma? Tudo quanto podia fazer já fiz.

— Não, meu amigo. A vida ainda os mantém unidos no mesmo teto, sinal de que a oportunidade permanece.

Geraldo abanou a cabeça desalentado.

— Não sei... Não tenho mais esperança de que as coisas melhorem.

— Você dispõe de uma grande força que ainda não utilizou! Seu amor por eles. O pensamento é energia viva e atuante que utilizada sábia e conscientemente poderá modificar o rumo das coisas. Seu desânimo, sua acomodação à situação que considera inevitável contribuem para que o mal se agrave a cada dia. É verdade que você não pode obrigá-los a compreender a realidade que ainda não percebem, mas pode contrapor a sua força mental, o seu otimismo, a sua vontade de conduzi-los ao bem e à felicidade. As forças daqueles que se comprazem nas trevas se utilizam das suas fraquezas para satisfazerem seus apetites materiais e egoísticos.

— Como assim?

— Você não sabe que de acordo com nossos desejos, nossas ambições, nossos pensamentos íntimos e aspirações, somos assediados por espíritos desencarnados que poderão nos atirar ainda mais e mais depressa ao erro e ao sofrimento?

O rapaz sobressaltou-se:

— Acha possível que eles estejam sendo subjugados por espíritos do mal?

— Acho. Entretanto, há que compreender como isso é comum em nosso mundo. Quando morremos, nosso espírito, de acordo com sua elevação moral e espiritual, seus atos na Terra, será conduzido para um local, do outro lado da vida, de sofrimentos ou de felicidade. Jesus já nos afirmara no Evangelho que há muitas moradas na casa do Pai, querendo especificar as diversas colônias espirituais que existem no além da vida, e que dará a cada um segundo suas obras.

Observamos que na Terra há pessoas bondosas e más, inteligentes e perversas, nobres e dedicadas. Ao morrerem, os bons alçam-se às moradas felizes, os perversos e criminosos são atraídos pelos abismos trevosos, pelo umbral, e os espíritos ainda apegados aos bens materiais, aos vícios, à ambição e ao orgulho permanecem na crosta terrestre, errantes, sentindo dentro de si a manifestação dos mesmos vícios, dos mesmos desejos de quando eram encarnados. Não podendo satisfazê-los, porquanto não possuem mais um veículo de manifestação que era o corpo carnal, procuram logo alguém desavisado e que possua os mesmos gostos, e passam a assediá-lo, colocando-se em seu sistema nervoso em tal simbiose que possam sentir as sensações que o encarnado sente.

Assim, temos um corpo de carne, sendo usado por dois espíritos. É, pois, compreensível que seus apetites e suas paixões aumentem e se tornem irresistíveis. Se bebericava, envolvido por espírito alcoólatra, passa a embebedar-se freqüentemente. Se pecava pela gula, passa a comer a todo instante sem poder controlar-se. Se deixava-se envolver pelos excessos do sexo e da luxúria, passa a entregar-se de maneira exagerada ao desregramento dessas paixões.

Geraldo estava pasmado. Pela primeira vez analisava a situação sob esse aspecto e sentia imensa piedade pelos seus.

— Meu Deus! — balbuciou ele. — O que poderemos fazer para libertá-los?

— Há, ainda, fora esses, o assédio de espíritos que em passadas existências ofendemos e ferimos e que transformados em nossos inimigos tramam nossa perda e nos envolvem, procurando nos levar à queda na perturbação e no crime!

— Você quer me assustar! Como poderemos lutar contra eles? Como?

— Não — tornou Roque, tranqüilo. — Não desejo assustá-lo. Quero que compreenda que, cruzando os braços na indiferença, você os deixa à mercê desses perigos, sem tentar sequer uma defesa.

— Eu quero ajudá-los — tornou ele, ansioso. — O que devo fazer?

— Precisa saber a extensão do mal. Instruir-se nas coisas espirituais, no Evangelho de Jesus. Orar por eles, para ligar-se com os espíritos do bem. Ser paciente, sereno, para não ser envolvido por esses espíritos do mal. Conduzi-los a um tratamento no Templo Espírita. Esclarecê-los quanto aos riscos a que se expõem.

— São materialistas. Não acreditariam — volveu ele preocupado.

— Não importa. Você pode ir por eles. Venha às nossas reuniões e juntos vamos orar por eles. Sei que virão.

O rapaz abanou a cabeça desalentado.

— Será difícil.

Roque olhou-o nos olhos.

— Pois eles virão, tenho certeza. Contudo, quero esclarecer desde já que precisaremos de tempo para que eles se libertem do problema. Lembre-se de que esses espíritos apenas exploram as falhas que eles possuem. Para uma recuperação total é fundamental que eles compreendam e aceitem a necessidade de melhorar-se intimamente, vencendo suas fraquezas. Esse é o trabalho que compete a você. Precisa preparar-se, fortalecer-se para isso.

— Acha que conseguirei?

— Acho. Deus é bom e justo. Quando nos esforçamos na prática do bem, nos ajuda e nos sustenta.

— Sinto-me melhor agora. Parece que uma grande esperança começa a nascer em meu coração. Eles vão se modificar!

— Esperemos em Deus. Lembre-se de que é uma luta. Não sabemos quanto tempo poderá durar! Só Deus o sabe! Às vezes continua após a morte do corpo e em outras encarnações, mas no fim certamente o bem vencerá e a felicidade nos felicitará a vida, e a daqueles a quem amamos.

Geraldo pareceu meditar por alguns momentos, depois tornou com seriedade:

— Não importa. Agora que eu sei, estou disposto a lutar. Hei de estudar, aprender os segredos da vida espiritual para arrancá-los dos erros e dos sofrimentos.

— Que Deus lhe abençoe os bons propósitos, mas convém não esquecer que só a reforma íntima, na restauração do nosso espírito, procurando nos libertar das nossas próprias falhas, nos tornará resistentes ao assédio dos espíritos infelizes que ainda se comprazem nas trevas. Só nosso próprio equilíbrio, evitando que nos tornemos instrumentos de seus desregramentos e viciações, poderá nos defender com precisão. Quem se dispõe a combater o mal precisa, antes, vigiar e precaver-se para que se evitem afinidades que, ao invés de nos tornar eficientes no amparo e na defesa dos que amamos, poderão nos transformar em espíritos fracassados iguais a eles. Por isso, pensando nos perigos que nos cercam e em nossas fraquezas contumazes foi que Jesus nos aconselhou a orar e vigiar.

Geraldo comoveu-se:

— Ajuda-me! Estou disposto a aprender.

Roque colocou a mão em seus ombros à guisa de conforto.

— Certamente. Juntos procuraremos achar a melhor solução. Agora devo voltar. Amanhã começo cedo no trabalho.

O outro sorriu agradecido.
— Gostaria que me aceitasse como amigo. Seria um privilégio para mim.
O rosto de Roque distendeu-se:
— É com alegria que sempre será recebido em nossa casa. Venha quando quiser. Amanhã iremos ao Centro Espírita. Há uma reunião de estudos doutrinários, que certamente nos será de muito proveito.
Os olhos de Geraldo brilharam.
— Estou ansioso! Até amanhã, Roque. Deus lhe pague por tudo.
O outro respondeu com simplicidade:
— Até amanhã.
Separaram-se, e Roque, vendo o rapaz afastar-se, sentia uma onda de paz invadir-lhe o coração. Ganhara um amigo! Lídia podia ser feliz se, como pensava, se unisse a Geraldo. Era um moço nobre e de bons sentimentos.

Enquanto regressava ao lar, olhava o céu coberto de estrelas, e sentindo os astros que faiscavam na imensidão, uma saudade indefinida, uma nostalgia imensa e inexplicável dominou-lhe o coração. Sentia falta de alguém, de algo que não podia definir.

Sentia que alguém o esperava mais além, alguém que representava alegria e amor, felicidade, mas que para alcançar a suprema ventura do seu convívio precisava ainda depurar-se nos sofrimentos redentores do mundo. Seu espírito amoroso lançava uma súplica muda, um apelo, de amor e de saudade.

Roque não viu que um vulto suave de mulher se aproximava e com inexcedível carinho beijava-lhe a fronte enobrecida. Mas sentiu que novas forças, novo alento lhe banhavam a alma.

Ela suavemente murmurou-lhe aos ouvidos:
— Gustavo! Tem paciência. Trabalha e serve em benefício de todos. Ainda é cedo para vires ao meu lado. Há deveres sagrados que precisas cumprir. Espera. Não posso buscar-te nem em sonhos, porque vendo-me mais de perto não terias forças para terminar tua tarefa na Terra. Deus te abençoe. Estarei a teu lado sempre que possível!

— Como Deus é bom — pensou Roque, sentindo as suaves vibrações que lhe alimentavam o espírito. Satisfeito e sentindo a leveza do espírito e a paz no coração, regressou ao lar.

XXI
Momentos de angústia e aflição

Os dias que se seguiram foram de calma para Roque e sua família. Os irmãos trabalhavam e estudavam, progredindo lenta mas seguramente. João era controlado e sóbrio, mas Antônio, o caçula, era distraído e fútil. Com paciência e bondade, sem esquecer a energia, Roque conseguia conduzi-los, orientando-os com amor. Respeitavam-no, embora nem sempre concordassem com ele. A adoração que Maria dispensava ao filho mais velho os enciumava e Roque precisava agir com prudência para que a tão evidente predileção da mãe não os revoltasse.

Era uma tarde de domingo. Roque na cozinha colocara água no fogo para passar um café. A mãe deitara-se um pouco e adormecera. Querendo poupá-la, decidiu preparar o lanche para os irmãos que chegariam logo mais do costumeiro jogo de futebol.

A água borbolejava na chaleira quando Maria surgiu cozinha adentro.

— Deixa que eu faço, Roque.

Com determinação Maria dispôs o bule e o pó de café. Em seguida tomou a chaleira fumegante e despejou a água no coador. Como estivesse ainda meio sonolenta, seus movimentos não foram muito seguros e um jato de água fervente derramou-se na mão que segurava o bule.

Assustado, Roque procurou socorrê-la, mas, para seu espanto, Maria sacudiu a mão com indiferença, continuando seu trabalho. Admirado, Roque olhou a mão da mãe, onde um vergão vermelho denunciava a formação de uma bolha. Tomou-a preocupado enquanto dizia:

— Vamos pôr remédio, mãe. Bem que eu queria fazer esse café... Venha. A dor vai passar.

Maria sorriu contente:

— Não precisa. Não dói. Minha mão é calejada no trabalho pesado. A água não queima.

— Mas tem bolha, deve estar doendo, não está?
Maria sacudiu os ombros com indiferença.
— Não. Não está.
Roque olhou a mãe apreensivo. A ausência de dor não era normal. Assustado procurou examinar a mãe com o olhar para verificar seu aspecto geral. Mas Maria parecia muito bem. Corada, forte, bem-disposta. Apesar disso, ele não se satisfez. Precisava descobrir por que ela não registrara a dor. Um aperto angustiante envolveu-lhe o coração e resolveu que a faria passar pelo médico no dia seguinte. Não tocou mais no assunto naquele dia mas à noite não conseguiu desvencilhar-se da preocupação.

Por isso, logo na manhã seguinte conduziu-a ao médico. Ela não queria ir, rindo-se da preocupação do filho para com uma queimadura à toa. Chegados ao consultório, o facultativo submeteu-a a rigoroso exame. Maria não só tinha as mãos insensíveis como os pés.

O médico foi claro. Chamou Roque e sem rebuços disse o que pensava:

— Os sintomas são claros, entretanto para confirmação é preciso fazer um exame de sangue. Porém o exame clínico e o arroxeamento que já começou nas partes insensíveis, embora ainda pouco se notem, tendem a aumentar.

Observando a palidez de Roque, tornou com voz calma:

— Nestes casos, a lepra quanto mais cedo for constatada melhor. Poderemos intensificar o tratamento com bons resultados. Por enquanto não creio ser necessária a internação. Entretanto, o exame de sangue é que dará a última palavra.

Roque sentiu que sua voz não saía da garganta. Num esforço supremo conseguiu balbuciar:

— O senhor não se terá enganado?

O médico olhou-o um tanto irritado:

— Conheço esses casos. Fiz curso de dermatologia. Não me atrevo a dar-lhe esperanças. O senhor constatará o que afirmo. Leve essa indicação para o exame. Passe pela sala de análises, que marcarão hora para Dona Maria vir tirar sangue. Passe bem.

Roque não se atreveu a dizer mais nada. Estava habituado ao trato indiferente e um tanto duro dos médicos do instituto. Mas, naquele dia, diante de tão grande choque emocional, ansiava por um pouco mais de atenção e aconchego. Suas pernas tremiam e ele, vendo a mãe que já o esperava no corredor, com fisionomia alegre e confiante, não disse nada.

— Não vou fazer esse exame de sangue — disse ela decidida. — Não estou doente. Não sinto nada.

— Tanto melhor, mas o exame será feito de qualquer forma. Vamos marcar a hora.

Olhando a fisionomia decomposta do filho, como que um susto turvou-lhe por instantes a alegria do olhar. Depois, dando de ombros, tornou:

— Não sei o que puseram em sua cabeça. Esses médicos não sabem de nada. Mas está certo, faço o exame e vamos ver quem tem razão.

A partir desse dia começaram para Roque momentos de angústia e preocupação. O exame, infelizmente, confirmou o diagnóstico. Maria contraíra o bacilo de Hansen.

Olhando-a tão vaidosa, tão bela, tão consciente da sua beleza física, como dizer-lhe a verdade? Como contar-lhe que pouco a pouco sua aparência se iria modificando até que todos pudessem perceber sua infelicidade?

Sozinho com seu segredo, Roque sentia-se morrer. Estava preparado para enfrentar a morte se preciso fora, com calma e compreensão, mas a doença terrível o assustava, causando-lhe funda depressão.

Foi com o coração apertado que compareceu ao Templo Espírita para o trabalho de sempre. Sentia-se sem capacidade para orientar e confortar ninguém, carregando uma pedra cortante no coração oprimido.

Logo ao chegar encontrou Geraldo, que pela primeira vez comparecia à reunião em companhia da irmã. Um olhar de Roque bastou para que percebesse a evidente obsessão da jovem. Irrequieta, olhar fixo refletindo dureza e certa malícia, riso um pouco forçado e irônico, gestos nervosos.

Roque precisava plantar naquele coração sofrido as sementes do Evangelho Cristão. Mas seu coração pesava como chumbo. Onde encontrar otimismo trazendo a angústia e a dor dentro da alma?

Procurou conter-se. Encaminhou os dois irmãos para o salão onde se realizaria a reunião e a pretexto do adiantado da hora sentou-se por sua vez em torno da mesa onde se realizariam os trabalhos da noite.

Profundamente triste, Roque entregou-se à prece com sincero fervor. Implorava forças para suportar as lutas que pressentia. Lágrimas rolavam-lhe pelas faces, sulcadas pela dor, na obscuridade do salão em penumbra enquanto o dirigente proferia singela oração.

Roque sentiu-se envolto por um torpor, uma sonolência, enquanto uma brisa leve e suave lhe favorecia o espírito angustiado.

Recolhido, em prece, parcialmente liberto do corpo físico, Roque viu que pouco mais à frente tênue claridade se formava. Interessado, observou que ela foi se adensando e que bem no centro apareceu delicado espírito de mulher. Trajava roupagem antiga, era moça ainda e de rara beleza.

Sua presença provocou imensa emoção no coração de Roque. Parecia-lhe que este crescia dentro do peito em inenarrável júbilo. Sentia que esperara séculos por aquele instante de felicidade suprema e infinita.

Quem era essa mulher que falava às fibras mais íntimas de sua alma?

Estendeu os braços para ela querendo abraçá-la. Os belos olhos de Geneviève luziram emotivos. Estendeu as mãos na direção da cabeça de Roque enquanto dizia:

— Meu querido. Tem coragem! A luta continua! Já te havia prevenido que ela seria árdua. Cuida de não fracassar. Estarei sempre a teu lado, pedindo a Jesus que nos fortaleça.

Roque, ainda envolvido por suaves eflúvios, atreveu-se a perguntar:

— E minha mãe, poderá curar-se?

Geneviève olhou-o com bondade.

— Sim. Um dia, quando ela ressarcir todos os seus erros passados. É preciso que cada espírito aprenda a respeitar o instrumento precioso que Deus lhe concede na Terra para o seu aprimoramento. Às vezes, colhendo nossa semeadura, mergulhamos no oceano doloroso dos resgates difíceis mas necessários, que irão reconduzir-nos ao aprisco do Pai, do qual nos afastamos por nossos erros. Tem confiança, peço-te. Não te deixes levar pelo desânimo justamente agora que tudo se encaminha para o bem. Procura afastar do coração a tristeza, a angústia. Lembra-te apenas de que Deus é Pai bom e justo e tudo determina em nosso favor e em favor da nossa felicidade futura. Tem coragem. Cultiva o otimismo apesar de tudo. Algum dia saberás o porquê das dores e dificuldades de agora. Lembra-te, meu querido, que estarei sempre a teu lado, mesmo quando não me possas ver nem sentir. Jesus nos abençoe.

Roque sentiu doce emoção banhar-lhe o espírito aflito. Ondas luminosas partiam do coração da bela e comovente entidade e o envolviam afugentando como por encanto o peso opressor que o angustiava. Sentia-se leve e feliz como nunca se recordava de haver sentido. Vendo que ela se despedia, desesperadamente tentou retê-la, num esforço supremo.

Ela, porém, enquanto aos poucos se distanciava, sussurrou-lhe com doçura:

— Aprende a esperar, resignadamente. Obedece à vontade de Deus, senão não poderás mais ver-me como hoje, embora eu permaneça contigo.

Roque esforçou-se por resignar-se à separação, procurando equilíbrio e serenidade. Imediatamente voltou ao corpo.

Entretanto, profunda modificação se tinha operado em seu espírito. Sentia-se leve, feliz. A visão fizera-lhe enorme bem. Recordava-se com emoção indescritível da bela mulher. Poderia existir felicidade maior? O que significariam sofrimentos e provações terrenas, por mais dolorosos e difíceis que fossem, comparados à beleza e à felicidade que entrevira da vida espiritual?

Envergonhava-se de sua fraqueza deixando-se mergulhar nas ondas da queixa e do pessimismo. Tudo estava certo. Cada dor, cada luta, cada sofrimento tem sua razão de ser na justiça perfeitíssima de Deus.

Ao término da reunião, Roque, renovado e sereno, abraçou com carinho fraterno Geraldo e a irmã, que o olhava um pouco assustada. O trabalhador dedicado, voltado às atividades do estabelecimento cristão, ia começar com tranqüila serenidade seu trabalho em favor daquelas almas.

XXII
Resgate doloroso
da condessa de Ancour

O sol se escondia no horizonte e o céu belíssimo parecia uma tela pintada por extraordinário artista. Apesar do bulício das águas, Roque olhava o céu e sentia-se maravilhado, refletindo na perfeição da natureza. Voltava à casa após um dia de trabalho. Chegou ao destino com certa apreensão. Fazia quase um ano que ele descobrira a doença de sua mãe e até ali pudera ocultá-la dos demais, até dela mesma.

Não descuidara do tratamento, conduzindo-a ao dispensário especializado, ministrando ele mesmo os remédios necessários. Até ali, a marcha lenta da moléstia, descoberta quase que no início, evitara a internação em hospital.

Roque, porém, não tinha esperanças de cura. Sabia que o caso dela representava uma provação necessária à depuração do seu espírito. As mensagens espontâneas dos mensageiros espirituais aconselhando paciência e resignação faziam-no pressentir a marcha inexorável da doença.

E, de fato, a cada dia seus pressentimentos se confirmavam. Apesar de todo o tratamento, a melhora era nula, e a moléstia caminhava lenta e progressivamente. Agora, a aparência de sua mãe modificava-se. Engordara. Sua pele tornara-se mais corada e em algumas partes do corpo, especialmente nas mãos e no rosto, pequenas erupções apareciam engrossando a derme.

Maria, que dantes não admitia estar doente, agora mostrava-se irritada e preocupada. Estranhava a modificação de sua aparência, coisa que mais prezava no mundo.

Asperamente, acusou Roque de envenená-la com remédios inúteis, culpando-o pelas modificações que se operavam em seu corpo.

Roque, com paciência, suportava-lhe as ofensas e a revolta. A cada dia encontrava dificuldades maiores em fazê-la ingerir o remédio. O médico aconselhava a contar-lhe a verdade. Porém, ele não encontrava coragem.

Como dizer-lhe que sua doença era lepra? A ela, que sempre cultivara com vaidade sua beleza física? Como contar-lhe que tudo se transformaria inapelavelmente?

Ele compreendia as necessidades espirituais e resignava-se; ela, porém, não possuía esse entendimento. Temia a violência da sua dor.

Ao mesmo tempo os irmãos começavam a reparar na aparência materna. Como contar-lhes a verdade? Recordava-se do pavor das pessoas de sua cidade, à proximidade dos doentes de lepra. Fugiam espavoridos, receando até passar pelo lugar onde eles haviam passado.

Conhecendo a verdade, poderiam suportá-la? Roque, vencendo os pensamentos temerosos, entrou em casa.

O ruído de choro chamou-lhe a atenção. Preocupado, entrou no quarto e surpreendeu Maria sentada na cama, com o rosto entre as mãos, em pranto convulsivo. Penalizado, correu para ela, abraçando-a.

— Mãe! O que aconteceu?

O pranto aumentou e Roque renovou a pergunta com certa energia.

— Não sei o que tenho. Meu corpo está estranho. Não consigo segurar nada. Os objetos caem-me das mãos com facilidade. Depois, olhe para mim, estou ficando feia, tão feia que hoje na padaria a Nena e a Letícia não me quiseram dar a mão quando dei bom-dia. Será que elas pensam que estou pesteada?

Roque procurou ajudá-la, orando em pensamento, enquanto dizia:

— Acalme, mãe. Vai ver que elas estavam distraídas e nem viram.

— Viram, sim — tornou Maria com voz rancorosa. — Falaram comigo meio assustadas, nem me deram a mão e saíram quase correndo de perto de mim. Eu, que sempre fui notada pela minha beleza. O que elas pensam que são?

Havia tanto rancor em sua voz que Roque estremeceu. Toda a afabilidade de Maria desaparecera.

— Vamos, mãe, não chore. Voltemos nossos pensamentos para Deus, que nos vai ajudar.

— Não. Não quero pensar em Deus. Não acredito que ele possa me ajudar.

— Não fale assim. A doença é condição que todos nós enfrentamos um dia... Precisamos confiar no amparo de Deus.

Maria atirou-se nos braços do filho chorando convulsivamente.

— Roque, tenho medo! Muito medo. À noite tenho pesadelos horríveis. Rostos me espreitam, riem de mim, escarnecem da minha aparência.

Roque apertou a mãe comovidamente. Naquele instante, assistindo-lhe o martírio, que estava apenas iniciando pela primeira vez, sentiu um impulso de imenso amor no coração por aquela criatura que era sua mãe mas que sempre despertara dentro de si um sentimento de aversão instintiva, que se esforçara por combater no cumprimento do seu dever filial.

Mas, agora, o gelo rompera-se. Fosse o que fosse o que o passado ocultasse, ele, agora, já podia pensar nela com carinho e amor. Condoía-se pela provação terrível que a aguardava dali por diante e pedia a Deus forças para ajudá-la até o fim.

As vibrações amorosas de Roque caíram como bálsamo de luz sobre aquele coração atormentado. Aos poucos ela foi serenando, enquanto Roque procurava mudar-lhe o padrão mental, falando sobre assuntos alegres e diferentes a gosto de Maria.

A certa altura, ela ficou calada e pensativa. De repente tornou com seriedade:

— Roque, o que será que eu tenho? É doença ruim?

— Não sei — tornou ele querendo evitar a mentira. — Certas doenças, por nós não conhecermos bem, nos assustam muito. Principalmente nós da roça, que não entendemos nada disso. Mas na cidade, hoje em dia, tudo é diferente. Veja a mãe que, lá na roça, o mal dos pulmões não tinha cura. Tuberculoso morria mesmo. E todo mundo fugia dele com medo de pegar a doença. Aqui na cidade tem cura. Quando é tratada direito e logo que começa. Assim são muitas outras doenças de que temos medo. Nós não estudamos, mãe. Os médicos é que sabem.

Maria encarou-o assustada:

— Tísica eu não sou. Não tenho tosse, não estou magra, nem tenho febre. Mas você sabe o que eu tenho. O que é?

Roque sentiu-se desencorajado. O olhar da mãe vibrava inquietude e loucura.

— O que é isso, mãe? Tem calma. Seja o que for, nós vamos tratar. Estamos tratando. Por que temer? A senhora não sabe que todos nós envelhecemos, adoecemos e morremos? Faz parte da vida. Mas o que morre é o corpo de carne. O espírito é eterno, já existia antes de nascer e vai continuar existindo quando seu corpo morrer. Não devemos temer a doença nem a morte.

— Você é um louco com essas bobagens de Espiritismo. Não acredito. Morreu, acabou. A vida é uma só.

Roque respondeu sereno:

— Seria bom para a senhora se modificasse seu modo de pensar! Iria ajudá-la muito.

Maria teve um repente de revolta:

— Eu não quero! Sou jovem. Sou mulher! Sou bela! Não aceito a doença, a velhice, a morte. Não, não eu!

Maria, desesperada, abriu a porta do guarda-roupa, diante do espelho repetia furiosa:

— Isto é temporário. Vai passar. Acho que alguma coisa me fez mal. Amanhã vou fazer regime. Não vou comer. Hei de melhorar. E também não vou tomar remédio mais nenhum. Você que é culpado. Com todos esses remédios me intoxicando. Sinto dor no estômago depois que tomo esses comprimidos.

Roque colocou suas mãos com firmeza sobre os ombros da mãe, fixando-a bem nos olhos enquanto dizia:

— Mãe, esses remédios são necessários à sua recuperação. É preciso tomá-los de qualquer forma.

Ela permaneceu pensativa durante alguns segundos, depois tornou com voz dura:

— Você sabe o que eu tenho. Sabe! Não quer me dizer. Por quê? Será mesmo doença ruim?

Roque sacudiu a cabeça em negativa:

— Não, mãe. É apenas uma suspeita. Não posso afirmar nada, mas os remédios são necessários para prevenir um mal maior.

— Conte-me, o que é?

— Mãe, acalme-se. Sente-se aqui a meu lado. A senhora precisa compreender. Acha que eu faria alguma coisa que não fosse para seu bem?

Maria olhou-o nos olhos e depois respondeu:

— Eu confio, mas acho que preciso saber. Tenho esse direito.

Roque passou o braço sobre os ombros maternos, tornou com calma e firmeza:

— Mãe. Sua doença tem cura. Está no início, mas é preciso primeiro saber se ela se confirma. Não deve preocupar-se por ora. Confie em mim, farei tudo para ajudá-la.

Maria estava assustada. O tom sério do filho provocava-lhe medo, tanto medo que se conteve e não perguntou mais. Seu coração apertou-se em triste pressentimento. Agarrou a mão de Roque com força:

— Roque, me ajude! Pelo amor de Deus, não me deixe morrer. Tenho tanto medo. Não quero morrer.

Roque sentiu um aperto no coração, mas controlou-se com energia procurando expressar serenidade e confiança:

— Não tenha medo, mãe. Deus é Pai bom e justo. Confiemos em sua bondade.

Maria teve um repente de fúria.

— Não compreendo sua calma. Eu falo da minha dor, do meu sofrimento, e você fala em Deus! De que adianta? Deus está ocupado e longe, se é que ele existe. Eu estou aqui, preciso resolver meu caso. Como pode cruzar os braços e esperar?

Roque sentiu aumentar sua piedade.

— Mãe, todos precisamos de Deus! Não vê que ele é o Pai que nos deu a vida e tudo quanto nos rodeia? Não vê que tudo veio de Deus e que sem ele nada somos?

Maria teve um gesto impaciente.

— O que me irrita é que não desejo ficar esperando uma ajuda que nunca virá.

Roque calou-se. Sabia que a mãe jamais fora devota. Em todos os momentos difíceis de sua vida, sempre procurara vencer sem recorrer à Providência Divina. Costumava dizer que devia cuidar do corpo, porque era a única coisa importante. Quando ela morresse, tudo se acabaria. Nunca se interessara pela religião ou pelas coisas de Deus.

Ele sabia que a fé não se pode dar. É uma virtude que cada um vai desenvolvendo dentro de si, com as experiências que for vivendo e sofrendo. Suspirou triste, prevendo os sofrimentos inevitáveis para o futuro.

— O que quer que eu faça, mãe? — perguntou depois de algum tempo.

Maria permaneceu pensativa. Depois, num impulso, tornou nervosamente:

— Os médicos! Quero ir a outro médico. Acho que esses médicos da Caixa não ligam para nós que somos pobres. Vamos procurar outro médico. Sim, é isso. — Riu, nervosamente. — É isso. Por que não pensei nisso antes? Vai ver, eles estão errados. Vai ver, é só intoxicação.

— Os médicos do instituto são muito bons. Mas se a senhora quiser, iremos a outro médico. Acalme-se. Amanhã mesmo iremos a nova consulta. Mas acho que vão dizer a mesma coisa.

— Pelo menos teremos mais certeza.

— Está certo. Agora vamos deixar isso de lado. Seja o que for, estaremos juntos para lutar.

Pelos olhos de Maria luziu uma chama de paixão. Abraçou o filho e disse com orgulho e confiança:

— Sim, Roque. Tudo eu agüento se você estiver comigo.

Roque, fixando os olhos brilhantes da mãe, sentiu uma onda de terror. Teve vontade de sair, deixá-la para sempre. Inexplicavelmente um sentimento de repulsa assomou-lhe ao coração. Procurou dominar-se. Era sua mãe! Devia amá-la. Por que aquele sentimento justamente no momento em que ela lhe dizia o quanto o queria?

Ele que, disciplinando seus sentimentos pelo Evangelho de Jesus, procurava amar seus semelhantes — e o fazia com facilidade e alegria — não entendia por que justamente para com ela, a quem deveria amar com mais intensidade, isso não acontecia.

A custo conseguiu conter-se e suportar-lhe a proximidade. Pobre Roque, não sabia que dentro de si as reminiscências da encarnação anterior falavam mais alto. Não era Roque quem sentia a repulsa pela mãe, mas Gustavo que por instantes reencontrara a condessa, cuja paixão ainda o perseguia.

Mas Roque não podia saber. Lutou para dominar-se e, assim, tanto ele tentava modificar seus sentimentos com relação a ela como ela também santificava como mãe sua paixão violenta e infeliz.

Unidos novamente, frente à frente, o choque tornara-se inevitável, mas a sabedoria Divina tudo dispunha para que o seu objetivo de fraternidade e reajuste se concretizasse.

XXIII
O benefício dos laços familiares

A tarde caía de todo e as primeiras estrelas já surgiam no céu quando Geraldo chegou em casa de Lídia. Ia ver Roque. Não esperara pela moça, como de hábito, na saída do escritório. Sabia que o encontraria a sós.
Tocou a campainha e esperou. Roque veio abrir pessoalmente. Cumprimentou o rapaz com alegria:
— Olá! Você veio mais cedo. E Lídia?
— Não fui buscá-la. Preciso falar-lhe em particular.
O outro estendeu a mão:
— Entre, Geraldo. Estou tomando café... aceita uma xícara?
O outro entrou. Depois do cafezinho, perguntou:
— E Dona Maria?
— Mamãe anda adoentada, já se recolheu. Gosta de ouvir rádio na cama. Tem mais tempo depois que meus irmãos foram embora.
— É verdade.
— Bem, mas estou à sua disposição. É sobre sua irmã?
— Não. Ela agora tornou-se outra, depois que temos freqüentado as aulas de Evangelho e as sessões de cura. Deixou certas amizades, tem dormido melhor e parece-me mais alegre. Temos estado mais unidos e compreendido melhor os problemas de nossos pais.
Geraldo calou-se por alguns segundos, depois como que criando coragem tornou:
— Roque, eu gosto muito de Lídia, você sabe. Quero seu consentimento para casar-me com ela.
Roque olhou-o com certo embaraço. Gostava muito de Geraldo, sabia que Lídia o amava, mas casar-se-ia com ela sabendo que sua mãe estava leprosa?
O momento temido chegara. Precisava contar-lhe a verdade. E sabia que poucos a suportariam. Se ele se recusasse a casar-se depois de sa-

ber, não poderia condená-lo. Seus próprios irmãos, quando descobriram a doença da mãe, foram-se apavorados, como se todos os demônios os perseguissem. Mudaram-se para longe e nem ao menos deixaram endereço. Não sabia sequer onde estavam. A mãe, desde que os filhos descobriram sua moléstia, pouco saía do quarto, e Roque era quem a acalmava e pacientemente a ajudava evitando o suicídio e a loucura.

Lídia, apesar de tudo, desconfiara, principalmente pelas medidas preventivas de Roque, evitando contágio, separando objetos de uso pessoal. Por isso, temerosa da atitude de Geraldo, Lídia começara a evitá-lo.

O rapaz, profundamente enamorado, sentira-se ciumento e preterido, e tomara a deliberação de casar-se o quanto antes. Dispunha de sólida situação financeira e estava já para graduar-se.

Roque suspirou fundo.

— E então? — inquiriu Geraldo, preocupado. — Por acaso não aprova meu pedido?

— Nem pense nisso, Geraldo. Lídia o ama muito e nós todos sabemos que você será para ela excelente marido. — Fez ligeira pausa e prosseguiu. — Contudo, preciso antes contar-lhe uma coisa...

— Estou ouvindo — tornou Geraldo com voz um pouco alterada.

— Sim. Acho que já é hora de você saber. Acredito na sinceridade do seu amor por minha irmã e sei que a felicidade dela está em suas mãos. Mas não quero que tome nenhuma decisão sem conhecer nosso drama, nossa luta.

Impressionado pelo tom sério de Roque, Geraldo, com o coração apertado, tornou:

— Seja o que for, quero saber.

— Sim. O problema refere-se à doença de minha mãe. É uma doença contagiosa e terrível. Ela está leprosa!

Apesar de toda sua fibra, Geraldo empalideceu, fazendo um gesto de horror. Com o coração apertado e sofrido, Roque tornou sincero:

— Agora já sabe. Posso dizer-lhe que em nossa família é o primeiro caso. Sei que depois disso você não renovará seu pedido de casamento e não o censuro por isso.

A voz de Roque era humilde e terna. Continuou:

— Meus próprios irmãos fugiram espavoridos. Creia que nossa amizade permanecerá a mesma apesar de tudo. Compreendemos.

Geraldo levantou-se. Seus olhos estavam cheios de lágrimas. Sempre achara Dona Maria esquisita, mas nunca suspeitara da verdade. A voz serena do amigo e seu tom dorido e resignado tocaram-no fundo. Estava desconcertado.

— Não posso conversar agora. Depois conversaremos.

Saiu rápido. Roque procurou reagir dissipando a tristeza enorme que lhe ia na alma. Sabia que seria assim, mas a constatação do fato em si o deixava profundamente desanimado. Pobre Lídia. Sua irmã era vítima inocente da moléstia materna. Certamente Geraldo não mais voltaria.

Sentindo-se fraco e deprimido, tomou O *Evangelho Segundo o Espiritismo*, abriu ao acaso e leu "Causas anteriores das aflições". Leu com atenção e arrependeu-se de seus pensamentos anteriores. Se Lídia fosse punida pela vida, naturalmente tanto como ele mesmo, é porque tinha dúvidas perante a Justiça Divina.

O melhor era orar e pedir forças para levarem a cruz até o fim.

Quando Lídia chegou pouco depois, nem sequer desconfiou do que acontecera. Roque estava sereno e alegre como sempre, mas ainda assim, ela, sem saber por quê, sentiu um aperto no coração.

Alguns dias decorreram e a vida para eles continuava na rotina costumeira.

Roque aceitara intimamente a ausência de Geraldo até que certo dia, também no cair da tarde, ao chegar em casa do trabalho, encontrou o moço à porta, esperando.

Foi com alegria que o reviu e não pôde deixar de notar-lhe a fisionomia atormentada e abatida.

— Roque, poderá dar-me um pouco de atenção?

— Certamente, meu amigo. Vamos entrar. — Vendo o olhar assustado do rapaz, esclareceu com naturalidade: — Minha mãe não sai do quarto. E suas coisas de uso pessoal estão separadas. Nada receie.

Geraldo corou fortemente, mostrando-se embaraçado.

— Não se acanhe — confortou Roque —, somos amigos.

— Claro — tornou o outro meio acanhado.

Roque deixou os pacotes que trazia sobre a mesa e, sentando-se a seu lado, disse calmo:

— Estou às suas ordens.

— Bem... No outro dia comportei-me muito mal com você. Quero pedir-lhe desculpas. Procedi como um adolescente irresponsável. Perdoe-me.

— Não se preocupe. Sei compreender. Eu mesmo por vezes sinto ímpetos de fugir.

Geraldo suspirou um pouco mais calmo.

— Você é realmente uma criatura admirável. Invejo-o. Gostaria de ser assim tão humano e tão bom. Mas o que me traz aqui é outro assunto...

— Pode falar — encorajou Roque vendo a indecisão do moço.

— Bem. Depois que fui daqui naquela noite, não mais consegui acalmar-me. Saí chocado, mas asseguro-lhe que a doença de sua mãe em nada influenciou em meu amor por Lídia. Tenho sofrido muito, mal tenho conseguido dormir. É mais forte do que eu. Não posso viver sem ela. Quero desposá-la assim mesmo.

Roque sentiu uma onda de calor invadir-lhe o peito. Haveria felicidade para Lídia? Geraldo prosseguiu:

— Contudo, Roque, se eu aceito com naturalidade a doença triste de Dona Maria, minha família não aceitaria de forma alguma. Eles não teriam a necessária compreensão e certamente interviriam dificultando as coisas e fazendo Lídia sofrer.

Roque olhou o amigo com alguma preocupação.

— Que poderemos fazer?

Geraldo, um tanto embaraçado, passou a mão pela testa e respondeu:

— Tenho pensado muito. Como sabe, meus pais levam vida social intensa, mas são extremamente liberais no que se refere à posição social. Acatam minhas deliberações e não interferem muito em minha vida, dando-me liberdade de ação. Entretanto, sempre se mostraram extremamente preocupados com a saúde, e por qualquer espirro estão às voltas com os consultórios médicos e os laboratórios. Neste particular são intransigentes. Têm horror às doenças e às contaminações. Estão a par de todas as descobertas da medicina. Tenho certeza de que se oporiam com veemência ao nosso casamento nas presentes circunstâncias.

— O que pensa fazer? — indagou Roque com delicadeza.

— Bem... Eu pensei... Não sei se você poderá compreender...

— Fale, meu amigo, não tenha receio.

O outro pareceu tomar resolução e concluiu:

— Bem, eu pensei que Lídia poderia casar-se comigo sem contar à minha família a verdade.

Roque olhou o outro pensativo e esperou que ele continuasse:

— Eles não precisarão saber a verdade. Será melhor para nós e principalmente para Lídia. Concorda?

— Bem, se você acha melhor assim... mas acha que eles não perceberão?

O outro pareceu inquietar-se. Remexeu-se na cadeira.

— Pensei nisso, pensei muito. E estou disposto a pedir-lhe o sacrifício maior. Meus pais não conhecem sua família e por isso direi a eles que vocês moram em outro estado. Não é que eu queira que seja assim. Você me conhece bem, sabe o quanto eu os estimo, como tenho sempre me sentido feliz nesta casa, junto a vocês. Ninguém seria mais feliz do que eu se pudesse estar sempre aqui junto a todos, sem que essa doença infeliz nos traumatizasse o coração. Mas sei que eles não aceitarão a verdade. Poderia abandoná-los, mas logo agora que minha irmã querida está ingressando no caminho do bem e que minhas esperanças renascem para que minha mãe também, como a filha, se modifique. Como deixá-los e permitir que eles caiam mais e mais no abismo de sombras em que resvalaram? Guardo comigo o desejo ardente de ajudá-los. Como separar-me deles cuidando apenas da minha felicidade? Roque, eu o estimo como a um irmão. Diga-me: Lídia também não tem direito à felicidade? Como eu, ela deverá, por causa dessa doença materna, sacrificar seu amor e seus sonhos de mulher?

Roque ouvia pensativo e compreendeu. Geraldo pedia-lhe que assumisse sozinho a cruz que dividia com a irmã. Era uma solução boa. Lídia amava o rapaz e merecia ser feliz. Ele era bom e capaz de orientá-la. Confiava nele. Por que impedi-la de ser feliz?

Tomando uma resolução, levantou-se e, colocando a mão sobre o braço do moço, disse:

— Compreendo. Você tem razão. Pode contar comigo. Se você a ama, tudo farei para ajudá-los. Sei que ela o quer muito e serão ambos muito felizes. Deixe por minha conta.

— O que pretende fazer?

— Não se preocupe. Eu e minha mãe sairemos da vida de Lídia.

— De que forma? — indagou Geraldo um pouco alarmado.

— Da melhor maneira possível. Talvez possamos viajar por algum tempo. Será bom para ela.

— Viajar como? Sei que sua situação financeira não permite. Se não se ofender, gostaria de oferecer-lhe alguns recursos...

— Roque sacudiu a cabeça negativamente.

— Não se preocupe. Estamos habituados a viver modestamente. O que temos basta. Só tenho pena de não poder dar a Lídia um enxoval à altura.

— Você sabe que o que tenho basta para nós. Lídia terá todo o conforto e será a rainha da minha casa. Eu a quero muito.

— Eu sei — concordou Roque comovido. — Eu sei... Não se preocupe. Venho pensando, há algum tempo já, em levar minha mãe para o campo. Lá, quem sabe, ela poderá sentir-se melhor.

O outro respirou aliviado. Se eles partissem, tudo seria mais fácil. Seus pais receberiam Lídia e todos poderiam viver em paz.

— Roque, gostaria que não contasse a Lídia esse detalhe. Tenho certeza de que ela não concordaria. É uma filha amorosa e muito apegada a você.

Roque concordou.

— Tem razão. De fato, será melhor que ela ignore esse ponto de nossa conversa. Quando pretende casar-se?

— Se vocês consentirem, dentro de um mês.

Roque sentiu um abalo emotivo. Sua irmã representava o raio de sol de sua vida solitária. Separar-se dela era-lhe doloroso. Contudo, não deixou transparecer a emoção que lhe pungia a alma e respondeu com um sorriso:

— Então, não temos muito tempo. Façamos o seguinte: procure-a hoje mesmo e faça-lhe o pedido. Deixe o resto por minha conta.

— Certo — tornou Geraldo. — Vou agora mesmo. Deus o abençoe por tudo. Você é realmente admirável. Minha gratidão será eterna.

Levantou-se apressado e apertando-lhe efusivamente as mãos saiu quase correndo. Ia ao encontro de Lídia.

Vendo-o partir, Roque deixou-se cair desalentado sobre a cadeira.

— Meu Deus! — pensou agonizado. — Seja feita a Vossa vontade. Amparai-nos e fortalecei-nos nesta hora difícil!

Seu coração dorido implorava forças, socorro. Orou alguns minutos e, reconfortado e animado por novas energias, tomou uma resolução.

Levantou-se e foi ao quarto da mãe. Maria, na semi-obscuridade do quarto, estendida no leito, parecia dormir. Roque sabia que ela não estava dormindo. Ficava horas imersa em funda depressão e, por vezes, agitava-se em selvagem desespero. Ele assistira-a em diversas crises e, embora sentindo o coração confranger-se, procurava dar-lhe um pouco de conforto.

— Mãe! — chamou em voz baixa.

Um movimento revelou que Maria o ouvia.

— Mãe! — repetiu ele aproximando-se e sentando-se ao lado da cama.

— O que quer? — perguntou com voz fraca.

— Precisamos conversar.

— Tem mais alguma novidade? Sobre minha saúde?

— Não, mãe — replicou ele com calma. — Tenho pensado muito. Você vive fechada neste quarto, sem um pouco de sol ou de ar.

— E acha que poderia sair para que todos me vissem? Assim como estou? Para que me demonstrassem o nojo, o horror que sentem por mim? Gostaria que a polícia me descobrisse e me obrigasse a ir viver no sanatório, longe de vocês, para morrer como um cão?

— Não, mãe. O médico permitiu sua presença entre nós. O estágio da sua doença não é contagioso. Mas reconheça que isso não é vida. Você estava habituada ao sol e à claridade. É preciso recuperar a alegria.

Maria suspirou fundo.

— Você sabe que isso é impossível! Sabe que vou morrer aqui, como um cão monstruoso do qual os próprios filhos têm medo. Eu! Tão bela e tão admirada! Não acha que Deus é injusto e mau?

Vendo-a enveredar pelo caminho da revolta e da queixa, Roque procurou levar-lhe o raciocínio para outro setor.

— Mãe. Vamos viajar. Voltaremos à fazenda de Dona Emerenciana. Ainda posso trabalhar, e lá, gozando os ares suaves do campo, a senhora recuperará a saúde.

— Sabe que minha doença é maldita. Não tem cura! Maldita como eu. Por que não pede ao médico um remédio que me tire do mundo? Deste mundo miserável e ingrato que me tirou tudo?

— Mãe, a revolta não vai ajudá-la a recuperar a saúde perdida. Deus é justo e bom. Nós é que erramos muito em outras vidas e renascemos agora para expiar.

— Não acredito. Nessas histórias de reencarnação eu não acredito.

Roque, tacitamente, mudou de assunto.

— Se a senhora não me deixa falar, vou embora. Conversaremos mais tarde quando estiver mais calma.

Maria sentou-se no leito. A presença do filho era-lhe preciosa bênção que enriquecia sua solidão. Procurava retê-lo o mais que podia. Por isso procurou controlar-se, dizendo com voz chorosa:

— Não me abandone, Roque. Não agüento mais a solidão. Estou a ponto de enlouquecer!

— Então a senhora vai procurar conter-se para que possamos tratar de um assunto muito sério.

— Veja. Estou calma. Fale.

— Mãe, Geraldo pediu Lídia em casamento.

— É? — fez ela com alguma indiferença. A filha não a preocupava de modo algum.

— É! — tornou ele com firmeza. — Eu sempre quis ir com a senhora para o campo, porque certamente lhe fará bem. Mas me preocupava o futuro de Lídia, moça demais para ficar na fazenda, naquela vida da roça. Geraldo pensa casar-se dentro de um mês e nós podemos, por isso, ir embora.

— Então, ela vai casar-se? — gemeu Maria com voz alterada. Meditou alguns segundos e depois passou a mão pelo rosto inchado e cheio de pequenos caroços avermelhados. — E eu? Como ir ao casamento? Como aparecer diante dos outros em sociedade, como um monstro? Roque, pelo amor de Deus, que farei?

Lágrimas desesperadas desciam-lhe pelas faces e Roque alisou-lhe a cabeça com carinho. Tinha-lhe muita pena. Observou que ela nem sequer se preocupara com a felicidade da única filha, mas apenas com sua aparência e com a impressão que poderia causar nos outros. "Pobre mãe", pensou, "quanta vaidade ainda em seu coração!"

— Pensei nisso, mãe. Encontrei a solução. Viajaremos antes do casamento. Amanhã mesmo, se a senhora quiser. E assim ninguém precisará vê-la enquanto estiver doente.

— É — gemeu ela, aflita. — Vamos embora. Não quero que me vejam assim. Pelo amor de Deus, me ajude!

— Certamente, mãe. Tranqüilize-se. Tudo será feito da melhor forma. Amanhã cedo irei procurar um lugar para Lídia ficar até o casamento. Sei de um pensionato de moças onde ela poderá morar. São poucos dias. E dentro de uns dois ou três dias, juntos regressamos rumo à nossa terra.

Maria agarrou o braço do filho com força.

— Meu filho querido! Não me abandone! Todos se foram, mas eu lhe peço: não me deixe! Pelo amor de Deus. Eu não suportaria isto sem você!

Lançou-lhe um olhar tão apaixonado que Roque instintivamente sentiu dentro de si a repulsa que lutava corajosamente por vencer. Mas a figura de Maria, tão diferente do que sempre fora, lhe inspirava muita piedade. Eram sentimentos antagônicos que ele não sabia justificar.

— Mãe! Nunca a deixarei! Ficaremos juntos para sempre!

Mas enquanto dizia isso, sentia dentro de si um desejo imenso de fugir. Conteve-se. Sorriu para ela, enquanto dizia:

— Então estamos combinados. Vou tratar de tudo, se a senhora consente no casamento de Lídia.

Maria sacudiu os ombros com indiferença.

— O que você resolver está bem, desde que nós não nos separemos. Todos podem ir, não me importa. Só você é importante para mim. O mais, pouco se me dá.

Roque sentiu um aperto no coração. Tanta vaidade e tanto apego o assustavam. Por outro lado, havia a vantagem de Maria, com sua docilidade, não impedir nem interferir na felicidade de Lídia. Que pelo menos ela pudesse encontrar o amor na construção do lar e da família. Amava muito a irmã. Ela era boa e merecia ser feliz.

Saiu do quarto pensativo. Na sala, sentou-se meditando, tecendo planos para o futuro. O que lhe estavam exigindo era sumamente difícil. Não se sentia inclinado ao casamento. Nunca conseguira encontrar a companheira que pudesse amar com sinceridade e alegria. Isso não o preocupava muito, porquanto sentia que sua tarefa na Terra era outra. Todo potencial de amor que sentia no coração procurava extravasar dedicando-se assiduamente ao trabalho da mediunidade e da assistência em favor do próximo.

Sentia-se amparado pela bondade de Deus, resignara-se já a esperar por dias mais plenos de felicidade, talvez em uma vida maior, após a morte. Mas, agora, teria que deixar tudo. Amigos, trabalho, o grupo espírita onde tantas amizades, tanto conforto encontrara, para isolar-se justamente com ela, a mulher que, apesar de sua mãe, lhe provocava certa aversão. Por que ele? Por que seus irmãos tinham desertado e só ele teria que suportar a prova difícil?

Seu coração apertou-se triste. Logo em seguida, duas sombras sinistras penetraram no ambiente, aproximando-se de Roque, imerso em profundo desencanto. Aproximaram-se dele e o envolveram, uma delas sussurrando aos ouvidos com ricto maldoso:

— Quem o impede de ir-se embora também? Quem pode obrigá-lo a suportá-la até o fim?

O outro sorriu com maldade e disse por sua vez:

— A velha megera que o destruiu. Foi por culpa dela que você separou-se da mulher amada. Que você perdeu a vida, lembra-se?

Embora não lhe registrasse exatamente as palavras, Roque sentiu-se envolvido em grande mal-estar. Parecia-lhe que de repente sua revolta se tornara insuportável. A repulsa pela mãe apareceu de forma aguda e terrível. Teve ímpetos de fugir, de sair daquela casa para sempre. Lágrimas rolavam-lhe pelas faces cansadas e curvou-se mais ainda ao peso do sofrimento e da dor.

— Isso — continuou a entidade envolvente. — Larga tudo. Deixa a megera no leprosário. Não é o lugar certo para a condessa pagar tudo quanto nos fez? Se você esqueceu, nós não esquecemos. Somos justiceiros por conta própria. Não a deixaremos nunca. Vamos sorver gota a gota a alegria de vê-la reduzida a um monte de carne apodrecida e disforme. Mas você nos tem atrapalhado. Larga tudo e ela será nossa! Nós a levaremos à loucura e ao suicídio. Então, ela será nossa, estará em nossas mãos.

Roque sentiu-se envolvido por emoções desencontradas e terríveis. Por mais que Maria fosse difícil e sentisse por ela certa falta de afinidade, era sua mãe. Ele tinha o dever de assisti-la até o fim! Ele, que procurava ajudar a todos na assistência aos que sofrem, como poderia ser duro para com sua própria mãe? Não seria ir contra os princípios cristãos do Evangelho do Cristo, que recomendava: honrar pai e mãe?

Passou a mão pela fronte cansada. Precisava orar, pensou entontecido. Precisava orar. Procurou concentrar-se em Jesus, mas não conseguiu. No auge da aflição, pediu entre lágrimas:

— Ajuda-me, meu Deus! Ajuda-me!

Envolvido pelo magnetismo das duas entidades da sombra, Roque sentia-se sufocar. Seu grito dorido e aflito foi ouvido, porque no mesmo instante entrou no ambiente uma graciosa figura de mulher. Geneviève trazia um halo de luz circundando-lhe a cabeça. Seu rosto belo e enobrecido apresentava alguma preocupação e seus olhos luminosos deixavam transparecer emoção e afeto.

Aproximou-se de Roque, e as duas entidades sombrias, embora não a pudessem ver, sentiram de repente certo mal-estar. Geneviève colocou a mão sobre a cabeça de Roque com extremo carinho:

— Gustavo — disse com voz enternecida —, tem coragem. Não atires fora a oportunidade preciosa que Deus colocou em tuas mãos de progredir e ser feliz. O sofrimento na Terra é abençoada alavanca que conduz ao reajuste. Ampara tua mãe o mais que puderes. Ela precisa de ti. Ajuda-a para que o amor egoísta e terrível do passado, que tantas lágrimas nos causou, transforme-se ao influxo da maternidade e da dedicação em sentimento sublime que mais tarde será luz a nos guiar nos caminhos da redenção!

Roque sentiu-se aliviado, embora não lhe pudesse ouvir as palavras. Um calor agradável inundou-lhe o peito e aos poucos sentiu-se mais tranqüilo.

O espírito de Geneviève, afagando-lhe amorosamente a cabeça em que prematuramente alguns fios brancos começavam a aparecer, continuava sussurrando-lhe ao ouvido:

— Gustavo! Reage. As tarefas que te cabem são difíceis, mas lembra-te de que elas sempre representam um fator de progresso quando sabemos suportá-las com coragem, sem sairmos do dever que nos cabe. Tua mãe precisa do teu apoio. Que importa onde estejas na Terra, se estivermos juntos? Quis a bondade de Deus conceder-me a ventura de poder estar a teu lado, encorajando-te, orando, esperando. Pensa o quanto Deus é bom, o quanto temos recebido de sua suprema bondade, e vamos orar. Vamos agradecer a Deus por tudo.

Do seu peito partiam raios de luz que envolviam o frontal e o coração de Roque, que sentindo-se envolvido por agradável sensação de bem-estar pensou:

— Deus é bom! Pedi socorro e o socorro veio. Posso divisar a figura suave do anjo amigo que tem me socorrido e sentir que estou amparado.

Lágrimas comovidas banhavam-lhe a face e um sentimento de intraduzível felicidade envolvia-lhe o coração. Agradecido, proferiu sentida prece, e à medida que orava, suaves ondas luminosas partiam-lhe da mente e espalhavam-se ao redor. Vendo-o modificar-se, as duas sombras escuras se afastaram às pressas, enquanto um dizia:

— Com ele não adianta. Vamos com ela. Nosso lugar é lá. Ela nos escuta. Afinal, o que nos importa ele? É dela que queremos nos vingar.

E atravessando a porta, dirigiram-se ao quarto de Maria.

Roque terminou a prece, e sentindo ainda a presença querida de Geneviève, tornou mentalmente:

— Não me deixes, pelo amor de Deus. Tudo suportarei com mais coragem se estiveres a meu lado. Ajuda-me! Não me deixes, fica comigo.

A forma vaporosa de Geneviève abraçou-o com ternura infinita, beijando-lhe a fronte com extremado carinho.

— Gustavo, não desanimes, aconteça o que acontecer. Finda a prova, estaremos juntos para sempre.

Roque sentiu-se tomado de profunda felicidade. Nenhuma emoção na Terra poderia comparar-se àquela sensação de plenitude e de alegria na qual, por alguns instantes, ele permaneceu imerso.

Quando ela se desfez, ele sentiu-se fortalecido e renovado: o medo e a revolta tinham desaparecido. Fosse o que fosse, ele lutaria e haveria de vencer!

XXIV
Gustavo e a condessa unidos pelo sofrimento

O trem corria célere e o ruído cadenciado que produzia não conseguia arrancar Roque da profundidade de seus pensamentos. O sol da tarde que ia em meio, filtrando seus raios por entre os vidros das janelas. Alguns cochilavam na modorra da tarde quente, outros conversavam, raros liam jornais.

Maria, cabisbaixa, fingia dormir, olhos cerrados, mãos escondidas nos bolsos fartos. Ninguém reconheceria nela a Maria de outrora. Lenço na cabeça, puxado ao máximo sobre o rosto na tentativa desesperada de ocultar a face inchada e coberta de grânulos avermelhados. Vestido fechado, mangas compridas, parecia uma velha. Entretanto, seu coração ardia qual fogueira insuportável.

O que fizera ela para merecer semelhante castigo? Por que tantas mulheres belas e jovens, e só a ela a doença martirizara? Poderia um dia curar-se?

Não queria que a vissem na fazenda. Recusara-se a voltar para a antiga casa onde Dona Emerenciana a receberia boamente. Como enfrentar a presença das pessoas que a conheceram no auge da mocidade e da beleza, agora nesse estado horrível? E as mulheres que sempre a hostilizaram por lhe invejarem a beleza? Como retornar qual um rebotalho humano e uma caricatura do que fora?

Qualquer lugar, qualquer sofrimento, até a morte seria melhor do que oferecer aos que a conheciam o espetáculo da sua tragédia. Não sabia para onde estavam indo. Não lhe importava. Ao lado de Roque sentia-se amparada. Ir para onde ninguém a identificasse, onde enterrasse sua dor tão profunda. Maria passava por sucessivos estados de angústia, de revolta e depois caía em grande depressão.

Roque estava profundamente emocionado. Conquanto procurasse conter-se ocultando o montante das preocupações que o afligiam, não podia deixar de se sentir muito triste. Fora-lhe penoso deixar a irmã em um pensionato, sob a alegação de que a viagem era necessária ao restabelecimento de sua mãe. Lídia não queria separar-se deles. Queria ir também, transferindo seu casamento.

A custo, Roque conseguiu convencê-la. Seria por curta permanência. Sua mãe tinha vergonha de apresentar-se na cerimônia matrimonial. O melhor era viajar por algum tempo. Dentro de alguns meses voltariam, então tudo seria diferente. Ela não devia recusar a felicidade e a união com o homem amado, a pretexto da doença materna. Ficasse tranqüila, a melhor solução seria essa.

Falara com o médico que deveriam voltar ao interior e ele concordou, receitando grande quantidade de medicamentos, mas salientando a obrigatoriedade da apresentação periódica de Maria no dispensário do Estado. Depois de alguns preparativos, ele e a mãe rumavam agora para o interior do Paraná.

Nunca tinha ido por aqueles lados, mas confiava em Deus que haveria de conseguir um emprego modesto mas decente, que lhe permitisse cuidar da mãe com carinho e abnegação.

Fora-lhe muito penoso, também, deixar o Núcleo Espírita, onde durante os últimos anos fizera tantos amigos. Sentiria falta das reuniões evangélicas, do contato amoroso com os amigos espirituais. Porém, sabia que Geneviève, o bondoso espírito que tanto o emocionava, o acompanharia por onde fosse.

Esse pensamento dava-lhe coragem para enfrentar o que ainda viesse a ocorrer. Deus lhe daria forças. Até o dia em que pudesse, redimindo os erros passados, encontrar a vida maior na espiritualidade.

Mas era-lhe sumamente difícil. A vida na Terra determinava certas exigências e a falta de carinho, de amor, de amizade o deixava angustiado e triste.

Sabia que lhe cumpria educar os sentimentos, a fim de dar à sua mãe o amor que lhe era devido. Roque sentia-se muito triste, e Maria estava por demais envolvida dentro de si mesma e dos seus problemas para perceber sequer o desgosto do filho.

A viagem durava já algumas horas e nenhum dos dois sentira fome. Não tocaram no cesto onde Lídia, com zeloso carinho, colocara algumas guloseimas, tentando ocultar as lágrimas que lhe rolavam pelas faces delicadas. Custava-lhe muito separar-se do irmão. Quanto à mãe, habituada ao seu alheamento e à sua voluntária reclusão, não lhe sentia a falta. Aliás, Maria nunca dera à filha a atenção que ela desejaria, tratando-a com indiferença. Mas com Roque era diferente. Obrigou-o a prometer notícias o mais breve possível, porquanto ela ficaria inquieta até que soubesse o paradeiro de ambos.

Ao mesmo tempo, a família de Geraldo dava-lhe medo. Eram pessoas de trato, ela era uma pobre menina roceira. Mas seu noivo a amava ternamente e procurava adivinhar-lhe os pensamentos, buscando ser para ela não só o noivo mas o irmão e a família que ela perdera.

Roque, levado para o desconhecido, conduzindo a mãe doente da alma e do corpo, não sabia bem o rumo que devia tomar.

Chegando a Londrina, resolveria o que fazer. Há muito que não trabalhava na roça, mas se fosse preciso voltaria a fazê-lo.

Entardecia quando chegaram ao destino. Roque procurou uma pensão modesta e com cuidado conduziu a mãe ao pequeno quarto. O jantar estava sendo servido, mas Maria não ia aparecer na sala de refeições.

Consciencioso, Roque ficava satisfeito por sua mãe não querer aparecer, porquanto não podia permitir que ela contaminasse os outros. Apesar de o médico ter-lhe dito que sua doença não era contagiosa na fase em que estava, ele tomava precauções.

Pediu a refeição no quarto, e com carinho colocou a comida no prato que Maria levava consigo, cuidando para que ela não tocasse nos pertences da pensão. Serviu-a com seus próprios pertences, e depois ele mesmo levou tudo para a cozinha, lavando no quarto, na pia, os objetos de Maria.

Fazia tudo com discrição e carinho tais que Maria nem sequer percebia a intenção.

À noite, naquele local estranho e triste, olhando o teto de madeira que os cobria, a luz fraca e triste, sentiu-se sufocar. Convidou a mãe para sair, na certeza de que ela recusaria, mas ele não agüentava ficar ali, fechado. Mas Maria, além de recusar-se a sair, lamentosamente pediu-lhe que ficasse.

— Roque, eu não agüento mais isto! Se não tivesse tanto medo da morte, atirava-me no leito do trem... Roque, por que essa cruz? Por quê? Que fiz eu para merecer tão grande castigo? Eu não creio na justiça de Deus! Não creio nem em Deus!

Roque sentiu uma onda de desânimo invadir-lhe o coração. Procurou conter-se. Fez sobre-humano esforço para dominar seus sentimentos, buscou colocar-se em seu lugar, com seus problemas, e uma piedade enorme assomou-lhe ao coração.

Com carinho, tomou-lhe o braço e conduziu-a ao leito, obrigou-a a deitar-se e depois começou a lhe falar de Deus, da natureza, das lições da vida, da bondade e da justiça das Leis Divinas.

Maria, apesar de não aceitar o que ele dizia, sentira um calor agradável ouvindo a voz do filho adorado e, ao som dessas palavras, vencida e cansada, adormeceu.

Roque suspirou aliviado. Resolveu sair um pouco. A noite era fria, mas a brisa que o envolveu aliviava-lhe a testa escaldante. A caminhada aos poucos foi cansando seu corpo, e quando voltou ao leito, duas horas mais tarde, conseguiu finalmente dormir.

No dia seguinte, Roque levantou-se cedo e saiu para procurar trabalho. Trazia documentos em ordem e encaminhou-se a uma serraria retirada do centro da cidade. Apesar de inexperiente, agradou ao capataz sua figura humilde e séria. Também sua caderneta de trabalho o impressionou favoravelmente, porquanto eram raros os trabalhadores por ali que a possuíam. Assim foi convidado a iniciar no dia seguinte.

Isto deu-lhe alegria e paz. A ajuda de Deus não faltara no momento azado. O salário era modesto, mas haveria de dar para os dois. Restava-lhe procurar uma pequena casa onde pudesse levar a mãe e onde também ela desfrutasse maior liberdade. Trazia alguns recursos que bastariam para a aquisição de alguns pertences indispensáveis.

Voltou para dar a notícia à sua mãe e depois de ligeira refeição saiu em busca de uma casa. Levava tristeza ainda no coração, mas, sem revolta nem mágoa, nutria também uma pequena esperança de paz e tranqüilidade felicitando-lhe o íntimo.

XXV
*Ex-amantes,
agora mãe e filho
em reajuste afetivo*

A tarde declinava sonolenta e já algumas estrelas luziam no céu, apesar de a claridade do dia não se ter esvaído de todo na paisagem simples e singela do campo. Um homem caminhava pensativo, roupas surradas e simples, rosto moreno crestado pelo sol no trabalho duro da terra, onde uma barba emprestava um aspecto mais sério, apesar de os olhos, brilhantes e lúcidos, revelarem a força e a vitalidade da juventude.

Contudo, dez anos passaram e Roque já não era mais o moço que chegara a Londrina com o coração angustiado e triste. Na verdade, aqueles anos tinham sido difíceis e de muita luta, mas, apesar disso, ele próprio reconhecia que seu espírito tornara-se mais forte e mais corajoso.

Olhando o céu límpido e de um azul suave, Roque pensou: "Como é bela a obra de Deus! Quanta calma, quanta paz!"

Sentiu o espírito repleto de quietude, e enquanto caminhava mentalizava uma prece de gratidão, quando gritos estridentes cortaram o ar, quebrando a serenidade do dia que morria.

Roque sobressaltou-se e estugou o passo. Quase correndo alcançou uma pequena cabana de madeira, entrou rápido e teve tempo de segurar um vulto de mulher, que gritando como louca pretendia sair porta afora.

Com energia ele bradou firme:

— Mãe, estou aqui. Tenha calma! Vamos, deite-se. Estou aqui.

— Deixe-me ir — berrou ela com voz rouca —, quero fugir deles. Vão matar-me! Querem me destruir. Onde está Roque? Onde está que não me vem defender?

— Estou aqui, mãe! Olhe para mim. Estou aqui!

Ela, entretanto, nas brumas da inconsciência se debatia entre o pavor e a revolta. Seu rosto estava deformado e vermelho; placas purulentas marcavam o seu drama terrível. As mãos cobertas de chagas e os pés deformados, enrolados em panos velhos e de cor indefinida.

Sentindo-se incompreendido, Roque, enquanto a retinha, murmurou uma prece. Recorria a Deus, porque sabia que só Ele poderia socorrê-la.

Aos poucos Maria foi se acalmando, caindo em pranto convulso. Com paciência e amor, Roque conduziu-a ao leito e acomodou-a.

— Vamos, mãe, deite-se.

Ela obedeceu qual criança e aos poucos seus soluços se foram acalmando. Roque fitou-a com piedade. Nada em seu corpo deformado e doente recordava sequer a figura da bela Maria de outros tempos.

O que teria feito aquela criatura para que sofresse tão terrível prova? Sabia que todo efeito tem uma causa. Que Deus, pai bom e justo, jamais a deixaria sofrer se não houvesse necessidade. Como se não bastasse a moléstia dolorosa, Maria acusava perturbação mental. Sem poder resignar-se com a transformação de sua beleza, cheia de revolta e ódio, tornara-se presa fácil nas mãos de espíritos que, seus inimigos de outras vidas, julgavam-se com o direito de feri-la ainda mais, envolvendo-a nas tramas terríveis da obsessão.

A presença de Roque, com suas preces, contribuía sempre para afastá-los, mas voltavam quase sempre atraídos pelos pensamentos dolorosos de Maria.

Apesar de afastado dos trabalhos espirituais nos grupos espíritas, Roque nunca deixou de trabalhar no auxílio ao semelhante.

Sua mediunidade, após a ida para o campo, enriquecera-se, desenvolvendo-se cada vez mais. Era constantemente procurado pelos doentes e endemoninhados, que ao seu contato, ouvindo suas preces e os trechos do Evangelho, melhoravam com rapidez.

Aos poucos, uma auréola de mistério foi se criando ao seu redor. Tendo o estado de Maria se agravado, Roque fora forçado a mudar-se para um local solitário e distante. Temia que na cidade fosse forçado a internar sua mãe. Sabia que ela sentia-se melhor com sua presença e sofria horrivelmente quando ela saía para o trabalho. Por outro lado, aceitara a missão de tratá-la e, por isso, pretendia fazer todo o possível para dar-lhe o conforto do seu afeto de filho.

Todavia, os gritos de Maria, seu vulto sempre envolvido em panos e véus, com os quais ela procurava ocultar sua deformidade, as atitudes de Roque sempre em casa, só saindo o indispensável, suas atividades espirituais, tudo contribuía para que em uma cidade pequena se formassem e desenvolvessem as idéias mais disparatadas a seu respeito.

Havia os extremos. As almas simples, dedicadas e humildes o adoravam e o chamavam santo, principalmente depois que, através de suas orações, tinham sido curados. Outros, os maldizentes e os levianos, materialistas ou presos aos preconceitos religiosos, o acusavam de charlatão e de mistificador. Diziam alguns, tentando impor receio aos mais humildes, que ele tinha satanás preso dentro de casa. Por isso às vezes se ouviam gritos e imprecações, e um vulto envolto em panos era visto de quando em vez rondando a casa na calada da noite.

A princípio, Roque não os levara muito a sério, mas com o correr do tempo as coisas de agravaram. Uma queixa à polícia, e quando Roque regressou do trabalho viu que dois soldados tentavam arrombar a porta de sua casa, enquanto Maria do lado de dentro os mandava embora recusando-se a abri-la.

Assustado, Roque conversou com os policiais explicando-lhes que sua mãe sofria das faculdades mentais e que era perigoso para eles entrar sem que ele estivesse em casa. Conversou com ela, que se acalmou, abriu a porta e convidou-os a entrar. Desconfiados e trêmulos, mal transpuseram a porta e puderam ver Maria, que com o rosto coberto com um véu negro repetia apavorada:

— Roque, não deixe que eles me vejam. Poupe-me esta dor! Pelo amor de Deus.

Roque, abraçou-a com carinho.

— Venha, mãe. Vamos para o quarto, a senhora vai deitar agora, descansar. Ninguém quer lhe fazer mal. Eu estou aqui. Eles são meus amigos! Não tenha medo.

Ela deixou-se conduzir e pouco depois Roque conversava com os soldados. Fora uma queixa contra ele, por manter presa uma pobre mulher, a quem espancava de quando em vez, fazendo-a gritar.

Um pouco encabulados, ouviram as explicações de Roque, que justificou:

— Minha mãe sofreu um grande desgosto, um abalo nervoso, e ficou assim. Tem mania de esconder-se e embrulhar-se em panos. Tem horror a ser vista, por isso reage furiosamente sempre que tentam vê-la ou falar-lhe. Esperem um momento.

Foi até a cômoda tirando alguns documentos de uma gaveta.

— Eis aqui nossos papéis. Podem verificar.

Os dois, homens rudes e de pouca instrução, passaram o olhar sobre aqueles documentos e deram-se por satisfeitos. A figura de Roque impunha-lhes respeito e acatamento. Foram-se. Roque, no entanto, temia outros aborrecimentos. O estado de Maria estava se agravando e ninguém seria capaz de prever do que ela seria capaz se alguém se aproximasse em sua ausência. Não podia deixar de trabalhar, porquanto ambos viviam do seu salário. Por isso procurou uma pequena cabana bem distante e para lá se mudou.

Assim, naquele local solitário, Maria poderia usufruir mais liberdade, saindo para tomar ar e caminhar um pouco.

Sua luta era grande. Era um homem moço, cheio de vigor, e em plena força de sua juventude isolara-se do mundo e das afeições mais caras.

Escrevia constantemente para Lídia, que feliz vivia com o marido, tendo já três filhos que constituíam seu mais caro tesouro. Reclamava a visita do irmão, que lhe escrevia explicando que não poderia afastar-se da mãe, cujo estado se agravara. Não permitiu a vinda de Lídia, porquanto sabia que Maria não queria que a vissem.

Diversas vezes Lídia e o marido tinham ido a Londrina, mas, apesar da insistência de Roque, Maria se recusou a recebê-los. A presença da filha e do genro, que a tinham sempre visto no apogeu da saúde e da beleza, causava-lhe enorme angústia. Não só se recusava a vê-los como debatia-se entre a revolta e o desânimo. Custava a controlar-se, permanecendo agitada durante muitos dias, mesmo após eles terem ido embora. Por isso, para poupá-la, Lídia escasseava as visitas, mantendo correspondência com o irmão, informando-se de tudo quanto ela podia saber.

Roque, a cada dia, mais e mais se via forçado a permanecer ao lado da mãe. Não ia a parte alguma, e sua única distração eram os livros que Lídia lhe enviava da capital.

No trabalho, apesar da sua bondade e correção, era olhado com certa desconfiança por muitos colegas, que não podendo compreender seus atributos mediúnicos, nem conhecer a verdade sobre a sua mãe, levados pela excessiva imaginação, conjeturavam sobre ela, inventando as mais escabrosas histórias. Diziam que ele era um feiticeiro que mantinha um demônio a seu serviço, um gênio do mal que com ele habitava, ajudando-o em suas magias.

Outros garantiam que ele aprisionava sua própria esposa e movido por violento ciúme a obrigava a viver escondida e coberta de panos, sem que jamais alguém pudesse vê-la. Muitos outros boatos corriam de boca em boca.

Ninguém podia compreender como aquele homem ainda moço não procurava manter relações amorosas com ninguém, controlando sua natureza. Entretanto, Roque não era um super-homem. Mas podia controlar seus impulsos. Não tinha inclinação para o casamento. Sentia falta imensa de carinho e de aconchego; momentos havia em que a solidão lhe doía de forma insuportável, mas não encontrara nunca uma mulher que pudesse amar, extravasando o potencial de sentimento que guardava em seu coração.

Roque desejava ardentemente encontrar a mulher amada, mas, não a tendo encontrado, não se podia sujeitar ao extravasamento das paixões e sensações físicas.

Assim, por vários motivos, embora sofrendo amargurado, lutando contra seus impulsos amorosos e carnais, Roque conseguia manter-se distante das mulheres, procurando sublimar seus sentimentos na tolerância com a mãe enferma e com a agressão velada e malévola dos colegas.

Naquele dia, um domingo, Roque entretinha-se cuidando de suas plantas. Apreciava muito esse contato com a natureza. Dava-lhe alegria cuidar da terra, prepará-la, semear e acompanhar seu crescimento, zeloso e contente.

Aos poucos cuidara do pedaço de terra, que não era grande e seu aspecto era viçoso e alegre. Plantara flores ao redor da casa, tentando amenizar o ambiente do lar triste e atribulado. Era também uma maneira de fugir à solidão e à tristeza. Cada flor ele a oferecia aos espíritos amigos que o acompanhavam. Principalmente à suave e comovedora figura de Geneviève.

Era sempre entre a angústia e o êxtase que Roque lhe evocava a presença. Por vezes, ela não vinha responder ao seu apelo, mas quando a sentia perto, um misto de alegria e desespero o acometia. Seu afeto por ela era tão real que se surpreendia tentando abraçá-la fisicamente, beijá-la com infinito amor. Mas ela lhe acariciava a cabeça com ternura e ele por vezes, entre chocado e temeroso, sem compreender bem seus sentimentos, receando ofendê-la com um amor que por vezes se lhe configurava muito humano, sentia tanto desejo de tocá-la, de sentir-lhe a presença de forma mais objetiva, que temia estar, com seu amor, maculando sua figura delicada e sublime.

Algumas vezes caía em pranto, onde a dor, a solidão, a mágoa e o sentimento de inferioridade o dominavam, mas depois reagia, lutava e ia trabalhar com a terra, cuidando de suas plantas com amor.

Era de manhã, e Roque pacientemente regava os canteiros de rosas com cuidado. Sua mãe dormia ainda, sob o efeito de um sedativo que o médico lhe receitara para ajudá-la a suportar sua luta dolorosa.

De repente, quebrando a calma da manhã azulada, um carro desceu a estrada, detendo-se subitamente frente ao portão. Uma nuvem de poeira encobriu a entrada, mas apesar disso Roque reconheceu a visitante.

Era a filha de seu patrão. Conhecia-lhe o carro, apesar de tê-lo visto poucas vezes.

Limpando as mãos, Roque dirigiu-se à recém-vinda, que rapidamente descera do carro e se dirigira para ele com passos firmes. Parou diante do portão, olhando-o com curiosidade.

Roque apressou-se em abri-lo, e tirando o chapéu com respeito, perguntou:

— Senhorita, precisa de alguma coisa?

— Sim — respondeu com voz firme. — Venho à sua procura. Preciso falar-lhe.

Um tanto embaraçado, Roque tentou esquivar-se:

— A mim? Não se terá equivocado?

A moça sacudiu energicamente a cabeça.

— Não. Você é Roque. Tenho-o visto trabalhando na fazenda de meu pai. É você mesmo que procuro.

O tom delicado da moça não admitia dúvidas e deixava Roque sem alternativa.

Habituada a mandar, vendo todos os seus caprichos satisfeitos, Leonor não hesitava diante dos seus objetivos. Beirava já os trinta anos, apesar de não aparentar mais do que vinte, graças a seu porte delicado e seus traços miúdos. Apenas o olhar era firme e sua decisão evidente.

— Em que posso lhe ser útil? — indagou ele, com humildade.

— Não vai me mandar entrar? — perguntou ela, olhando curiosamente para a casa modesta.

Roque fez um gesto desalentado:

— Sinto, senhorita. Casa de pobre não tem conforto para oferecer. É muita honra recebê-la aqui.

— Mas eu preciso falar-lhe, não posso ficar aqui em pé. O assunto é muito grave.

Roque não teve outro jeito senão conduzi-la à entrada da casa, onde havia um banco acolhedor sob a fronde generosa de uma árvore amiga.

— Venha, senhorita. Aqui poderemos conversar. Ninguém nos interromperá.

Lançando olhares furtivos para a casa, refletia-se-lhe no olhar um brilho mau. Fora até ali decidida a saber o que havia atrás dos boatos que circundavam aquele homem e haveria de descobrir.

Vendo-lhe o olhar manso e a atitude serena, resolveu contemporizar. Sentou-se no banco. Roque, encabulado, permaneceu em pé. A presença da moça fazia-o sofrer. Sentia-lhe os pensamentos curiosos e pressentia que um perigo qualquer o envolvia com aquela visita.

Seu pensamento procurou refúgio na prece e, aos poucos, recuperou a serenidade e a calma. Fixando a figura da moça, pôde ver-lhe a aura escurecida denunciando a inferioridade do seu padrão mental.

— Sente-se — disse ela. — Precisamos conversar. Irrita-me vê-lo aí em pé.

Roque apanhou um caixote e sentou-se frente à moça.

— Pode falar, senhorita.

— Muito bem. Direi o que me trouxe aqui. Mas, antes, responda-me: por que não me deixa entrar em sua casa e me recebe aqui, quase na estrada?

Roque fixou-a com olhar enérgico:

— A casa é de pobre. Além disso, minha mãe é muito doente. Sua doença poderia impressioná-la desagradavelmente.

— Por quê? Ela é um monstro, por acaso? Está deformada?

Olhando-a nos olhos com firme energia, Roque respondeu:

— Sua doença é grave e pode contaminá-la. Melhor deixá-la em paz. Vamos ao assunto que a trouxe a esta casa. Em que posso ser útil?

Leonor sentiu um arrepio pela espinha ao fixar-lhe o olhar. Havia uma força nele que não pôde definir, mas que a fez mudar o tom de voz. Foi com naturalidade que respondeu, conciliadora:

— Vim porque preciso dos seus serviços. Disseram-me que você detém poderes especiais. Estou atravessando um grave problema.

— Certamente a informação que lhe deram não foi muito precisa. Não detenho poder algum.

Ela pareceu contrariada:

— Por acaso não quer me atender? Eu soube que curou o filho de Jovelina, que estava quase morto, que José deixou da pinga com reza sua e que Antônio, que tinha saído de casa, voltou para a mulher e os filhos com sua intercessão. Vai negar isso?

Roque, calmo, esclareceu:

— Apenas limitei-me a orar por eles, pedindo a Deus e a Jesus que nos socorresse. Mas eles receberam segundo o merecimento.

— Você é um homem estranho — murmurou ela, olhando-o com curiosidade. — Mas, seja como for, você precisa me ajudar.

Roque olhou-a bem nos olhos enquanto respondeu:

— Meus recursos são poucos. Contudo, se depender de mim, estou às ordens.

Ela sorriu com certa frieza:

— Está bem. Agora começo a falar. Meu caso é simples. Estou esperando um filho. Não o quero. Depois, sou solteira. Já sabe como meu pai é atrasado. Vai me criar problemas. E eu também não quero. Será um empecilho em minha vida. Quero casar. Preciso estabilizar minha vida e isso vai impedir-me.

Roque estava atônito. A crueldade daquela mulher o deixou quase sem resposta. Ela continuou:

— Pois bem, preciso de você. Quero que, de qualquer forma, provoque o aborto.

— Eu?!! — murmurou Roque, aturdido. — A senhorita está cometendo um engano. Não tenho nenhum conhecimento de medicina. Depois, o que deseja é um assassinato. Mesmo que soubesse como, eu não o cometeria.

— Por que não? — ajuntou ela, com rancor. — A responsabilidade é toda minha.

Ele sentiu uma piedade imensa por aquela mulher que recusava conscientemente a bênção da maternidade. Procurou dissuadi-la.

— Pense bem, senhorita. Acredito que sendo solteira e conhecendo a maneira de ser do coronel, esse filho lhe trará muitos problemas,

mas tudo poderá ser solucionado. Nós poderemos pensar numa maneira de salvar essa criança.

— Como? — perguntou ela com ironia.

Ignorando deliberadamente o tom duro, Roque continuou:

— A senhorita poderá fazer uma viagem. Seu pai não saberá, quando a criança nascer. Depois, se não quiser ficar com ela, dará a alguém para criar.

— Bem se vê que você não me conhece. Já pensei bem sobre o caso. Não quero que essa criança nasça. E quando eu resolvo, vou até o fim. Incomoda-me esse mal-estar e muito mais me incomodará daqui por diante. Não quero.

Vendo que Roque ia continuar, arrematou com voz fria e colérica:

— Vai me ajudar ou não a acabar com isso?

— Não — disse Roque, com firmeza. — Não posso. Não o farei.

— Se você não fizer o que quero, posso arrasá-lo a qualquer hora. Ainda não pensou que está em nossas terras e que a uma palavra minha poderá ser jogado na rua?

Roque, com voz triste mas firme, tornou:

— Não faça isso. Não mate essa pobre criança que não tem culpa de nada. Acredita que uma vida possa ser por nós inutilizada sem que grandes calamidades nos atinjam o coração? Quando um óvulo é fecundado no ventre materno, há um espírito que sob as bênçãos de Deus a ele se une em busca de uma nova encarnação na Terra. Ele traz um programa de ação que, se cumprido, o ajudará a progredir espiritualmente. Deus, em sua infinita bondade, quase sempre reúne pela reencarnação espíritos que se amam ou que trazem tarefa de reajuste afetivo.

A moça o ouvia um pouco admirada e perguntou:

— Você acredita que esse corpo tenha uma alma, é isso?

— Sim. Eu acredito que nós todos somos imperfeitos e reencarnamos muitas vezes na Terra para aperfeiçoamento do nosso espírito. Quase sempre nos unimos a devedores de outros tempos, a inimigos de outras eras para nossa redenção ou reencontramos entes queridos do passado para juntos continuarmos nossa colheita de progresso. Por isso lhe peço: deixe essa criança nascer! Pode ser alguém que lhe foi muito querido em outra vida!

A moça casquilhou uma risada escarninha:

— Você acredita mesmo nisso? Depois, se sua teoria absurda fosse verdade, poderia ser um inimigo meu, portanto é melhor que eu me livre dele enquanto posso...

— O que será pior, porque isso aumentará sua revolta e ele poderá permanecer a seu lado, prejudicando-lhe muito, levando-a até a loucura ou a morte.

Ela empalideceu:

— Cala essa boca agourenta. É isso o que você quer! Mas não adianta. Não me vai convencer. Sei o que estou fazendo. Não acredito no que diz, mas se for verdade corro o risco. Quero ver quem pode mais!

Roque suspirou desanimado. Tamanha dureza causava-lhe piedade.

— Sinto tanto pela senhorita como por ele.

— Vamos logo, Roque. Você vai ou não fazer o que quero?

— Não sei fazer isso e a senhorita sabe que mesmo que soubesse não o faria. É um crime e nós não podemos executá-lo.

Ela fuzilou-o com o olhar.

— Pois acho bom atender, porque senão você é que arcará com as conseqüências. Darei dois dias para você pensar. Já vê que sou paciente. Enquanto isso, pense bem na maneira de resolver meu problema. Voltarei dentro de dois dias. Pense bem.

E, deixando Roque angustiado, levantou-se bruscamente e saiu levantando grossa nuvem de pó.

Com o coração apertado, Roque sentiu-se envolver por grande melancolia. Como ir novamente em busca de outro lugar para viver? Sua mãe estava cada vez pior. Tinha sérias crises de demência, vendo-se apodrecer em vida. Sua moléstia agravara-se e, condoído, Roque procurava aliviar-lhe os sofrimentos. Para onde ir? Ninguém aceitaria a presença de sua mãe. Por isso fora residir tão retiradamente. Pensava permanecer ali até que ela desencarnasse.

Sabia que a filha do coronel não mentira. Era capaz de fazer o que dizia. Conhecia-lhe as atitudes endurecidas e frívolas.

O crepúsculo caíra de todo. Olhando o céu com preocupação e angústia, murmurou com lágrimas nos olhos:

— Deus meu! Ajudai-nos mais uma vez. Vós que tanta bondade tendes para comigo, conduzi nossos passos e protegei minha pobre mãe! Senhor, tende piedade também desta pobre mulher! Esclarecei-lhe o espírito demente. Dai-lhe compreensão para que não pratique semelhante crime. Ó Senhor, que aquele espírito possa reencarnar para cumprir vossos desígnios de esclarecimento e de paz!

Roque ajoelhara-se na terra dura, cabeça alçada para o alto, na manifestação de fé. E um brisa suave, conduzindo branda luz, envolveu-o, acariciando-lhe o corpo e sossegando-lhe o coração.

Um vulto suave de mulher aproximou-se luminoso e suave. Acariciou a cabeça pendida de Roque, murmurando-lhe ao ouvido com carinho:

— Gustavo! Tem coragem. Deus não dá o fardo maior do que podemos carregar, nem faz com que seus filhos pereçam no abandono. Tem fé. Deus está contigo e não te desampara.

Roque não a viu, nem lhe registrou as palavras, mas uma doce sensação de conforto balsamizou-lhe o coração dolorido.

Sim. Ele tinha fé! Deus os ampararia. Não devia temer as ameaças daqueles que não têm condições ainda de compreenderem a verdade, nem de enxergarem as realidades da vida maior.

Levantou-se decidido e com passos firmes penetrou na casa modesta. Foi até o quarto de sua mãe. Ela, encolhida a um canto, sentada no chão duro, permanecia com a cabeça envolvida em panos de cor indefinida.

Com o coração apertado pela piedade, Roque aproximou-se dizendo com voz doce:

— Mãe, sou eu! Tira esses panos de sua cabeça, vem, levanta-te daí. Ela permaneceu quieta. Ele insistiu:

— Mãe, levanta-te. Vem, sou eu. É Roque que está aqui.

De repente, Maria levantou-se.

— Ela já foi embora? — perguntou desconfiada.

Julgando que ela se referisse à visita inesperada, tornou:

— Já. Já foi.

Maria descobriu-se lentamente e foi acometida de uma acesso furioso.

— Mentiroso! Até você agora mente para mim? Até você? Veja, ela está aí, rindo-se de mim.

— Ela quem? — indagou Roque preocupado.

— Ela! A baronesa. Ela, linda, rica, poderosa! Ri de mim, do que sou agora! Não a vê?

— Sim — tornou Roque, conciliador. — Sim. Não tenha receio, ela não lhe poderá fazer mal.

— Eu sei — reconheceu ela mais calma. — Mas ela vem rir de mim, da minha dor. Olhe, não se ria não...

Seus olhos abriram-se desmedidamente fixando um ponto longínquo, depois continuou:

— Você não vai rir de mim! Eu, a própria condessa.

Dizendo isso aprumou-se da pose de receio e de pavor enrijeceu a fisionomia. Um brilho orgulhoso transpareceu-lhe no olhar.

— Minhas jóias! Quero minhas jóias! Mande entrar minha camareira. Preciso escovar meus cabelos, cuidar de minha pele!

Andou pomposamente pelo quarto acanhado, sentando-se no leito pobre com refinada elegância.

— Preciso preparar-me! Vou ver o barão. Eu quero minhas jóias — bradou colérica. — Por que não me obedecem? Ah! Aqui estão.

E com sorriso de satisfação, ela assumiu a atitude de quem coloca colares e pulseiras. Ajeitava os cabelos desgrenhados, manifestando íntima satisfação. Depois de algum tempo sua fisionomia transformou-se de novo:

— O barão! Ah! O pavilhão de caça. Um encontro de amor! Ele é meu. — Sorriu sinistramente e continuou: — O barão não me ama. Agora é dela. Mas hoje me vingarei. Traidor imundo, vai pagar-me.

Roque sempre assistira às crises maternas com paciência e tristeza, em preces e cuidados. Muitas vezes ela assumira atitudes de grande dama e títulos de nobreza, mas jamais mencionara esses detalhes, e Roque, ouvindo-a, sentiu imenso terror. Seu coração foi acometido de um medo inexplicável. Parecia-lhe que algo terrível estava por acontecer.

Lutou para dominar-se. Grossas bagas de suor desciam-lhe pelas têmporas. Sentiu vontade de correr, de abandonar a mãe ali para sempre. Ela continuava:

— Ele vai pagar-me. Ela vai deixá-lo para sempre! Mas... ele está morto, sangue por toda parte. Sangue!

Gritando assustadoramente, Maria caiu sobre o leito desacordada e Roque saiu dali correndo apavorado, sem poder definir ou compreender o que sentia. Correu alguns metros distanciando-se da casa e depois sentou-se sob uma árvore procurando acalmar-se. Não era normal sua atitude. Sua mãe nunca o agredira, não era para temer. Ao mesmo tempo sabia que não era dele que tinha medo, mas de algo desconhecido. Sentia uma inexplicável dor no peito, aguda e terrível.

Aos poucos essa sensação foi se acalmando e ele pôde pensar com mais clareza. Sabia que estava unido à mãe por um drama do passado, do qual precisava libertar-se. Seria isso que o fizera sair apavorado? Mais calmo, orou novamente, pedindo paciência e compreensão para suportar a prova até o fim. Sentindo-se mais refeito, voltou sobre seus passos, indo socorrer a pobre mãe desacordada e exangue.

XXVI
Uma ameaça inesperada

Quatro da tarde. O sol estendia-se sobre a terra, crestando a vegetação empoeirada da estrada. À sombra, sentado sob uma árvore ao lado da casa humilde, Roque entretinha-se com leitura. Espírito amante do saber, adquiria todos os livros que podia e, com a leitura, tentava manter um padrão de conhecimentos que o colocava a par de tudo quanto ia pelo mundo, embora vivesse recluso naqueles ermos, entre pessoas simples e sem grandes conhecimentos.

De repente, Roque levantou o olhar auscultando a estrada com certa inquietação. Três dias haviam transcorrido e nada da filha do coronel. Isso não o tranqüilizava, muito ao contrário: sabia que Leonor não era pessoa de desistir quando se propunha a alguma coisa. Dera-lhe um prazo: dois dias, e até aquela hora não se manifestara, muito embora já se tivesse esgotado o tempo.

Roque sabia que ela voltaria. Não sabia quando, mas ela viria. Continuou a leitura procurando, sem que pudesse, esquecer a sensação desagradável. Não se enganava. O ruído do automóvel, a poeira, anunciou-lhe que o momento temido chegara. Leonor estava de volta!

Com ar de desafio, postou-se em frente de Roque, que em pé a saudara timidamente:

— E então? — indagou com voz cortante. — Vim buscar a resposta. Vai ajudar-me?

Roque olhou-a nos olhos procurando envolvê-la com eflúvios de paz.

— Se eu puder ajudá-la, conte comigo, mas não para um crime e sim para salvar uma vida. Tenho a certeza de que a senhorita mudou de idéia quanto à criança...

Leonor, que às primeiras palavras esboçara irônico sorriso, fechou a fisionomia em que havia fundo rancor.

— É sua última palavra? Recusa-se a fazer o que quero?

Roque, sem desviar o olhar, repetiu:

— Estou pronto a cuidar da criança, a fazer o que for possível por ela e por você. É o que posso fazer...

Uma onda de rubor coloriu o rosto magro e ossudo da moça.

— Vai arrepender-se. Vai ver. Breve ouvirá falar de mim.

E sem que Roque pudesse detê-la, voltou-se rapidamente, tomou assento no carro, manejando-o furiosamente, e desapareceu.

Roque, apesar de preocupado, sentiu certo alívio. Afinal, o que poderia ela fazer? Se o coronel o despedisse, não teria outro remédio senão ir-se dali. Para a cidade não lhe era possível com a mãe daquele jeito. O melhor seria embrenhar-se no mato e arranjar um canto onde pudesse construir uma cabana e viver ao lado da mãe enquanto ela vivesse.

Não podia abandoná-la, e se a levasse para a cidade, certamente o obrigariam a interná-la. Se não houvesse outro meio, viveriam da pesca e da plantação. Tinham algumas galinhas. Não tinha receio. Sabia que poderia defender-se. Compraria um saco de sal e de açúcar e para os dois daria para muito tempo.

Mais calmo, Roque pensou na criança que não poderia nascer e em Leonor, que tão friamente a condenara à morte. Como era infeliz aquela mulher! Num assomo de piedade, orou por ela pedindo a Deus que lhe esclarecesse o espírito endurecido.

A noite começava já a aproximar-se e Roque dirigiu-se apressadamente à cozinha. Precisava aquecer o jantar para os dois.

Os dias que se seguiram transcorreram calmamente. Nenhuma novidade na fazenda onde trabalhava nem em casa, a não ser as costumeiras crises de Maria. Roque, aos poucos, foi-se esquecendo do caso da filha do coronel.

Uma semana após, soube da alarmante notícia: Leonor estava enferma, passava mal. Durante a madrugada, o corre-corre na fazenda fora grande, e quando ao clarear do dia Roque se dirigia ao trabalho, logo notou algo de anormal. Não lhe foi difícil saber do que se tratava.

O coronel, às pressas, mandara buscar o médico na cidade e havia horas que o facultativo estava ao lado da enferma. Diversos medicamentos tinham sido comprados na cidade em correrias e confusão.

Roque sobressaltou-se. O que teria feito Leonor? Apesar da confusão da casa-grande, Roque e outros trabalhadores realizaram normalmente sua tarefa. Estava já quase na hora de ir para casa quando vieram chamá-lo. O coronel queria vê-lo urgente.

Fundo suspiro saiu do peito de Roque. Pressentia que novos problemas tinham surgido não sabia como, mas via-se em dificuldades. Instintivamente procurou orar em pensamentos, pedindo forças e proteção. Limpou as mãos calosas afeitas ao trabalho rude e, ajeitando a camisa modesta, chapéu na mão, dirigiu-se à varanda da casa-grande. A mestiça que trabalhava na cozinha o fez entrar dizendo com ar espantado:

— A coisa está feia, Roque. É bom saber. Nunca vi o coronel tão brabo. Tá esperando no escritório.

Calado, Roque dirigiu-se à pequena sala de madeira onde o coronel tratava os assuntos administrativos da fazenda. Bateu na porta discretamente.

— Entra — resmungou a voz forte do coronel.

Empurrando a porta que se achava apenas encostada, Roque entrou. Embora respeitoso, mantinha uma atitude digna e serena.

— Feche a porta — ordenou o patrão com rispidez.

O coronel era homem temido nas redondezas. Político e violento, era parcial em suas atitudes, deixando-se inúmeras vezes arrastar pela força das suas paixões ou opiniões nem sempre justas. Cenho carregado, pálido, nunca Roque o vira com tanta violência no olhar nem tanta dureza na voz.

— Aproxime-se — ordenou com dureza.

Roque acercou-se da escrivaninha do patrão, conservando-se em expectativa. O coronel fixou-o como se quisesse ler o que lhe ia na alma.

— Às ordens, coronel.

— O assunto é muito grave. Tão grave que, se não desejasse saber algumas coisas, sua vida que não vale nada já teria se acabado.

Roque sentiu que a situação era pior do que imaginara. O que lhe teria dito Leonor?

Sem baixar o olhar, Roque controlou o tom de voz e respondeu com delicadeza:

— Se eu puder ajudar, com muito gosto.

A atitude digna e humilde de Roque pareceu irritá-lo ainda mais.

— Vai responder o que eu lhe perguntar — berrou ele com raiva.

Roque manteve silêncio. O coronel olhou-o com fúria:

— Que sabe sobre minha filha?

Apesar de esperar algo sobre Leonor, a pergunta direta e raivosa o desconcertou um pouco:

— Como?! Sabe como... — balbuciou ele confuso.

O coronel esmurrou a mesa com força:

— Quem pergunta sou eu, cretino. Responda: que sabe sobre minha filha?

— Eu?! Senhor coronel, quase nada, ou melhor, sei o que os outros sabem sobre ela...

— Não me irrite mais — berrou ele furioso. — Estou procurando ficar calmo. Não me obrigue ao que estou procurando evitar. Responda: o que foi ela fazer em sua casa nestes dias? Por que ela ia à sua procura? Responda.

Olhava-o colérico e parecia prestes a agredi-lo.

— Bem, senhor coronel. Ela foi para pedir um conselho. O senhor sabe, as pessoas me procuram para conversar, pedir conselho.

O coronel emitiu um grunhido raivoso:

— E você acha que eu acredito? Minha filha, moça estudada, que sempre dispensou conselhos e soube se conduzir, ir à sua casa se aconselhar? Acha que vou acreditar nisso?

— É a verdade, senhor coronel. Ela queria falar comigo.

— Sobre o quê? — perguntou ele desconfiado.

— Assuntos particulares dela, senhor coronel.

— Que intimidade tinha você com ela para que ela o procurasse para aconselhar-se sobre assuntos particulares?

— Nenhuma, senhor. Nunca tinha conversado com ela, mas o povo fala muito e ela pensou que eu pudesse lhe valer. Infelizmente, como o senhor sabe, nada posso; sou ignorante e simples, não pude ajudar.

O coronel cofiava a barba em ponta e seu olhar arguto tentava devassar o íntimo daquele homem. Ao cabo de um segundo de silêncio tornou:

— Que espécie de relações mantinha com ela?

Roque não entendeu bem:

— Como eu disse, senhor, conversei com a senhorita pela primeira vez quando ela foi procurar-me.

Pelo olhar do coronel passou um brilho malicioso, pareceu acalmar-se e com voz melosa perguntou:

— Que acha da fazenda?

Surpreendido, Roque respondeu:

— É uma bela propriedade, senhor.

— Você gostaria de ter uma igual, não é verdade? Todos os peões como você têm esse sonho.

Sua voz era persuasiva. Roque respondeu sério:

— Qualquer homem se orgulharia em possuí-la. Contudo, jamais tive esse pensamento, seu coronel. Sou homem rude, simples, não saberia cuidar de tudo...

Pelos olhos do coronel passou um brilho de maldade:

— Minha filha é muito rica. Única herdeira. Você gostaria de se casar com ela, não é, de ser o dono de tudo?

Roque empalideceu. Compreendeu onde o outro queria chegar.

— Claro que não, senhor coronel. Quem sou eu para aspirar semelhante coisa? Não passo de um pobre-diabo sem nada de meu. Nunca ousaria pensar nisso.

— Pois pensou. Pensou, não é? — agarrou-o com fúria pelo colarinho. — Pensou tanto que sabia que eu jamais consentiria um casamento desses e por isso iludiu a boa-fé de Leonor e a seduziu. Pensou que iria conseguir seu intento...

Roque estava branco e sem ação. Jamais tal idéia lhe passara pela cabeça. Não sabia o que responder.

O coronel, notando-lhe a palidez, vociferava com raiva:

— Culpado, sim. Sedutor infeliz. Pensa que darei o consentimento? Mato-o como a um cão.

Perturbado, Roque não conseguia escapar daquelas mãos que como ferro o seguravam.

— O senhor se engana, coronel — balbuciou com voz entrecortada. — Não fui eu. A criança não é minha...

Ele deu um pulo de raiva:

— A criança? Como sabia? Quem senão o sedutor poderia saber que ela estava esperando criança?

— Coronel, eu juro que não fui eu. Dona Leonor foi me procurar para dar um jeito...

— Assassino! Ainda tem coragem de confessar isso? Leonor passa mal e você confessa que ela o procurou para dar um jeito? Se ela morrer, ouça bem, se ela morrer, você vai pagar caro. Assassino maldito.

Enlouquecido, o coronel segurava-o com uma das mãos e com a outra dava-lhe murros, dando vazão à fúria que o acometia.

Roque sentia que o sangue lhe escorria pelo nariz e ficou atordoado. A fúria do coronel era incontrolável. Roque procurava desviar-se sem conseguir.

Foi nesse instante que o capataz irrompeu na sala acompanhado de uma criada.

— Senhor coronel. Venha. Dona Leonor está mal, venha depressa.

Essas palavras foram como um jorro de água fria sobre a fúria daquele homem. Atirou Roque para o capataz com um empurrão dizendo:

— Cuide desse cachorro. Não o deixe escapar. Se ela morrer, nem o diabo o poderá salvar.

Saiu furioso enquanto Roque, seguro pelo capataz, tentava conter o sangue que bordejava impetuoso. Américo o olhava com ar de divertimento:

— Então foi você, hein? Bem que eu desconfiava da sua santidade. Onde já se viu homem sem mulher? Não lhe gabo o gosto. Tanta morena bonita e você logo se engajou com Dona Leonor.

Roque nem se deu ao trabalho de responder. De que lhe adiantaria? As coisas tinham acontecido de um jeito que, por mais que tentasse explicar àqueles homens maliciosos e maldosos, eles não iriam acreditar. Suspirou fundo. Confiava em Deus que Dona Leonor dissesse a verdade, dando o nome do culpado. Só assim poderia libertar-se de tão desagradável suspeita.

O capataz segurou-lhe o braço com força, empurrando-o para a porta. Roque obedeceu resignado. Confiava em sua inocência. Tudo se esclareceria.

Américo levou-o a um barracão de madeira, no qual guardava material, e brutalmente o empurrou para dentro:

— Fica aí, praga. Vou fechar por fora, mas aviso que estou por perto. Se tentar fugir, leva fogo.

Foi com o peito oprimido de angústia que Roque viu a porta fechar-se e ouviu o ruído da corrente sendo passada no ferrolho, o cadeado se fechando. Estava prisioneiro. Quanto tempo iriam deixá-lo ali?

Subitamente lembrou-se de sua mãe. Era ele que lhe preparava a refeição modesta e que a forçava a lavar-se, a trocar de roupas. Era ele também que lhe ministrava a dosagem de remédio que a ajudava a agüentar a decomposição física sem que o mau cheiro a enlouquecesse ainda mais.

— Meu Deus! — gemeu ele com voz dorida. — O que será dela se eu não voltar?

Se o coronel mandasse matá-lo, o que para ele não era difícil, quem olharia pela infeliz? Preocupado, Roque sentiu-se impotente diante dos acontecimentos. Porém, tentou reagir. Era inocente. Tudo não passava de mal-entendido que logo seria esclarecido. Leonor falaria e certamente tudo terminaria bem. Resolveu manter a calma e esperar. Não tinha nada a temer.

Sentou-se em uma tábua, procurando serenar o coração atormentado. Se ao menos pudesse orar! Procurou levar o pensamento em Deus e abriu seu coração pedindo ajuda para sua pobre mãe, para a tresloucada moça cuja vida corria perigo, e até pelo coronel tão infeliz quanto ela.

Sentiu-se reconfortado, percebendo a brisa suave que o envolveu e um delicado perfume que o fez identificar plenamente a figura querida de Geneviève. Seus lábios entreabriram em inefável sorriso. Ela estava a seu lado. Não a via, mas sabia que ela estava ali, envolvendo-o com emanações suaves de amor.

Respeitoso, murmurou:

— Generosa benfeitora, ajuda-nos a todos. Principalmente a mim tão fraco e cheio de falhas! Ampara-me para que eu possa continuar a tratar minha pobre mãe, que enlouquece de dor.

Ao cabo de alguns momentos sentiu-se mais calmo. Enquanto a suave presença daquela benfeitora o envolvesse, não poderia temer a maldade de ninguém.

O tempo foi decorrendo e ninguém aparecia. A noite desceu e Roque procurou o lampião, mas não encontrou fósforos para o acender. Dentro em pouco a escuridão era total e a inquietação voltou a atormentar-lhe o coração. E sua mãe? O que estaria pensando? Ela tinha medo do escuro, havia épocas em que as crises se agravavam à noite. Deveria estar desesperada à sua procura.

Precisava escapar dali de qualquer forma. A escuridão dentro do barracão era total, mas se ele pudesse despregar uma tábua ou duas, poderia passar pelo vão. A noite encobriria sua fuga. Depois, quando tudo se esclarecesse, ele poderia voltar e explicar.

Ansioso, procurou alguma coisa para tentar arrancar as tábuas. Havia cordas, barbantes, arames, mas não conseguiu encontrar nenhuma ferramenta. Lentamente, apalpou tudo que pôde na esperança de achar o que precisava. Mas naquela escuridão não conseguiu localizar nada que pudesse utilizar. Colocando várias tábuas e caixas umas sobre as outras, conseguiu subir até o forro, que também era de madeira. As tábuas estavam bem pregadas, e nem na parte onde elas se uniam era-lhe possível abrir uma brecha.

Foi quando ouviu o ruído da corrente no trinco da porta. Rápido, espalhou as coisas provocando ruído. O capataz entrou trazendo lampião aceso na mão.

— Que faz você aí dentro com tanto barulho?

— Nada — balbuciou Roque. — Estava escuro, quis ir perto da porta e caí.

— Hum... — resmungou o outro. — Vim aqui para lhe dizer que as coisas vão de mal a pior. Não queria estar na sua pele, diabo.

— Dona Leonor? — perguntou Roque, aflito.

— É... Dona Leonor — e terminou maldoso. — Está preocupado com ela, não? Pois é para estar. O coronel levou ela pro hospital da cidade. Ela parecia morta. Eu vi. Acho que ele não percebeu, mas ela já está morta. Assim a Vitorina me contou.

Uma onda de pavor invadiu o coração de Roque. Se Leonor morresse sem falar, estava perdido. Precisava fugir dali o quanto antes.

— Seu Américo — falou com voz firme, olhando-o bem nos olhos —, deixe-me ir embora.

O outro pareceu assustado:

— Embora?! Você conhece o coronel. Ele manda e eu obedeço.

— Mas eu juro que não fui eu. Nem conhecia Dona Leonor de perto antes dela ir à minha casa há duas semanas. Foi um mal-entendido.

— O que você tem é medo. O medo dói. Mas eu não acredito e mesmo que acreditasse nada poderia fazer. Se você escapa, eu é que levo — abanou a cabeça decidido. — Fica aí quieto. Num mandei você arranjar encrenca.

— Mas eu preciso tratar minha mãe. Ela é doente, e se eu não voltar para casa, ela vai ficar desesperada.

O capataz olhou Roque com certa ironia:

— É? Pois chegou a hora de você demonstrar seus poderes. Não é você o "santo" dos milagres? Fica aí e faz uma mágica, se puder...

    Sem ligar para o desespero de Roque, saiu rindo maldosamente. Mas, distraído na conversa, Américo deixou o lampião sobre uma mesa rústica, o que de certa forma confortou Roque. A luz o ajudaria a encontrar uma maneira de fugir. Percorreu o olhar pelo barracão, onde inúmeras caixas, objetos de uso na lavoura, adubos, lotavam boa parte. Começou a busca. Precisava de ferramentas. Tinha que sair dali o mais rápido possível, buscar a mãe e irem-se embora daquele local.

    Não encontrou nada que pudesse utilizar. A madeira das paredes era grossa e muito bem pregada. Como fazer? Se Leonor morresse, o coronel o mataria, não duvidava disso. Não temia a morte propriamente, mas não queria abandonar a mãe.

    De repente teve uma idéia. Podia cavar um buraco no chão por baixo da parede e sair do outro lado. Mas com o quê? Procurou febrilmente e conseguiu encontrar uma pá entre uma pilha de tábuas usadas. Radiante, apanhou-a, procurou estudar bem a posição do galpão e lembrou-se de que um dos lados dava para o mato, distando uns quatro ou cinco metros, sendo fácil escapar. Examinou bem o local e pacientemente começou a escavação.

    Por que não pensara nisso antes? O trabalho era demorado, e se o coronel voltasse estaria perdido. Ativamente, começou a cavar. A terra era muito dura, e o suor em grossas bagas lhe escorreu pelo corpo. Mas Roque não desanimou. Cavava, cavava sempre, como se a cada esforço novas energias lhe multiplicassem as forças

    Apesar de acostumado ao trato rude da roça, seus braços doíam e as costas pareciam partir-se no esforço hercúleo. Felizmente, os caibros eram distanciados, permitindo que pudesse passar.

    A noite ia alta e Roque sem descansar continuava abrindo o buraco que o levaria à liberdade.

    Os galos cantavam anunciando a madrugada quando ele conseguiu finalmente esgueirar-se pelo vão. Sujo de terra e suor, sentindo na boca um gosto amargo e o corpo semi-adormecido pelo esforço, respirou fundo quando se viu do lado de fora.

    Olhou para os lados e não divisou ninguém. Dentro em pouco o dia começaria a raiar e a vida na fazenda se movimentaria. Precisava agir depressa. Sabia que ao darem por sua fuga o caçariam como bicho.

De um salto, ganhou o mato, rumo à sua modesta casa. Ao chegar, cauteloso, não divisou nenhuma luz. Tudo escuro e silencioso. Foi até o poço, puxou um balde de água e lavou-se. Sentiu-se mais refeito depois disso. Cautelosamente entrou. Maria estirada no leito gemia desalentada.

— Mãe — disse com doçura.

Apenas um gemido foi a resposta.

— Mãe — renovou ele, dirigindo-se ao leito. — Levanta, vamos partir.

— Para onde? Sinto-me cansada, não quero ir.

— É preciso.

Certificando-se de que ela estava calma, rápido, enquanto falava estendeu o lençol e colocou dentro as roupas de Maria, fazendo uma trouxa com seus pertences.

— Levanta, mãe. Vamos embora. Depois eu explico tudo, precisamos sair daqui antes de amanhecer.

Correu do lado de fora e pegou a pequena carroça arreando o burro que possuía e em poucos minutos foi colocando a modesta mudança dentro dela. Tudo pronto, as provisões, a água nos garrafões, mas Maria, apática, negava-se a ir.

— Mãe, a senhora gosta de mim?

Maria olhou-o com adoração.

— Pois o coronel quer me matar. Se não formos embora minha vida corre perigo.

Maria saiu da apatia habitual.

— Matar?

Levantou-se apavorada e acompanhou o filho subindo na carroça. Os primeiros raios solares já coloriam o céu nos albores do amanhecer quando eles deixaram a casa modesta rumo ao desconhecido.

XXVII
A fuga espetacular

Conduzindo a modesta carroça, Roque insistiu com a mãe para que comesse um pedaço de pão. Ele mesmo procurou alimentar-se para ganhar novas energias. Desde a véspera não comiam, e o estômago lhe doía de ansiedade e fome. Não foi pela estrada usual. Quando dessem pela sua fuga, certamente o procurariam por toda parte. Tomou um atalho que o levaria para longe da cidade. Pretendia esconder-se temporariamente na mata até que pudesse dar um rumo definido às suas vidas. Levava provisões para algum tempo. Conhecia bem aquelas zonas. Várias vezes embrenhara-se na mata para atender algum doente em lugares distantes. Sabia onde poderiam esconder-se.

Maria obedecia apática as determinações do filho querido. Deprimida e acovardada frente à doença horrível, extravasava sua revolta nas crises de inconformismo e demência para depois mergulhar esgotada na depressão e na indiferença. Não perguntou o porquê da fuga nem da perseguição do coronel. Nada lhe importava senão o filho e sua própria doença. Estando a seu lado, acalmava-se. Assim, viajavam em silêncio.

Roque, mergulhado em seus íntimos pensamentos, conduzia com a máxima pressa a humilde carroça. Embora lutasse por manter o ânimo forte, seu coração estava pesado e oprimido.

O sol ia alto já e a tarde em meio, e Roque lutava desesperadamente contra a angústia e o desânimo. Olhou de relance para a figura curvada de Maria, e a piedade confrangeu-lhe o coração. Parecia um espantalho envolta naqueles panos de cor indefinida, procurando ocultar até dos próprios olhos o estigma doloroso da deformidade e da putrefação de seus membros que a cada dia mais se evidenciava. O líquido, a serosidade que escorria das mãos, da ponta das orelhas e dos pés manchava os trapos que a envolviam, recendendo desagradavelmente. O sol era forte e Roque sabia que lhe fazia muito mal expor-se a ele. Abriu um guarda-chuva e obrigou-a a cobrir-se.

A viagem decorria com calma e cada vez mais embrenhavam-se na mata. Roque pretendia distanciar-se o máximo da fazenda. Quando a noite começou a descer, procurou lugar para descansarem. Desejava continuar viagem, mas o animal precisava refazer-se, e eles também. Estava exausto. Precisava dormir. Encontrou uma pequena clareira onde parou e procurou acomodar a mãe da melhor maneira, estendendo o velho colchão sobre alguns panos e obrigando-a a deitar-se. Ela relutou, porquanto queria que ele se acomodasse nele. Concordou por fim quando viu que o filho improvisou na relva uma cama onde dizia estar muito bem. A noite descera de todo e Roque, sentindo o cheiro forte do mato e o ruído dos grilos, olhou o céu que por entre os galhos das árvores aparecia estrelado.

Tudo era calmo ao redor. A natureza indiferente ao sofrimento e às lutas dos homens e apesar de ver-se constantemente agredida e depredada sabia manter a serenidade, continuando seu trabalho incessante de mutação e progresso na manutenção do equilíbrio de suas forças, preservando a vida.

Olhando o céu, Roque pensou em Deus! Murmurou sentida prece, agradecendo a bênção da liberdade, pedindo roteiro para seus passos futuros. Vencido pelo cansaço, adormeceu profundamente.

Quando acordou, já os primeiros albores da manhã despontavam no céu. O ruído dos pássaros alegres, o cheiro da mata deram-lhe agradável sensação de viver. Levantou-se rápido. Sua mãe dormia. Acordou-a. Precisavam seguir viagem.

Fizeram uma refeição rápida e prepararam-se para partir. Antes de o dia amanhecer de todo, já tinham reiniciado a viagem.

Roque estava mais calmo. O repouso fizera-lhe muito bem. Maria também parecia melhor. Gostava de ficar longe do contato dos outros. Ninguém para recordar-lhe seu precário estado, olhando-a com repugnância e curiosidade.

Durante mais três dias viajaram pela mata, por estreitas picadas onde a custo a pequena carroça conseguia passar, até chegarem às margens de um rio onde pararam por dois dias até que Roque pudesse construir uma balsa e com ela poderem atravessá-lo. Continuaram ainda mais dois dias, até que Roque divisou a pequena cabana onde há algum tempo pernoitara, quando fora até ali em socorro do seu morador.

Chegara tarde e não pudera evitar a morte do seu ocupante. Entretanto, comprometera-se com o agonizante em socorrer-lhe a pequena família, levando esposa e dois filhos pequenos para a cidade. Assistiu como pôde a todos, e depois de sepultar o pobre homem conforme o prometido levara a esposa e os filhos à casa de parentes em Londrina.

A pequena cabana ficara abandonada. Lembrando-se da dificuldade de achar aquele local que ninguém conhecia, pois chegara lá com um parente do enfermo que fora buscá-lo especialmente, tivera a idéia de esconder-se ali durante algum tempo.

— Chegamos, mãe. Eis nossa nova casa. Ficaremos aqui por enquanto.

Maria não respondeu. Era-lhe indiferente onde ficar. O importante era estar com ele e longe da curiosidade dos outros.

Entraram. Apesar de humilde, a cabana era bem protegida e seca. Apenas um cômodo. Uma mesa tosca, uma cama de casal. Havia poeira em todo lugar.

Apesar de cansado, Roque lançou-se à faxina. Limpou tudo e arrumou seus pertences da melhor maneira. Saiu em busca de lenha para o fogão e água. Sabia que havia uma nascente logo atrás da casa e que certamente por isso aquela família se instalara ali. A horta ainda estava viçosa, apesar do mato que parecia querer tomar conta de tudo. Alegre, conseguiu achar algumas verduras e algumas mandiocas. Providenciou logo o fogo e preparou uma refeição para os dois.

Maria não se interessava por esses trabalhos caseiros e Roque a poupava por causa da doença. Depois, queria evitar que ela contaminasse os alimentos com suas mãos sofridas.

À noite, estendeu a rede do lado de fora e enquanto olhava o céu pensava nos estranhos desígnios de Deus, que os levara até aquelas paragens perdidas, sozinhos e sofridos. Por quê? Qual a razão de tudo isso? Por que tinha que ficar solitário em companhia de sua pobre mãe, cuja vida a cada dia se esvaía?

Sabia que todo efeito tem uma causa. Que a justiça de Deus age sempre com a finalidade do bem.

O que se esperava dele nessas circunstâncias para que o bem se fizesse? Por que lhe concediam aquela oportunidade de isolamento completo em companhia da mãe, com a qual jamais tivera afinidade, mas que lhe competia compreender e amar?

Foi então que suave emoção e envolveu. Sentiu que a figura de Geneviève se desenhava à sua frente. Uma onda de calor banhou-lhe o coração carente de amor e de compreensão.

— Estás aqui — pensou com alegria. — Não nos abandonaste, apesar de tudo.

Percebeu que ela sorria com doçura. Sentiu que suave emanação de luz saía-lhe do tórax iluminado, envolvendo-o em alegria e paz.

— Sim. Sou eu. Estou aqui. Jamais te abandonei. Continua tua tarefa, com a bênção de Deus.

Roque sentia-se mergulhado em suprema felicidade. Esforçava-se por ver melhor a figura delicada de Geneviève, sem poder compreender a avalanche de sentimentos que lhe brotava no íntimo.

— Ouve. Perguntavas o porquê da tua situação. Confia em Deus. Por ora dir-te-ei que tens a tarefa sagrada de iluminar esse espírito que está sob tua orientação. Ajuda Maria a compreender Jesus. Ama-a bastante para conduzi-la ao regaço do Senhor, e só então, liberto do compromisso que te algema a ela, poderás alçar vôo rumo a planos maiores.

Abalado por intensa emoção, Roque sussurrou comovido:

— Fica comigo! Não me deixes! Tua presença nutre minha alma de paz e de alegria!

Geneviève sorriu com bondade.

— Não posso estar constantemente aqui, mas virei vê-los sempre que puder. Mas estaremos unidos pela força do pensamento. Que Deus te dê força e vos abençoe.

A figura radiosa diluiu-se ante os olhos ávidos de Roque e a sensação deliciosa da sua iluminada presença foi aos poucos desaparecendo.

Refeito das emoções, Roque procurou entender o que esperavam dele. Iluminar a alma de Maria! Sim. Era isto. Sabia-a endurecida e indiferente, atravessando seu drama sem que pudesse amparar-se na fé e na resignação.

Ele tinha procurado orientá-la quanto à vida espiritual, mas ela se mantinha indiferente e fria.

— Preciso conseguir esclarecê-la — pensou. — É isso. Para isso estamos aqui, isolados e unidos pela mão de Deus.

Decidiu-se então a dedicar todos os minutos que pudesse nesse esforço. Deus certamente o ajudaria. E cerrando os olhos cansados, adormeceu sentindo dentro de si o dealbar de novas esperanças.

XXVIII
A *evangelização* de Maria

O vento soprava forte, balançando os galhos das árvores, e o céu coberto de densas nuvens anunciava a borrasca iminente.

Afobado, Roque procurava recolher boa quantidade de lenha, pois não sabia quanto tempo a borrasca iria durar. Fazia duas semanas que estavam ali na cabana e Roque procurara com esforço e habilidade tornar a pequena cabana mais confortável. Atarefado, ia e vinha, procurando recolher os utensílios e as roupas que estavam fora. Logo, grossos pingos de chuva começaram a cair e Roque entrou rápido, fechando a porta com cuidado de forma que a tranca de madeira grossa a prendesse com firmeza.

Suspirou aliviado. Conseguira recolher verdura, boa parte de lenha e prevenir-se do temporal que já desabava com força. Só então procurou a mãe, que estava acocorada em um canto, cabeça enterrada na parede como querendo esconder-se.

Roque procurou erguê-la.

— Mãe! Que foi? O que aconteceu?

Maria não respondeu, obstinando-se em permanecer como estava.

— Mãe — tornou ele com doçura. — Levanta-te, vem, estou aqui. Vem comigo.

Ela relutou, procurando resistir o mais possível. A custo o filho conseguiu levantá-la e fazer com que se sentasse na cama tosca. Maria soluçava doridamente. Comovido, Roque indagou:

— O que houve? Por que tudo isso?

— Roque, eu preciso morrer! A loucura talvez venha em meu socorro! É tudo tão horrível!

Roque admirou-se. Raramente Maria durante suas crises apresentava tanta lucidez. Abraçou-a com carinho.

— Mãe! Devemos ter fé em Deus! Seremos resignados diante dos sofrimentos e provações que nos cumpre passar neste mundo.

Maria soluçou ainda mais.

— Mas não é justo, Roque. O que me aconteceu não é justo!

Seu desespero era tão evidente e dilacerante que as lágrimas vieram aos olhos de Roque.

— Não diga isso, mãe. A justiça de Deus escreve direito por linhas tortas. Acredite que nós reencarnamos muitas vezes na Terra e resgatamos numa existência o mal que fizemos em outras.

— Não é verdade — gemeu ela. — Como posso pagar por faltas de que não me lembro?

— Mãe, o esquecimento nos permite recomeçar nova vida, convivendo com pessoas que prejudicamos sem que a lembrança do passado dificulte ainda mais esse relacionamento. É bom esquecermos o mal que fizemos, mas todo mal revela ignorância e inferioridade, e precisamos nos despojar dele para evoluir. Nunca lhe ocorreu que nós podemos ser companheiros de outras vidas reunidos no mesmo lar?

Por alguns instantes Maria olhou Roque fixamente e estremeceu violentamente como que sacudida por forte emoção. Por um segundo pareceu-lhe ver o filho querido como um outro homem e essa percepção abalou-lhe profundamente os sentidos. Calou-se.

A impressão fugidia esvaiu-se, mas Maria não achou argumento para refutar.

— Filho, por mais que eu tenha sido culpada, a punição é horrível!

— Sim, mãe. Compreendo sua dor. Mas Deus por vezes nos oferece o remédio amargo do sofrimento como forma piedosa de refazimento e de cura. E depois, mãe, que importa uma vida na Terra diante da eternidade? Que importa que todo nosso corpo de carne apodreça se nosso espírito há de libertar-se e seguir feliz, sereno, edificado e mais puro rumo a mundos de luz e de felicidade sem fim? Mãe, um dia deixaremos a Terra, iremos para a Pátria espiritual, nossa pátria maior. Teremos cumprido nossa missão na Terra. Estaremos leves e felizes.

— Filho — sussurrou Maria com voz triste —, estou tão cansada! Você diz isso com tanta certeza! Ah! Como eu gostaria de pensar como você. Como eu gostaria de acreditar que algum dia, em algum lugar, eu poderei arrancar esses panos imundos sem que alguém me olhe com horror! Roque — soluçou ela com desespero —, hoje dois dedos da minha mão caíram em pedaços, como poderei atravessar isso sem enlouquecer? Era a primeira vez que Maria aludia à sua doença com sinceridade. Roque sentiu-a mais consciente. Imensa piedade banhou-lhe o espírito amoroso e ele começou a falar-lhe demoradamente sobre a vida espiritual.

— Mãe, a dor representa na Terra o chamamento eficaz para acordar nossos espíritos para a vida verdadeira. Deus é pai justo e bom.

— Mas, Roque — objetou ela, com voz triste —, nunca fiz mal a ninguém. Como acreditar que minha doença seja justa? Como não me sentir abandonada por Deus, vendo a vida sem piedade arrancar-me o corpo aos pedaços, sem que eu possa sequer ter um pouco de esperança? Não — soluçou ela, angustiada. — Não vejo essa justiça que me pune tão rudemente.

Lágrimas amargas escorriam-lhe pelas faces avermelhadas e intumescidas. Roque abraçou-a com carinho, tornando com voz terna:

— Mãe! Não devemos julgar o que não conseguimos entender. A senhora sempre foi uma boa pessoa, não tendo agravado ninguém, mas isso aconteceu agora em sua existência atual. Como podemos saber a extensão dos nossos erros em vidas anteriores? Como não ver que o que nos acontece hoje, dentro de um fatalismo que não podemos evitar, é fruto do que fizemos em outros tempos, habitando outro corpo de carne? Como não entender que ninguém pode fugir ao cumprimento das Leis de Deus, que dão a cada um segundo suas obras? Pense, mãe, e sentirá que a doença dolorosa que a atingiu tem sua origem em épocas passadas e representa a colheita da sua própria semeadura.

Maria ergueu para ele os olhos cheios de lágrimas.

— Você acredita mesmo nisso? Teremos vivido em outro lugar como outra pessoa?

— Sim — garantiu Roque com voz firme. — Vivemos em outras épocas com outros homens, mas nosso espírito é sempre o mesmo. Estagiamos diversas vezes na Terra, para haurir lições de tolerância e de amor, de evolução e progresso. Mãe, a senhora não sente por vezes como que repetindo cenas já vividas? Não lhe parece por exemplo que estamos unidos nós dois por sentimentos fortes e antigos?

— Sim — murmurou ela pensativa. — Quando olho para você, não sei explicar como sinto vergonha por me ver nesta miséria, tristeza por ver sua mocidade perdida, só, no meio do mato, com uma velha doente. Eu que queria dar tudo a você. Queria viver a seu lado toda a vida, bonita como eu era, feliz e contente. Mesmo sem você se casar, eu não gostaria que você se casasse, queria estar a seu lado.

— E Lídia? — volveu ele. — É tanto sua filha quanto eu.

Maria deu de ombros.

— Sim, é, mas é a você que eu quero mais. Ela não me faz falta, mas sem você eu não poderia suportar a vida.

— Não lhe parece que isso seja um reflexo do nosso passado? Por que essa preferência que nada justifica? Lídia sempre foi boa filha, amorosa e honesta.

Maria permaneceu calada, cismando. Roque guardou silêncio. Era a primeira vez que a mãe se mostrava mais esclarecida e mais equilibrada. Sabia, entretanto, que necessitaria de muita paciência, porquanto muito havia ainda por semear naquele coração acordando ao toque rude da dor e do sofrimento. Depois de alguns minutos, Maria tornou:

— Roque, será mesmo? Teremos vivido outras vidas na Terra? É de admirar!

— Por quê? — volveu ele com simplicidade. — Acredita que Deus tenha fechado a porta ao pecador que errou e que arrependido deseja recomeçar corrigindo seus erros passados?

Novo silêncio. Ao cabo de longos minutos, Maria ajuntou num suspiro:

— Roque, acho que eu em outras vidas devo ter errado muito para receber pena tão horrível.

— Sim, mãe, a justiça de Deus é perfeita, se sofremos é porque merecemos. Entretanto, se sabemos conservar a fé, com resignação, sem nos deixarmos abater, nos esforçando por melhorar nosso espírito, certamente pagaremos as dívidas passadas e poderemos então usufruir a felicidade completa em outros planos da vida. Jesus disse: há muitas moradas na casa de meu Pai. Moradas de luz, de amor, de beleza e de alegria. Um dia, mãe, tenho a certeza, estaremos em um mundo melhor.

Maria olhou o filho com ingênua adoração, transparecendo no olhar cuja beleza ainda se mantinha:

— Roque, ensina-me a conhecer esse lugar. Preciso pensar que um dia tudo isso terá passado. Como um pesadelo odioso e interminável!

— Sim, mãe. Agora que a senhora deseja saber, será mais fácil explicar. E um dia que será luz em nossas almas, estaremos juntos e felizes em planos mais altos, onde o anjo bom que nos tem guiado nos ensinará ainda uma vez o caminho do amor e da alegria.

Roque alçou os olhos para o alto esperançoso e feliz. Finalmente, depois de tantos anos, Maria começara a melhorar. E Roque pôde sentir, na brisa leve que volatilizava o ar, o perfume suave de Geneviève.

Daquele dia em diante começou para Roque o trabalho de evangelização de Maria. Durante o dia ele desdobrava-se nas lides duras do amanho da terra e dos afazeres domésticos, mas à tardinha, invariavelmente, sentava-se ao lado da mãe, na porta da casa quando o bom tempo permitia, ou ao lado do leito, para a conversa amorosa e educativa. Procurava variar a palestra, ora falando de reencarnação, da justiça de Deus, ora do mundo espiritual, através dos livros espíritas que lera, alguns dos quais conseguira guardar apesar da rudeza das lutas vividas. Ora contava-lhe a vida de Jesus, dos apóstolos, dos mártires cristãos. Diante de suas narrativas coloridas e belas, Maria não raro emocionava-se até as lágrimas, sofrendo e rindo com as emoções dos personagens.

Roque possuía o dom da palavra. Com rara maestria, discorria sobre lugares e fatos, dando novo colorido às sua narrativas, fazendo toda sua beleza evidenciar-se. Maria, embevecida, o contemplava, esquecida de suas misérias e de seus sofrimentos.

Embora não conseguisse penetrar fundo as lições elevadas e os nobres conceitos evangélicos que o filho procurava transmitir, tocava-lhe o coração a figura encanecida do ser que adorava acima de qualquer coisa no mundo. Orgulhava-se da sua sabedoria, da sua inteligência, e fixando-lhe o rosto emocionado ao calor das narrativas, não podia dominar a emoção que a acometia. Seu olhar brilhante e lúcido, suas palavras belas proporcionavam-lhe, não raro, lágrimas que transbordavam, banhando-lhe o coração sofrido, trazendo-lhe alívio e conforto.

Era com sincera alegria que Roque percebia a modificação lenta mas evidente de Maria. Não se revoltava mais como antes, não se desesperava, embora seu sofrimento permanecesse o mesmo.

Certa vez, surpreendida em lágrimas pelo filho, que a abraçou com ternura, Maria perguntou com voz triste:

— Roque, minha doença será mesmo uma punição de meus erros passados?

Com olhos brilhantes, Roque respondeu:

— Mãe, Deus é pai justo e bom. Se sofremos, nosso sofrimento tem uma causa. As doenças dolorosas do corpo representam a misericórdia de Deus agindo em nosso favor.

— Filho, como pode ser misericórdia esse sofrimento horrível?

— A senhora se esqueceu de que no mundo gozamos de liberdade para escolher este ou aquele caminho e que muitas vezes escolhemos os caminhos enganosos da ilusão, que nos levam a prejudicar os outros. Esse comportamento cobre nossos espíritos de forças destruidoras, que avariam seriamente o corpo espiritual que nos liga ao corpo de carne. Quando desencarnamos, essas lesões permanecem em nosso corpo espiritual, acarretando sofrimento e desequilíbrio. Só um novo corpo de carne que absorva essas energias desequilibradas e as extravase poderá aliviar nosso sofrimento nos reconduzindo ao equilíbrio. Naturalmente, o nosso espírito, responsável por tudo, sofrerá as conseqüências, e gravando as experiências nessa fase dolorosa aprenderá a valorizar o corpo como precioso instrumento de trabalho, fazendo aos outros o que gostaria que os outros lhe fizessem.

Maria olhou-o com olhos molhados e brilhantes.

— Então, Roque, que crime terei cometido para sofrer tanto?

— Mãe, deixemos o passado que a bondade de Deus acobertou. Basta-nos a certeza de que erramos muito, mas depois da prova rude estaremos redimidos e felizes em planos melhores.

Fundo suspiro escapou do peito de Maria.

— Não posso. Agora que penso nisso, sinto que minha consciência me acusa. À noite, ouço vozes reprovando meu proceder, risadas, insultos; sonho com sombras que me perseguem querendo me destruir. Filho, muitas vezes tenho rezado, mas nunca senti proveito em minhas orações. Percebo que sua prece é cheia de fé, você fica transfigurado. Estou com medo de ter errado muito, queria rezar como você. Pode me ensinar?

Fundamente comovido, Roque abraçou-a enquanto dizia:

— Mãe, não há segredo algum em minha prece. Todos somos filhos de Deus, que nos escuta igualmente. Naturalmente, suas orações se limitam a preces decoradas que o hábito mecanizou. Experimente conversar com Deus. Deixar falar seu coração, contar a Ele suas mágoas, suas angústias, faça-o com humildade e verá como se sentirá reconfortada. Não nos esqueçamos que a bondade de Deus é fonte inesgotável e generosa.

— Deus! Pai! Perdão! Perdão!

Havia tal vibração de sinceridade em sua voz, tanta consciência da própria culpa que uma luz branda e cariciosa, vinda do alto, envolveu-lhe o tórax enegrecido, e ao seu contato, a espessa camada escura que lhe envolvia o coração agitou-se e diminuiu substancialmente.

Maria acalmou-se e respirou mais aliviada. Empalideceu um pouco, parecendo que ia cair.

— Mãe, está melhor? — perguntou ele ansioso.

— Sim — balbuciou ela —, muito melhor, mas estou cansada, muito cansada.

— Deite-se e procure descansar, vou buscar um caldo quente. Sentir-se-á melhor depois disso.

Ela deixou-se acomodar no leito, e aceitou com prazer as solicitudes do filho. Depois de ingerir o caldo, adormeceu tranqüilamente.

Roque sentiu-se agradecido e feliz. Finalmente aquela alma indiferente e sofredora encontrara o caminho da iluminação e da fé. Sentiu-se recompensado por todas as lutas e sofrimentos, na certeza de que estava colaborando no cumprimento de sua mais difícil tarefa. E envolvido seu coração agradecido em júbilos espirituais, sentiu no ar o doce perfume de Geneviève. Roque percebeu que não estava só. Aquele ser tão amado estava compartilhando de sua alegria. Novas forças banharam-lhe o ser enternecido, e olhando para o alto não pôde conter duas lágrimas que lhe banharam as faces em júbilos de paz.

Nos dias que se seguiram, Roque continuou sua tarefa abençoada. Trabalhava desde o amanhecer no cultivo da terra. Comprara algumas galinhas de um viajante na estrada do outro lado do rio e, juntando às poucas que possuíam, puderam enriquecer as refeições com ovos. A anemia de Maria preocupava o filho, que envidava todos os esforços para nutri-la o mais possível. Mas os remédios fortes que Maria tomava dificultavam-lhe o fígado, provocando náuseas e pouco apetite.

Três meses depois que Roque se instalara com a mãe, os remédios, o sal, o açúcar terminaram e ele precisou dirigir-se a uma vila para negociar alguns gêneros e conseguir o que precisavam. Procurou local oposto à fazenda do coronel, e conseguiu provisões para mais algum tempo. Mas os remédios eram difíceis e ele precisou ir à cidade para adquiri-los.

Receoso de encontrar algum conhecido, procurou modificar sua aparência, o que não foi difícil. Sua barba crescera tanto que lhe modificara o aspecto totalmente. Os cabelos também, caídos nos ombros e encanecidos prematuramente, davam-lhe o aspecto de um eremita. Sua alimentação frugal e simples, o trabalho duro em contato com a natureza deram-lhe novas energias a refletir-se no olhar bondoso e belo. Apesar disso, procurou modificar as roupas a fim de não ser reconhecido. Vestiu uma camisa grosseira e uma calça que era do antigo morador da cabana, muito diferente dos costumes locais, e foi para a cidade recomendando a Maria que esperasse com calma seu regresso.

Se procurara modificar sua aparência, não era em si mesmo que pensava, mas em sua pobre mãe, que dependia exclusivamente do seu amparo. Foi à cidade e ninguém o molestou. Parecia muito mais velho do que o Roque que fugira da fazenda do coronel meses antes. Só ao médico confidenciou-se, pedindo-lhe segredo. Precisava obter os remédios indispensáveis ao tratamento da mãe. Conseguiu algum dinheiro vendendo frangos pelo caminho, e assim pôde comprar algumas guloseimas singelas e o indispensável para mais alguns meses.

Foi com alegria que tornou ao lar humilde. Maria o aguardava ansiosa e quando o viu murmurou aliviada:

— Deus ouviu minhas preces. Você voltou bem!

Seus olhos ansiosos fixaram-no por entre lágrimas de júbilo e emoção.

— Sim, mãe. Estava ansioso por chegar. Trouxe-lhe algumas coisas da cidade.

Ela o olhou nos olhos enquanto dizia:

— Sua presença é o que mais desejo. Sofri tanto em sua ausência que peço a Deus nunca mais nos separar.

Ele sorriu com bondade.

— O que é isso? Estou aqui e sempre estaremos juntos. Agora vamos ver os pacotes.

Roque reparou que apesar de enrolada em panos — as mãos, o pescoço e os pés, evidenciando seu precário estado físico — Maria parecia mais animada e lúcida. Seu olhar se humanizara e perdera muito daquele brilho duro e arrogante de outros tempos.

Durante dois anos eles viveram tranqüilos. E se a doença inexorável de Maria descarnava-lhe o corpo, lenta mas progressivamente seu espírito melhorava também.

XXIX
*Mediunidade
a serviço do bem*

Numa tarde, Maria, esbaforida, chamou Roque, que cuidava da plantação perto da casa.

— Roque, depressa, um homem perto de casa. Parece mau!

Roque largou a enxada e a passos rápidos galgou a encosta. Um homem estava parado, evidenciando cansaço, frente à cabana. Aproximou-se. Notou-lhe a extrema palidez e as mãos crispadas. Parecia que ia cair. Correu para ele sustentando-o com firmeza e perguntando-lhe com bondade.

— O que foi? O que lhe aconteceu?

— Perseguem-me — balbuciou o mísero com olhar esgazeado e fixo. — Querem levar-me para o hospício, mas não sou louco, moço, eu juro que não sou louco!

Vendo-lhe o ar ensimesmado, Roque procurou acalmá-lo.

— Claro que não. Venha comigo, vou ajudá-lo.

— Você não vai me entregar? — perguntou desconfiado.

— Por que faria isso?

— Eles fizeram isso. Eu precisei fugir. Queriam me matar.

— Pois eu não deixo ninguém levá-lo, você é meu convidado. A minha casa é aqui. Vem, vamos entrar.

Maria olhava assustada, sem conseguir vencer o medo que o desequilíbrio evidente do homem lhe inspirava.

Olhando fixo para Roque, o recém-vindo, que a princípio pareceu hesitar, obedeceu prontamente. Roque estava penalizado. Vislumbrara os vultos escuros de espíritos perturbadores ligados ao inesperado visitante, colados como reflexos dos seus próprios movimentos, demonstrando simbiose significativa.

— Vem — continuou Roque —, sente-se aqui, vamos conversar. Tem fome?

O outro, meio encolhido, um tanto assustado, sentara-se na tosca cadeira que Roque lhe oferecera.

— Fome? — balbuciou, como se não entendesse. — Não. Não tenho fome. Quero descansar. Depois continuarei minha viagem.

Vendo-lhe o olhar inquieto e abatido, Roque ajuntou:

— Sim. Depois você poderá continuar, mas agora precisa refazer-se um pouco. Fique calmo, estamos longe da cidade e dos outros homens. Só nós, eu e minha mãe, moramos por estas paragens. É um bom lugar e ninguém virá procurá-lo aqui.

O outro pareceu acalmar-se um pouco, embora continuasse a olhar para todos os lados com receio. Roque encheu uma caneca de água fresca e a colocou sobre a mesa.

— Meu nome é Roque. E você, como se chama?

— Mário. Venho de longe. Eles acham que sou louco. Mas é mentira. Quando às vezes eles me querem pegar, eu preciso esconder-me. Mas meus irmãos não acreditam no que digo e querem internar-me no sanatório. Dizem que eu estou alucinado, que é tudo ilusão, que as pessoas que me perseguem só existem na minha imaginação. Você também acha? Às vezes tenho medo. Penso que vou mesmo ficar louco. Tenho vontade de me matar. Acabar com tudo. É isso que eles querem.

Roque, vendo-lhe a palidez e o olhar aterrorizado, colocou sua mão com firmeza sobre o seu braço e olhando-o com energia bem nos olhos falou com serenidade:

— É isso o que "eles" querem, mas você não vai fazer. Eles querem destruí-lo; vai ceder sem lutar?

Um lampejo de lucidez perpassou-lhe o olhar estranhamente fixo.

— Você me acredita?

— Claro. O que lhe acontece tem acontecido a muita gente. Espíritos, seus inimigos de encarnações passadas, que não perdoaram, hoje desejam fazer justiça com as próprias mãos, esquecidos de que a justiça pertence a Deus, que para isso estabeleceu Leis que funcionam dando a cada um segundo suas obras.

Surpreendido, Mário olhava-o, parecendo não compreender.

— Sim — continuou Roque com enérgica sinceridade —, nós todos somos devedores da eterna justiça e por isso necessitados de perdão, não temos condições de julgar ninguém sem incorrermos em erros graves que nos causarão muitos sofrimentos futuros. Amai os vossos inimigos, disse Jesus. Perdoai setenta vezes sete vezes.

O interlocutor, que ouvia com aparente calma, de repente foi empalidecendo ainda mais, enquanto seu corpo tremia qual folha batida pelo vento.

Profundamente penalizado, Roque orou em espírito suplicando ajuda. Pôde vislumbrar que, à medida que falava, Mário como que se transformava e agora outro rosto, frio e contorcido pelo ódio, pálido e evidenciando duro brilho no olhar de fogo, o encarava enfurecido. Colado ao coronário e ao cerebelo de Mário por um grosso fio escuro e viscoso como piche, expelia tremenda carga de energia destruidora que, atingindo os centros de força do espírito, descontrolava todos os plexos do corpo de Mário, acelerando-lhe o ritmo cardíaco, baixando sua pressão sangüínea, provocando-lhe náuseas e mal-estar.

Roque olhou o espírito infeliz que o enfrentava e queria demonstrar sua posse sobre o pobre corpo de Mário, como a sugerir que naquelas condições ninguém poderia ajudar.

Roque, contudo, imbuído de enorme sentimento de piedade, olhou para ele, sem temor, enquanto via Mário cair violentamente ao chão, debatendo-se dolorosamente, dentes trincados, músculos endurecidos em pungente crise. Colocando-lhe a mão sobre o alto da cabeça, foi dizendo:

— Você está enganado se pensa que pretendo lutar contra você. Não é esta minha intenção. Cada um possui o livre-arbítrio e por isso cada um é responsabilizado por seus atos, prestando contas às Leis de Deus, que cobra sempre. Não conhecia a ele, como não conhecia a você, não pretendo envolver-me em seus problemas particulares do passado nem saber qual dos dois tem melhores razões. Contudo, não me negará o direito de conversarmos para que, se possível, possamos melhorar a situação de ambos.

A entidade espiritual olhava-o com raiva e indiferença. Roque continuou:

— Eu sou muito cheio de defeitos e errei muito em minha vida. Mas tenho vontade de melhorar, porque sofri muito e sei que o sofrimento é fruto das minhas falhas. A prece tem me ajudado muito. Permita que eu ore em nosso favor.

A entidade olhou-o com desprezo e dando de ombros tornou com ironia:

— Cheguei a ter medo de você. Um fraco! Que ainda acredita nos milagres e nos santos. Não vou me preocupar mais, mas previno-o: não tolerarei interferências. Ele é meu, sou o chefe. Os outros trabalham para mim, sob meu comando. Se não se meter, não lhe acontecerá nada. Não temos nada contra você. Mas fique longe dele. É nosso. Qualquer traição, você verá!

Roque, humilde, cerrou os olhos e orou com fervor. Pediu esclarecimento e auxílio para os espíritos sofredores, que não conseguiram ainda esquecer e perdoar. À medida que orava, safirínea luz foi se formando sobre sua cabeça e, de seu peito, partiam raios luminosos que buscavam o tórax de Mário.

Assustado pela claridade que vislumbrara, a entidade infeliz afastou-se para um canto, olhando Roque com desconfiança. Não viu o vulto luminoso de Geneviève, que, entrando na choupana humilde, a inundou de luz, mas sentiu-se dominado por um receio indefinível, enquanto vaga tristeza lhe envolvia o íntimo.

A figura brilhante de Geneviève, parando atrás de Roque, colocou a mão espalmada sobre sua cabeça, emitindo poderoso jato de energia que, entrando pelo coronário dele, acelerava as movimentações eletromagnéticas do sistema nervoso. Das mãos de Roque, estendidas sobre Mário, começaram a jorrar luzes de diversas cores, que circulavam ao redor do seu corpo doente, buscando penetrar através da grossa camada viscosa e negra que o envolvia. Apesar da dificuldade de penetração das energias renovadoras, Mário pareceu acalmar-se e caiu em branda sonolência. Sua respiração normalizou-se pouco a pouco.

Roque, após a prece, curvou-se para ele e cuidadosamente o colocou sobre o leito. O sono do qual se vira privado durante muito tempo seria generosa fonte de recuperação física. Preparou um caldo quente enquanto o doente dormia. Acalmou a mãe assustada, que se recusava a aceitar a presença daquele homem doente em sua casa.

Só duas horas depois foi que Mário acordou. A princípio olhou em volta, demonstrando alheamento e surpresa. Mário passou a mão trêmula pela testa.

— O que aconteceu? Tive o ataque de novo?

— Você adormeceu. Acho que estava cansado. Beba isso, lhe fará bem.

Apresentou-lhe a caneca com o caldo de galinha. Mário aceitou um pouco, parecendo desmemoriado.

— Beba. Vamos. — Colocou a caneca em seus lábios. Mário, obediente, bebeu até o fim. Suspirou com alívio.

— Então? — fez Roque com um sorriso. — Está melhor?

— Sim — respondeu ele —, muito melhor.

Roque sentiu brando calor envolver-lhe o coração. Estava feliz. A misericórdia de Deus lhe permitira auxiliar um companheiro necessitado. Naquele mesmo dia, Roque providenciou um pequeno cômodo, se é que podemos chamá-lo assim, ligado à casa para abrigar o doente. Era uma saliência ligada à pequena sala onde apenas cabia uma cama tosca que o próprio Roque confeccionou de tronco de árvores e folhas. Vendo a disposição e a alegria de Roque enquanto trabalhava duro para acomodá-lo, Mário se comoveu. Olhava todos os seus movimentos, mas não conseguia levantar-se, tal a prostração e a fraqueza que o acometeram.

— Você ficará alguns dias conosco. Até melhorar. Quando ficar bom, prosseguirá viagem.

— Gosto daqui — disse o doente com voz cansada. — Se deixar, eu fico mesmo.

Roque olhou-o satisfeito.

Os dias que se seguiram foram de trabalho para Roque, porquanto Mário necessitava de vigilância constante. Por diversas vezes, Roque vislumbrava a presença doentia e infeliz que continuava ligada por escuro cordão mesmo quando se distanciava um pouco de Mário. Todas as tardes, após o jantar, Roque lia o Evangelho em voz alta, comentando com simplicidade suas páginas de luz. As primeiras reações de Mário foram violentas. Era só Roque iniciar a leitura, ele se sentia terrivelmente mal, algumas vezes chegando a sofrer o ataque, rolando no chão de terra dura da casa modesta. Mas Roque, imperturbável, prosseguia, como se nada houvesse, comentando as sábias lições de Jesus, com ternura e sinceridade. Por isso Mário tinha medo desse momento e várias vezes afastou-se da casa, escondendo-se para evitar a participação na reunião singela. Pacientemente, Roque o procurava e conduzia entre suores e angústia à sala, e segurando-lhe as mãos frias e atormentadas procedia à prece com fervor, e lia pequeno trecho do Evangelho. Apesar disso, aos poucos, pequenos sinais de melhora foram aparecendo em Mário. Ganhou ligeira cor nas faces, alimentava-se melhor, não se negava ao banho diário e, por fim, as crises foram espaçando cada vez mais.

Roque não conversara mais com a entidade obsessora de Mário. Vislumbrava-a muitas vezes, olhando com desconfiança para ele, entre o ódio e o receio. Continuava orando amorosamente por ela, por seus companheiros, cujos vultos conseguia também perceber.

Com o correr do tempo percebeu que sua fisionomia também ia se modificando. A tristeza se acentuara, embora ainda o ódio e a cólera fossem freqüentes em suas atitudes. Sempre, ao terminar a prece, Roque oferecia à mãe e a Mário uma caneca de água fresca que colocava sobre a mesa no início da leitura.

Mário tinha por Roque um afeto respeitoso de irmão. A cada gesto ou atitude esperava sempre a sua palavra. Queria fazer tudo quanto Roque mandasse. Sua palavra era lei. Diante disse, Roque, à medida que Mário melhorava, levava-o para a lavoura, encarregando-o de pequenos trabalhos, dando-lhe responsabilidade e perscrutando sua opinião sobre a tarefa que executavam.

A cada dia Mário parecia melhor. Seu raciocínio mais lúcido, suas cores renovadas. Roque, a essa altura, mantinha com ele longas conversas, ensinando-o sobre a vida além da morte. Sempre que podia, repetia:

— A mediunidade é uma sensibilidade nervosa que nasce com o indivíduo. É condição física. Age sempre reagindo ativamente ao contato com as forças da natureza, distribuída em múltiplas condensações de energia. Quem a possui precisa estudá-la cientificamente e à luz do Evangelho de Jesus para que possa equilibrá-la, usufruindo as bênçãos e as belezas que ela proporciona, tanto para si como para a coletividade. Negar sua existência, bem como negar a ação das leis divinas, não impede seu funcionamento, com a agravante dolorosa do desequilíbrio pela assimilação e fixação mental das faixas de energias negativas e pesadas que desorganizam todo o equilíbrio dos centros de força que estabelecem o fluxo nervoso dos plexos responsáveis pelas funções vegetativas. Também conduzem à exaustão pela anemia, pela exploração do vampirismo das entidades presas às paixões carnais, que ligadas ao médium sugam-lhe as forças vitais conduzindo-o às obsessões dolorosas que por vezes terminam na cela escura do hospício.

Ante o olhar surpreendido e assustado de Mário, Roque procurava explicar de forma mais simples, ensinando sempre, oferecendo lições preciosas de Jesus. Diversas vezes envolvido por espíritos infelizes que o assediavam, Mário não pudera dominar a manifestação mediúnica e Roque conversava com esses espíritos procurando renovar-lhes a mente para a vida superior.

A própria Maria habituara-se a Mário e acabara por conversar com ele sem receio, embora nunca retirasse seus panos diante dele, que nunca pudera ver-lhe bem as faces.

Numa tarde quente, Mário resolveu ir visitar a família. Animado por Roque, aprontou-se para a viagem. Voltaria dentro de alguns dias com algumas compras que Roque lhe pediu. Seu medo passara. Estava calmo e bem-disposto. Antegozava a alegria dos seus, que, reconhecia, desejavam apenas vê-lo curado. Despediu-se alegre.

Roque sentiu sua falta, mas estava contente porque a luta fora vencida. Dependia agora, apenas dele, consolidar suas melhoras, dedicando-se abnegadamente ao auxílio do próximo e ao estudo. Uma semana depois, Mário estava de volta, mas não vinha só. Seu irmão mais velho o acompanhava. Era homem de condições humildes, lavrador, mas não se pudera furtar ao desejo de abraçar o homem que tanto bem fizera a seu irmão. Trazia com seu abraço algumas mudas de plantas e alguns frangos de raça para Roque criar. Envergonhava-se da oferenda singela, mas queria que ele sentisse sua gratidão. Roque sorriu meio encabulado, mas não pôde recusar sem ferir a delicadeza daqueles homens simples.

Àquela tarde fizeram juntos o culto do Evangelho e, tocado pelas lições sublimes de Jesus, o irmão de Mário, homem rude e sem muita fé, pediu a Roque que o ensinasse para que seu irmão pudesse recuperar-se para sempre.

Conversavam muito sobre as verdades do espírito, e quando dois dias depois eles partiram, Roque tinha a promessa de que ambos procurariam uma casa espírita em sua cidade e a freqüentariam com regularidade.

Esse foi o primeiro caso que Roque atendeu desde que fugira da fazenda, mas desse dia em diante outras pessoas angustiadas e aflitas começaram a aparecer em sua casa modesta.

Todos conheciam Mário e, admirados com sua cura, por sua vez iam ao seu encontro, na esperança de dias melhores.

Eram doentes, aleijados, cegos, desequilibrados, pessoas atormentadas pelo jugo das paixões violentas, viciados.

Maria não via com bons olhos essa intromissão em suas vidas, mas Roque, com paciência, bom humor e alegria, ajudava como podia.

— Disseram que eu curo? Que idéia! Não faço nada... — dizia meio sem jeito. — Apenas oramos juntos. É de Deus que fluem todas as bênçãos para nós. A prece tem uma força espantosa.

— O senhor vai rezar por mim, seu Roque? — pediam eles, imperturbáveis. — A sua reza Deus ouve!

E por mais que Roque explicasse a justiça de Deus, que ama igualmente a todos os seus filhos, eles pareciam não compreender.

Então, Roque os colocava ao redor da tosca mesa e lia o Evangelho, explicando-o depois com palavras simples. Todas as tardes, ao regressar do trabalho, Roque procedia a essa leitura e aos poucos sua casa humilde, perdida na mata, tornou-se ponto de reunião dos aflitos que caminhavam longo trajeto para ouvi-lo. É que ao término da reunião havia o passe e muitos ficaram curados depois que Roque orava sobre suas cabeças impondo-lhes as mãos.

E por mais que afirmasse sua desvalia, aos poucos sua fama de curador foi crescendo. Com sua dedicação e bondade, muitos se beneficiaram, renovando a fé na misericórdia de Deus.

XXX
O trágico desenlace de Maria

A tarde era quente e pressagiava chuva. Por isso Roque apressou-se a regressar à casa, porquanto sua mãe não passava bem.

Cinco anos fazia já que se tinham refugiado naquele local. O tempo de Roque era escasso, porquanto além de cuidar da pequena lavoura, das galinhas que lhes forneciam o sustento, atendia todo o serviço doméstico, pois Maria não podia fazer nada. Suas mãos estavam semidestruídas pela moléstia e seu estado geral agravava-se dia a dia.

Roque apressou o passo porque quando chovia o estado de sua mãe piorava. Havia ainda o atendimento aos doentes, que logo mais começariam a chegar para as orações de costume.

Ao chegar, viu dois cavalos atados à cerca e vozes que partiam de dentro da casa.

— Chegaram cedo — pensou ele, apressando-se ainda mais. Sua mãe não estava por perto. Sempre que vinha gente, ocultava-se no quarto e raramente saía.

Roque entrou na casa. Dois homens conversavam e ao vê-lo levantaram-se rápidos.

— Finalmente encontramos você — disse um com voz irônica.

Roque empalideceu. O capataz da fazenda do coronel e um peão estavam diante dele.

— O que querem aqui?

— Pergunta o que queremos! — disse ele dirigindo-se ao companheiro. — Não sabe?

— Como posso saber?

— Certo. Você é "santo" inocente. Quando ouvi o povo falando de suas curas, disse ao coronel: pronto, seu coronel, esse é o nosso homem. Por isso vim aqui.

Roque refez-se um pouco e com voz calma perguntou:

— E o que quer o coronel de mim?
— Você não sabe! Quer dizer que não sabe da morte de sinhá Leonor? Por sua culpa! Seu coronel não descansa enquanto não põe a mão em cima da sua carcaça.

Roque procurou manter-se calmo enquanto dizia:
— Nada tenho com a morte de Dona Leonor. Ela me procurou, queria um remédio para matar a criança que ia nascer. Não dei. Ela revoltou-se e contou ao pai que fui eu, para vingar-se. Eis a verdade. Ela fez aborto, não sei com quem, e morreu por isso. Nada tive com o que aconteceu.

O outro, embora tentasse ser irônico, perturbou-se um pouco com o ar humilde mas sincero de Roque. Mas reagiu. Deu de ombros e disse:
— Nada tenho contra você. Mas são ordens do coronel: levar você. Se reagir, morre. O que ele quer é ver você para se vingar. Nunca mais teve sossego depois que a filha morreu. Vive pensando só em vingança.

Num gesto rápido, Américo puxou a arma que trazia na cinta.
— Vamos, vou cumprir a ordem. Você vai por bem ou por mal.
— Você pode dizer que não me encontrou — disse Roque tentando convencê-lo. — Se fosse por mim, não me importo, mas minha mãe é muito doente e não posso deixá-la.
— Não sei de nada nem quero saber. Você vai comigo, já. Dito, pegue a corda e vamos amarrá-lo.

Enquanto o outro saía para cumprir a ordem, ele continuou:
— Se reagir, vai morrer como um cão.

Um terror muito grande tomou conta de Roque, uma dor fina brotou-lhe no peito e parecia-lhe sentir o sangue bordejando. Grossas bagas de suor desceram-lhe pela fronte contraída. Não sabia explicar o terror que as armas lhe inspiravam. Apesar disso, não era covarde. Reagiu.
— Não vou com vocês.

Rápido, abaixou-se fechando a porta da cabana e atirou-se ao solo, enquanto Américo atirava na porta sem que acertasse. Roque rolou no chão, apanhou um pedaço de pau e atirou no braço do capataz, que urrou de dor, mas não largou a arma.

— Agora, bandido, acabo com você.

Fez pontaria e, nesse instante, um grito terrível ecoou no ar. Maria, saindo do quarto onde ouvira a conversa, vendo a arma apontada para Roque abaixado no chão, atirou-se sobre ele, protegendo-o com seu próprio corpo.

Os tiros ecoaram e forte rumor vindo de fora fez com que o capataz, sem balas no revólver, abrisse a porta e saísse correndo, enquanto os amigos de Roque que vinham orar com ele, estarrecidos, entraram na cabana.

Roque, lívido, com a roupa empapada de sangue, lágrimas escorrendo silenciosas pelas faces, sustentava o pobre corpo mutilado de Maria, inerte entre os braços.

Ninguém teve coragem de dizer nada. Silenciosos, ajudaram Roque a colocar o corpo sobre o leito. Roque abriu-lhe as vestes, seu tórax fora atingido, estava morta!

Salvara-lhe a vida com heroísmo à custa da sua própria vida. Com infinito amor, Roque procurou limpar-lhe a ferida fatal e pediu aos amigos que se reunissem na pequena sala e esperassem.

Com zeloso carinho procurou melhorar seu aspecto físico. Sabia-a vaidosa. Procurou seu mais bonito vestido que ela guardara como lembrança dos dias felizes e vestiu-a. Tirou-lhe os panos escuros, penteou-lhe os cabelos e, coisa estranha, seu rosto lívido readquirira sua beleza antiga, voltando quase ao normal. Piedosamente, Roque envolveu-lhe as mãos com uma echarpe e calçou meias em seus pés. Depois, chamou os visitantes e pediu, com voz que a dor modificara:

— Meus amigos. Há hora de dar e hora de receber. Vocês vieram aqui hoje para dar. Precisamos das suas orações. Ela partiu. Deu sua vida por mim. Morreu por causa da intriga e da maldade de alguns. Mas eu não acuso ninguém. Acima da nossa justiça há a justiça de Deus, que permitiu que isso acontecesse. E ela atua sempre para o nosso bem. Só ela pode saber o grau da culpa que ora resgatamos. Pedimos forças para suportar a prova. Mas, eu peço aos meus amigos, vamos orar pelos nossos inimigos, que cuidam de realizar justiça e caem no crime. Eles deverão aprender por si mesmos através de muitas lutas e sofrimentos as lições de tolerância e de amor, de compreensão e de perdão.

Quero também pedir por minha mãe! Ela sofreu muito neste mundo, vitimada pela doença dolorosa. Que Deus a abençoe e conduza.

Lágrimas desciam pelas faces da pequena assembléia, que, genuflexa, orava em silêncio. O exemplo sublime de compreensão de Roque naquela hora, orando pelo assassino de sua própria mãe, calou fundo naquelas almas simples e rudes.

A morta, estendida na cama tosca, a figura digna e nobre do homem que eles respeitavam e amavam, tudo lhes vibrava na alma tocando os sentimentos como nunca mais haveriam de esquecer.

Terminada a prece, um a um abraçaram Roque, e alguns saíram, voltando com flores dos campos, que depositaram ao lado de Maria, com respeito.

Ninguém perguntou o porquê da agressão. Alguns chegaram antes e ouviram a troca das palavras entre Roque e o capataz, mas ninguém teve dúvidas quanto à inocência de Roque. Durante a noite, muitos chegaram enquanto outros se foram, todos procurando demonstrar seu respeito e gratidão. Foi aí que Roque sentiu como aquela gente simples e modesta o estimava. Sentiu-se confortado.

Por sua culpa, Maria encontrara morte dolorosa. O que haveria por trás de tudo isso? Qual o crime que ela cometera para sofrer prova tão rude? Um dia haveria de saber.

No dia seguinte procederam ao enterro, e Roque escreveu longa carta a Lídia explicando tudo. Pediu a um amigo que a despachasse.

Nos dias que se seguiram procurou analisar sua situação. Poderia regressar a São Paulo. Mas, ao mesmo tempo, seus amigos pediam-lhe para ficar, pois por ali não dispunham de ninguém que os ensinasse e ajudasse. Haviam-se habituado às leituras do Evangelho e Roque resolveu ficar pelo menos por algum tempo, até decidir o que fazer.

Alguns temiam que os homens do coronel voltassem, mas, por estranho que fosse, desapareceram. Roque não os temia. Confiava em Deus e em sua inocência. Foi ficando, e sua vida continuou normalmente, dividida entre o trabalho e o atendimento dos aflitos que o buscavam sempre.

Foi um ano depois que soube da morte do coronel em uma emboscada, logo após a morte de sua mãe. Compreendeu por que não fora mais perseguido. Orou por ele e em seu coração não brotou nenhum sentimento maldoso. Sabia que ele fora conduzido pela paixão e pela mentira. Apiedava-se da sua dor com sincera emoção. Já não seria cruel descobrir que ferira pessoas inocentes, tirando a vida de uma pessoa enferma? Só isso já representava pesado fardo, pensava ele.

Continuou vivendo da mesma maneira no mesmo local. Era retirado, mas muito procurado por necessitados. Tanto que Roque construiu uma cabana ao lado para abrigar alguns doentes. Os recursos em espécie chegavam sempre e como alguns recuperados não se queriam afastar, aos poucos novas choupanas foram sendo levantadas nas redondezas e o círculo de amigos foi aumentando.

Roque continuava a rotina de sempre e todas as tardes fazia a leitura de O Evangelho Segundo o Espiritismo, complementada com explicações de outros livros espíritas, água fluidificada e passes, já agora ministrados por alguns freqüentadores selecionados por ele.

Mas suas atividades estendiam-se, porquanto era ouvido com respeito nas divergências familiares e muitos o procuravam para pedir conselho. E as bênçãos do Senhor desciam sobre aquela gente simples. Muitas curas eram realizadas principalmente no campo das obsessões e dos desequilíbrios nervosos.

Nas estradas começaram a surgir pequenas casas, e um botequim floresceu com o movimento sempre crescente de viajantes. Mas Roque, embora o tempo fosse passando, permanecia no mesmo local, na mesma cabana, com a mesma humildade.

Porém, se a aparência exterior era a mesma, somente seus olhos retratavam um pouco do profundo amadurecimento do seu espírito. A vida para ele por vezes representava pesado fardo, porquanto cada vez mais sensível, sentia com mais força o peso da solidão. Pressentia que alguém o esperava mais além, mas a ninguém deixava perceber sua tristeza. Trabalhava com alegria e incansavelmente em favor do bem de todos, pois compreendia vivamente a preciosa oportunidade que detinha nas mãos. Agarrava-a com unhas e dentes. Diante da própria consciência, queria tornar-se digno de uma vida melhor no futuro.

Conseguia manter-se mentalmente ligado a pensamentos elevados e suas percepções do mundo espiritual ampliavam-se a cada dia.

É verdade também que isso não o isentava do ataque dos espíritos das trevas que pretendiam dominá-lo constantemente. Mas sentindo-lhes a presença, lutava bravamente para não entrar em suas faixas negativas, e vinha conseguindo vencê-los em toda linha, furtando-se às suas armadilhas.

Com o correr dos anos esses ataques foram diminuindo à medida que Roque crescia em humildade, dedicação e trabalho. E ao seu redor também crescia pequeno vilarejo, que progredia à custa dos muitos peregrinos das mais variadas classes sociais que procuravam a cabana humilde como um refúgio para suas dores e retempero para suas lutas.

A figura encanecida de Roque, barbas brancas, cabelos longos, olhos vibrantes e alegres, sua serenidade, sua bondade, sua palavra esclarecida despertavam nos sofredores fundo respeito, que raiava a veneração, na certeza de que ali se encontrava um verdadeiro apóstolo e discípulo do Senhor.

XXXI
A *volta à* pátria espiritual

A noite ia em meio e as estrelas faiscavam refletindo a beleza e a glória do Criador. Cortando o espaço, um grupo harmonioso de espíritos desencarnados volitava rumo à crosta terrestre.

À frente, duas mulheres seguiam comandando a comitiva e, à medida que percorriam a distância que as levaria à Terra, numerosos espíritos juntavam-se a elas em festiva alegria.

Em cada coração um pensamento de gratidão e de amizade. Preparavam-se para receber de volta o companheiro que galhardamente vencera nas duras lutas do mundo terreno.

Muitos dos presentes tinham sido beneficiados pelas atividades apostólicas daquela alma que regressaria redimida. Queriam dar-lhe as boas-vindas e o ósculo da gratidão.

As duas figuras de mulher, que abraçadas seguiam à frente, trocavam palavras de júbilo e esperança:

— Cora, mal posso conter a emoção! Finalmente vamos nos ver frente a frente!

A interpelada sorriu com bondade:

— Sim, Geneviève. Grande é a alegria dos que sabem construir com paciência e amor, perseverança e trabalho, a felicidade. Gustavo é digno e bom. Merece a colheita do amor e da paz!

Geneviève sorriu pensativa. Em seu coração cantava a alegria pura dos seres que amam acima de todas as circunstâncias e condições da vida humana.

A comitiva festiva, que alegre entoara hinos pelo caminho, silenciou com respeito. Tinham chegado ao destino. A um sinal de Cora, esperaram, cercando a cabana humilde, enquanto as duas penetraram em seu interior.

Se a luz no plano espiritual formara uma clareira ao redor da cabana, o seu interior iluminado pela luz bruxuleante de um lampião era triste e tosco. Cercado por algumas mulheres piedosas e dois amigos, Roque vivia suas derradeiras horas no corpo físico. Rosto moreno e queimado de sol, estava lívido. A respiração irregular deixava escapar por vezes dorido suspiro do seu peito cansado. Dormia, mas seu sono revelava a presença da coma. Dois assistentes do plano espiritual, vestidos de branco, postados à sua cabeceira, ministravam-lhe cuidadosa assistência. Vendo as mulheres que entravam, um deles apressou-se a recebê-las com atencioso carinho:

— Como vai ele, doutor? — inquiriu Geneviève, um pouco preocupada.

— Muito bem. Iniciamos o desligamento há poucos instantes. Felizmente nosso caro amigo alimentava-se frugalmente e tendo dominado suas paixões carnais, torna-nos muito mais fácil o desenlace. Não vai demorar. Podem ajudar com suas orações. Esta pobre gente não quer que ele parta e é o único elo que ainda o retém.

Geneviève relanceou o olhar pelas pessoas presentes e sentiu-lhes os pensamentos dolorosos e angustiantes.

— Meu Deus — pensava uma delas com os olhos cheios de lágrimas —, quem cuidará de nós agora? Quem fará as preces conosco? Quem nos ajudará quando adoecermos?

A outra pensava:

— Não quero que ele morra. Se ele se vai, quem colocará o Zé no caminho certo? E se ele der para beber de novo?

Um deles pensava:

— Ele não pode morrer. Quem vai cuidar da Ritinha quando o espírito mau a pegar? Como ficar sem ele?

Vendo o ar preocupado de Geneviève, o médico espiritual confortou-a:

— É o preço do apego na Terra. As criaturas habituam-se rapidamente a receber e esquecem-se de dar quando chega o momento. Mesmo Roque dedicou-se a vida inteira ao bem dos outros, mas eles não conseguem entender a sua bondade e o seu sacrifício que lhe dá o direito à libertação. Ao invés de terem aprendido com ele suas lições de amor, para poderem caminhar por sua vez em busca do próprio progresso, acreditam poder usufruir sem esforço, receber indefinidamente, viver à sua sombra enquanto puderem.

— Tem razão — ajudou Cora, pensativa. — A ingratidão e o egoísmo nos têm dificultado a marcha, mas cuidemos para que seus pensamentos não interfiram no processo do nosso tutelado.

Realmente, as energias escuras que saíam do frontal de cada um envolviam Roque, cujo mal-estar aumentava.

— Ótimo — disse o médico satisfeito. — Cuidem deles, e do paciente nós cuidaremos agora mais objetivamente.

Cora e Geneviève movimentaram-se envolvendo cada um dos encarnados do pequeno aposento, procuraram alijar energias depressivas, e com as mãos estendidas sobre suas cabeças emitiam pensamentos otimistas.

— Ele vai melhorar — disse uma das mulheres presentes. — Sinto um bem-estar muito grande. Acho que veio ajuda.

— Certamente — tornou a outra. — Deus não nos vai deixar órfãos. Ele vai se curar! Olhe, seu Antônio, parece que ele agora dorme mais calmo.

Realmente, protegido pelos dois assistentes espirituais que lhe ministravam passes longitudinais, Roque mostrou sinais de melhora. Seu sono tornou-se aparentemente normal. Os presentes suspiraram aliviados.

— Ainda bem. Parece que o perigo passou. Acho que vou para casa ver o Zé.

— Pode ir, Dona Ana, eu fico até amanhã cedo. Não arredo pé.

A mulher concordou, levantando-se.

— Vou com você — disseram as outras duas. — O Antônio fica, e se precisar é só chamar.

E lançando um olhar perscrutador para o rosto do enfermo, vendo-o ressonar tranqüilo, saíram todos, permanecendo apenas um no quarto humilde.

Cora sorriu com satisfação. Aproximando-se de Antônio, sugeriu-lhe ao ouvido:

— Descanse um pouco, aproveite enquanto nosso amigo está dormindo.

Cansado e indormido, o homem recostou-se na cama ao lado e, sem perceber, adormeceu em seguida.

As duas mulheres aproximaram-se do leito em respeitoso silêncio. Oravam com fervor enquanto Roque, ajudado pelos assistentes do plano espiritual, desligava-se dos despojos e aparecia diante dos companheiros emocionados, como quem desperta de pesado sono. Abriu os olhos, nos primeiros instantes pareceu ainda inconsciente. Olhou o assistente que o sustinha enquanto ele dizia:
— Roque, você já deixou o corpo. Bem-vindo à Pátria Maior.
Um lampejo de emoção brilhou no olhar do recém-liberto.
— Oremos — continuou o assistente —, agradecendo ao Pai tantas bênçãos.
Roque, embora semiconsciente, assinalou-lhe as palavras que vibravam com enorme intensidade dentro de si.
— Já morri — pensou ele. — Preciso orar...
Embora não conseguisse balbuciar palavra, seu pensamento dirigiu-se a Deus implorando auxílio e lucidez. Quando terminou, sentiu-se fortalecido e imediatamente seus olhos fixaram os dois assistentes com alegria.
— Meu Deus, que alívio! — balbuciou respirando a largos haustos como há muitos dias não conseguia. — É muita bondade. Agradeço a ajuda que me deram — continuou, dirigindo-se aos dois que o sustinham.
Sua voz era fraca, mas firme. Ambos sorriram com satisfação. A tarefa estava realizada e o desligamento, completo.
Roque relanceou o olhar ao redor e divisou as duas mulheres que o olhavam com emoção. Deteve-se em Cora e pareceu reconhecê-la, sem saber de onde. Esforçava-se para lembrar-se, quando ela o abraçou dizendo:
— Bem-vindo entre nós. Jesus o abençoe. Mais tarde vai lembrar-se de tudo.
Aquele abraço amigo como que deu ao recém-desencarnado novas energias, sorriu emocionado e foi então que fixou a figura delicada de Geneviève. Olhou-a e em seu rosto refletiu-se intraduzível emoção. Era sua luz, sua musa, a figura adorada que o acompanhara vida afora, assistindo-o nos momentos difíceis, nas horas dolorosas de solidão. Ela que despertara em seu íntimo o eco de perdidas emoções e a glória de sentimentos puros e profundos.
Sem poder conter-se, ajoelhou-se a seus pés, beijando-lhe a fímbria do vestido enquanto dizia:

— Anjo do bem! Deus é pródigo em bondade e permitiu sua presença nessa hora para conceder-me o prêmio supremo que sempre desejei embora sem merecer.

Lágrimas corriam-lhe pelas faces, enquanto genuflexo beijava-lhe a barra do vestido com veneração.

Com olhar brilhando de emoção mas com serenidade na voz, Geneviève curvou-se para ele procurando levantá-lo enquanto dizia:

— Roque, profícua foi tua vida na Terra. Bem-vindo sejas entre nós. Levanta-te, porquanto não possuo as qualidades que tua dedicação me assinala. Deixa-me abraçá-lo, pois é o que eu mais desejo.

Como que fascinado, Roque levantou-se e não saberia descrever a torrente de sentimentos e emoções que lhe brotou na alma, que vibrava ao toque delicioso da presença daquela mulher.

Ela, emocionada, enlaçou-o beijando-lhe a fronte com infinito amor. Roque estremeceu. Seu peito cantava de alegria indescritível enquanto as palavras morriam-lhe na garganta sem poder sair.

— Certamente existe o paraíso — balbuciou sem querer quando pôde falar. — Estou no paraíso?

— Engana-se, meu amigo — ajuntou o assistente bem-humorado dando-lhe palmadinha amigável no ombro. — Continuamos na Terra mesmo. Mas precisamos ultimar nosso trabalho para partir.

O dia amanhecia, e como que pressentindo a desgraça iminente, Antônio acordou sobressaltado. Relanceou o olhar para o corpo de Roque e deu um grito assustado:

— Santo Deus! Socorro! Ele está morto! Socorro!

Saiu correndo apavorado por ter dormido sem socorrer o amigo e mais ainda por ter dormido ao lado do defunto. Logo a pequena casa encheu-se de gente e de lamentos.

Roque, bruscamente chamado à lembrança do desenlace recente, sentiu-se enfraquecido enquanto com tristeza olhava o desespero dos amigos.

— Roque, não se deixe envolver pela lamentação deles. Deu-lhes tudo que podia e certamente ainda poderá fazer muito em favor deles no futuro. Deus chamou-o a outras atividades, mas certamente não deixa ao desamparo nenhum de seus filhos. Não fique triste. Precisamos partir.

Roque, ouvindo a palavra esclarecedora do assistente que vibrava com enérgica entonação, procurou controlar as emoções. Mas era-lhe difícil. Sentia que suas emoções vibravam com nova e funda intensidade, muito mais vivas, dificultando-lhe o controle. Todavia, habituado à disciplina, meta de sua vida durante os longos anos de solidão na Terra, conseguiu dominar-se.

— Muito bem — disse-lhe o assistente Aníbal. — Venham, vamos preparar os despojos.

Foram todos ao redor do leito onde jazia o cadáver de Roque. Olhando-o, esquisita sensação o dominou. Um misto de pena, gratidão, amor, para com aquela massa que o servira durante 75 anos, em cuja face podia observar cada ruga que a luta dura desenhara.

— Façamos a prece — disse Aníbal. — Agradeçamos a Deus a bênção do corpo físico que nos serve como instrumento fiel e amigo, sofrendo nossas imperfeições sem reclamar, aos golpes que muitas vezes desfechamos sem respeito ou compreensão, envenenando-o aos poucos com substâncias corrosivas ou pensamentos destruidores. Precioso amigo que suporta o fardo das nossas iniquidades para que possamos aprender a lição da vida e sublimar nossos espíritos. Oh! Deus! Como é grande a vossa bondade. Como é perfeita a Criação! Amparai-nos, ó Pai Celeste, para que aprendamos a preservar, não a destruir; a compreender, não a exigir; a respeitar, não a conspurcar; para melhoria nossa e felicidade futura.

Aníbal colocou-se profundamente emocionado, onde o reflexo de um passado não muito distante punha mais brilho em seus olhos.

Os outros oravam em silêncio. Roque, comovido e num sentimento profundo de respeito, olhou para Aníbal como a solicitar-lhe algo.

— Pode — volveu o outro com delicadeza.

Roque aproximou-se do corpo que estava rodeado dos seus amigos terrenos, chorando desconsolados, e com zeloso cuidado depositou um beijo na testa do instrumento que durante tantos anos o servira.

A um gesto de Aníbal, o outro assistente encaminhou-se para o despojo. Aplicando-lhe passes, extraiu-lhe as últimas energias, visando preservá-lo do vampirismo.

Quando julgou tudo pronto, Aníbal determinou:

— Partamos agora. Os amigos nos esperam com impaciência.

Roque surpreendeu-se: amigos?

Ladeado pelos dois assistentes e pelas duas mulheres, Roque galgou a saída. Nova surpresa o aguardava. Pequena multidão o saudava cantando hinos de alegria. Os primeiros raios solares iluminavam a Terra e as vibrações amorosas daqueles corações agradecidos envolviam Roque em raios luminosos de suave deslumbramento.

A comitiva parou mais adiante, onde uma clareira se estendia ao canto alegre dos pássaros e à beleza azul de um céu de verão. Aníbal tomou a palavra:

— Companheiros, grande é nossa alegria pelo servo do Senhor que regressa. Louvamos a bondade do Pai, que nos permite essa bênção.

Roque, humilde, não conseguia reter as lágrimas. Reconhecia algumas fisionomias e sua alegria não tinha limites. Abraçaram-no efusivamente enquanto ele balbuciava:

— Vocês são muito bons. Eu não fiz nada. Não mereço, por favor, eu não mereço!

Aníbal a certo momento interrompeu as manifestações dizendo:

— Amigos, partamos. Outras oportunidades teremos para visitar nosso companheiro. Por agora urge regressar.

A comitiva pôs-se em movimentos por aquela multidão de almas amigas. Entoando hinos de alegria e louvor a Deus, dentro de alguns instantes desapareceu no horizonte.

XXXII
A recompensa
dos justos

A noite estava cálida e perfumada. O céu rutilante de estrelas refletia a beleza da lua, clara e enorme.

O jardim era gracioso e perfumado. Sentado num banco rústico, Roque parecia absorto em fundos pensamentos.

Fazia um mês que regressara da Terra. Estava bem instalado na colônia espiritual, em graciosa casa, visitado sempre por muitos amigos e auxiliado por Aníbal, seu conselheiro e benfeitor. Roque fortalecia-se a cada dia conquistando maior equilíbrio.

Apesar de tudo, lutava por lembrar-se do passado. Aníbal o aconselhara a esperar, pois isso ocorreria de maneira espontânea, porquanto Roque tinha condições espirituais de vencer a amnésia da reencarnação recente. Contudo, sentimentos impetuosos brotavam-lhe no íntimo sem que pudesse defini-los.

A presença de Geneviève emocionava-o profundamente, mas assustava-o o volume de seus sentimentos, que, longe de serem apenas a veneração devida ao seu espírito luminoso, mesclavam-se a um sentimento de amor humano, que o perturbava. Ao vê-la, desejava tomá-la nos braços, beijá-la, e embora esses impulsos fossem gerados por um sentimento de respeito e amor, não deixavam de representar uma emoção forte, intensa, quase irresistível, que o fazia suspirar por sua presença, desejar vê-la, ir ao seu encontro.

Duas vezes recebera sua visita e de Cora desde que fora instalado na casa graciosa, mas não pudera dizer-lhe o que lhe ia na alma. Agora estava disposto. Iria procurá-la assim que soubesse onde encontrá-la e ter com ela uma conversa franca. Ela lhe diria o que desejava saber. Sabia que havia um passado onde ela deveria ter representado grande papel em sua vida. Só isso poderia explicar a avalanche de emoções que o acometiam, bem como o amor que lia em seu olhar enternecido.

— Meu Deus! — balbuciou ele. — Faze com que eu possa vê-la! Preciso conversar com ela. Sinto necessidade de sua presença!

Fechou os olhos com a força do seu desejo. Quando os abriu, Geneviève, a bela e generosa figura de mulher, estava diante dele.

Vendo-a, linda e graciosa, olhando-o com emoção, Roque não conseguiu dominar-se. Atirou-se a seus pés enquanto dizia:

— Você veio! Você veio! Vê-la era o que eu mais desejava neste instante. Por favor, tenha piedade de mim, não tenho força para dominar mais meus sentimentos! Geneviève! Sinto que há muito tempo não estamos juntos, contudo temo-nos visto constantemente. Como posso entender? Que força misteriosa une meu espírito ao seu?

Geneviève curvou-se sobre ele forçando-o a erguer-se.

— Gustavo, precisamos conversar. Vem comigo.

Fisionomia contraída pelo esforço, Roque ouvindo esse nome levantou-se e deixou-se conduzir por ela a um banco gracioso do pequeno jardim. Cenas curiosas desenhavam-se em sua mente. Passando a mão pela testa como quem desperta de um sono profundo, Roque balbuciou:

— Gustavo... Barão de Varenne... Geneviève... Gus... Condessa de Ancour... A cabana de caça. Lívia, minha pobre esposa. Gérard, caiu do cavalo...

Enquanto Roque em supremo esforço rememorava o passado, Geneviève orava em silêncio com fervor.

A certa altura Roque sentiu-se sacudido por forte emoção. Tomando as mãos de Geneviève, tornou com voz trêmula:

— Geneviève, meu amor, minha esposa!! Agora eu sei, eu me recordo, minha amada esposa!

Lágrimas desciam-lhe pelas faces contraídas enquanto aos poucos sua aparência modificava-se, transformando-se na bela figura de Gustavo.

Em silêncio, Geneviève continuava a orar.

— Mas houve algo que nos separou e tornou minha vida um inferno! Uma força maior do que eu esmagou-me e nos separou. Foi ela! Ela! Que não se conformou com minha recusa e levantou a calúnia!

Gustavo, pálido, revivia cenas dolorosas do passado na rememoração espontânea. Sua mente como que voltara ao tempo distante, enquanto repetia angustiado:

— Sou inocente, vou morrer inocente! Preciso contar. Não posso!

Penalizada, Geneviève alisou-lhe a face com brandura.

— Eu sei, Gustavo. Sei de tudo.

Mas, impulsionado pela força do passado, ele parecia não ouvi-la.

— Vou ao encontro — repetia aflito. — Desta vez ela vai ouvir-me. Deixar-nos-á em paz! Agora ela vai pensar que é verdade! Estou morrendo, não posso falar! Deus! Preciso contar-lhe. Sou inocente, Geneviève. Eu te amo! Eu te amo!

Geneviève abraçou-o com suavidade, aconchegando-lhe a cabeça em seu peito amoroso. Gustavo, sem forças, parecia haver perdido os sentidos.

Geneviève permaneceu quieta, afagando-lhe os cabelos com doçura, enquanto eflúvios amorosos e suaves saíam em forma de luz do seu tórax, envolvendo-o.

Ao cabo de alguns instantes ele abriu os olhos. Vendo-a, sentindo-se aconchegado em seus braços, balbuciou:

— Estou sonhando! Estou sonhando! Geneviève!

Seu grito de amor vibrou intensamente no ar:

— Geneviève! Finalmente. Finalmente!

Abraçou-a com emoção intensa. Quis falar mas não pôde.

— Sou inocente! Sou inocente! — balbuciou quando conseguiu vencer um pouco a emoção.

— Sei de tudo! Houve tempo em que eu também fui fraca, duvidando da tua sinceridade. Poderás perdoar-me?

— Geneviève! Eu?! Que não tenho feito outra coisa senão errar? Espírito fraco e leviano, certamente jamais mereci o teu amor, que veio a mim pela bondade de Deus, a iluminar-me o caminho para que eu pudesse caminhar. Perdoar-te, eu? Espírito culpado de tantas falhas e imperfeições? Geneviève, deixemos as tristezas, conta-me tudo o que tens feito todo esse tempo que estivemos separados! Quero saber, receio que isto acabe novamente e estejamos separados. Certamente esse sonho bom vai dissipar-se!

A moça sorriu com bondade:

— Gustavo. Não temas. Vou contar-te tudo e assim poderemos compreender melhor a bondade de Deus.

Segurando as mãos de Gustavo, Geneviève narrou todo o passado, sua reencarnação como Nina, e a condessa como Maria.

— Por isso eu amava tanto a Nina e não me sentia feliz perto de Maria...

A figura irônica e arrogante de Margueritte surgiu em sua mente para logo em seguida aparecer Maria, com o corpo coberto de trapos, na destruição da doença horrível. Num arrepio, lembrou-se dela colocando-se entre o revólver de Américo e ele, dando a vida para salvá-lo.

— Pobre condessa — balbuciou compadecido. — Houve tempo em que a odiei! Contudo, ela me amou muito, deu sua vida pela minha!

— Sim — tornou Geneviève com emoção. — Tua dedicação para com ela trouxe-nos a libertação de pesados encargos do passado. Ela, após a última encarnação, encontra-se bastante melhor, em local de regeneração, graças ao teu trabalho amoroso e perseverante.

— Pobre criatura! Sofreu tanto. Era tão bela e saudável! Depois, transformou-se em um espectro, escondida, do qual todos fugiam.

— Sim. A vaidade excessiva tem seu preço. A vida cobra, procurando ensinar às criaturas o verdadeiro valor das coisas, que estão nas conquistas sagradas do espírito e longe das belezas transitórias do mundo material.

— Alegra-me saber que ela está melhor. Sua morte violenta traumatizou-me bastante.

— Sim. Tanto ela como o conde resgataram a dívida contigo perante as Leis Divinas. Agora poderemos caminhar juntos para o futuro que nos aguarda mais além.

Gustavo estremeceu. Tomou Geneviève nos braços como se receasse perdê-la:

— Geneviève! Sei que és mais perfeita e melhor do que eu. Vi a luz que irradias e compreendo que sou muito pobre, indigente de espiritualidade para merecer viver a teu lado para sempre. Entendo, mas não suportaria separar-me de ti novamente. Agora que te encontrei, agora que tenho-te em meus braços, agora que meu peito pulsa de ventura pela tua presença, agora que estamos juntos, dize-me o que preciso fazer para merecer a glória infinita de estar contigo. Não medirei sacrifícios, não me importo de sofrer. Trabalharei em favor de todos, serei o servo mais diminuto, mas desejo poder ver-te como agora, abraçar-te, ouvir tua voz! Vem: vamos orar, quero pedir a Deus que me ajude a estar contigo para sempre.

Geneviève, tocada nas fibras mais íntimas do coração, fechou os olhos marejados e permaneceu em silêncio, não conseguia expressar-se.

Gustavo, sentado a seu lado no banco tosco, segurando suas mãos, cerrou os olhos e começou a orar:

— Senhor Jesus! Mestre amoroso a quem veneramos. Eis-me aqui, servo fraco e inútil que tem pretendido servir-te nas obras do bem. Tantas alegrias nos reservaste que nos comovemos com a tua generosidade. Mestre! Quantas vezes nos socorreste com a mão compassiva, nos sustentando no momento mais difícil da luta! Quantas vezes nos amparaste afastando o perigo e preservando-nos a vida em generosa oportunidade de trabalho e regeneração!

Temos recebido tanto, Senhor, que justo será nos esforçarmos por servir-te mais e melhor a cada dia, na esperança de podermos aprender contigo as lições de vida e de luz, de felicidade e de amor. Neste instante, divino e generoso Senhor, quero renovar meus propósitos de servir-te para sempre, intensificando o trabalho em favor de todos, divulgando a Boa Nova na Terra sofredora, para alívio dos que sufocam ao peso da angústia e da dor.

Dispõe deste servo inútil que obedecerá sem reservas, com alegria. Apenas, Senhor, te rogo a felicidade de poder subir para estar com ela, a quem amo para sempre, espírito eleito pelo meu coração, a cujo impulso devo o que sou, que conseguiu arrancar-me do erro e das trevas do orgulho.

Senhor, eu te rogo, como bondade suprema, poder estar com ela de quando em quando, para alento do meu espírito nas lutas do porvir.

Enquanto Gustavo orava, tal era a intensa sinceridade que vibrava em suas palavras que, aos poucos, intensa luz foi iluminando seu tórax, irradiando-se ao seu redor, derramando-se sobre o delicioso jardim e subindo rumo ao céu estrelado.

Geneviève, enlevada, sentia-se transportada a um mundo de emoções dulcíssimas que palavras não poderiam expressar.

Gustavo calou-se, abriu os olhos e surpreendeu-se com a intensidade da luz que os envolvia. Antes que pudesse falar, viu uma esplêndida figura que se aproximava, descendo do alto em preciosa faixa luminosa.

Ambos de mãos dadas, não encontraram palavras para dizer. A figura venerável de um homem maduro, trajando alva túnica delicada, rosto emoldurado por diáfana barba, tinha olhos de um azul profundo, de tão intenso brilho que os dois não conseguiram fixá-lo.

— Jesus vos abençoe. Trago mensagem amorosa do plano superior para ambos. De agora em diante, estarão sempre unidos no trabalho do bem. Almas gêmeas, ambos lutaram e sofreram. Impondo-se duras disciplinas, souberam dar prioridade aos interesses supremos do espírito na sua ascensão para Deus. Calaram seus impulsos na renúncia para dedicarem-se ao próximo sofredor em nome do Cristo. Por isso, em nome dele, Mestre generoso e justo, convido-vos a continuar vosso trabalho em favor dos que sofrem, na certeza de que, unidos, saberão tratar dos desígnios do Pai, com coragem e dedicação, abnegação e amor! Que a vossa felicidade seja eterna, como é eterna a alegria dos justos no reino de Deus.

Abençoou-os e desapareceu. A alegria refletia-se nos rostos de Gustavo e Geneviève. Abraçaram-se comovidos.

— Estaremos juntos para sempre, meu amor — disse ela com radiosa alegria.

— Sim — murmurou Gustavo, sufocado de emoção. — Estaremos juntos para sempre! Poderá haver felicidade maior?

Enlaçados e felizes, caminharam rumo à habitação, enquanto no ar envolvido por suave vibração de amor, melodia belíssima se ouvia, tangida por mãos diáfanas e misteriosas que no silêncio cálido da noite reverenciavam felizes a glória de Deus.

Sucessos de ZIBIA GASPARETTO

Crônicas e romances mediúnicos.
Retratos de vidas nos caminhos da eternidade.
Mais de três milhões de exemplares vendidos.

- Crônicas: Silveira Sampaio
PARE DE SOFRER
O MUNDO EM QUE EU VIVO
BATE-PAPO COM O ALÉM
- Autores diversos
PEDAÇOS DO COTIDIANO
VOLTAS QUE A VIDA DÁ

- Romances: Lucius
O AMOR VENCEU
O AMOR VENCEU *(em edição ilustrada)*
O MORRO DAS ILUSÕES
ENTRE O AMOR E A GUERRA
O MATUTO
O FIO DO DESTINO
LAÇOS ETERNOS
ESPINHOS DO TEMPO
ESMERALDA
QUANDO A VIDA ESCOLHE
SOMOS TODOS INOCENTES
PELAS PORTAS DO CORAÇÃO
A VERDADE DE CADA UM
SEM MEDO DE VIVER

- Crônicas: Zíbia Gasparetto
CONVERSANDO CONTIGO!

Sucessos de LUIZ ANTONIO GASPARETTO

Estes livros irão mudar sua vida!

Dentro de uma visão espiritualista moderna, estes livros irão ensiná-lo a produzir um padrão de vida superior ao que você tem, atraindo prosperidade, paz interior e aprendendo acima de tudo como é fácil ser feliz.

ATITUDE
SE LIGUE EM VOCÊ *(adulto)*
SE LIGUE EM VOCÊ - nº 1, 2 e 3 *(infantil)*
A VAIDADE DA LOLITA *(infantil)*
ESSENCIAL *(livro de bolso e caderno com frases para auto-ajuda)*
FAÇA DAR CERTO
GASPARETTO *(biografia mediúnica)*
CALUNGA - "Um dedinho de prosa"
CALUNGA - Tudo pelo melhor
PROSPERIDADE PROFISSIONAL

série CONVERSANDO COM VOCÊ:
(Kit contendo livro e fita k7)
1- Higiene Mental
2- Pensamentos Negativos
3- Ser Feliz
4- Liberdade e Poder

série AMPLITUDE:
1- Você está onde se põe
2- Você é seu carro
3- A vida lhe trata como você se trata
4- A coragem de se ver
5- Segredos da Vida

LUIZ ANTONIO GASPARETTO

Fitas K7 gravadas em estúdio, especialmente para você!
Uma série de dicas para a sua felicidade.

- **PROSPERIDADE:**
Aprenda a usar as leis da prosperidade.
Desenvolva o pensamento positivo corretamente.
Descubra como obter o sucesso que é seu por direito divino, em todos os aspectos de sua vida.

- **TUDO ESTÁ CERTO!**
Humor, música e conhecimento em busca do sentido da vida.
Alegria, descontração e poesia na compreensão de que tudo é justo e Deus não erra.

- **série VIAGEM INTERIOR (1, 2 e 3):**
Através de exercícios de meditação mergulhe dentro de você e descubra a força da sua essência espiritual e da sabedoria.
Experimente e verá como você pode desfrutar de saúde, paz e felicidade desde agora.

- **TOULOUSE LAUTREC:**
Depoimento mediúnico de Toulouse Lautrec, através do médium Luiz Antonio Gasparetto, em entrevista a Zita Bressani, diretora da TV Cultura (SP).

• série PRONTO SOCORRO:
Aprenda a lidar melhor com as suas emoções, para conquistar um maior domínio interior.
1. Confrontando o desespero
2. Confrontando as grandes perdas
3. Confrontando a depressão
4. Confrontando o fracasso
5. Confrontando o medo
6. Confrontando a solidão
7. Confrontando as críticas
8. Confrontando a ansiedade
9. Confrontando a vergonha
10. Confrontando a desilusão

• série CALUNGA:
A visão de um espírito, sobre a interligação de dois mundos, abordando temas da vida cotidiana.
1. Tá tudo bão!
2. "Se mexa"
3. Gostar de gostar
4. Prece da solução
5. Semeando a boa vontade
6. Meditação para uma vida melhor

• série PALESTRA
1- A verdadeira arte de ser forte
2- A conquista da luz
3- Pra ter tudo fácil
4- Prosperidade profissional (1)
5- Prosperidade profissional (2)
6- A eternidade de fato
7- A força da palavra
8- Armadilhas do coração
9- Se deixe em paz
10- Se refaça
11- O teu melhor te protege
12- Altos e baixos
13- Sem medo de errar
14- Praticando o poder da luz em família
15- O poder de escolha

PALESTRAS GRAVADAS AO VIVO:

● série PAPOS, TRANSAS & SACAÇÕES

1- Paz emocional
2- Paz social
3- Paz mental
4- Paz espiritual
5- O que fazer com o próprio sofrimento?
6- Segredos da evolução
7- A verdadeira espititualidade
8- Vencendo a timidez
9- Eu e o silêncio
10- Eu e a segurança
11- Eu e o equilíbrio

IRINEU GASPARETTO

Música mediúnica ● em CD e fita k7

Uma coletânea sob a inspiração dos espíritos compositores já falecidos, traz músicas de Monsueto, Ataulfo Alves, Catulo da Paixão Cearense, Alvarenga, Dolores Duran, Maísa, Custódio Mesquita, Cartola, Noel Rosa, Agostinho dos Santos, Nelson Cavaquinho, Lamartine Babo, Orestes Barbosa, Vinícius de Moraes, Pixinguinha, Sinhô e Ari Barroso.

LUIZ ANTONIO GASPARETTO
em vídeo

- **SEXTO SENTIDO**
Conheça neste vídeo um pouco
do mundo dos mestres da pintura,
que num momento de grande ternura
pela humanidade, resolveram voltar
para mostrar que existe vida além da vida,
através da mediunidade de Gasparetto.

- **MACHU PICCHU**
Visite com Gasparetto a
cidade perdida dos Incas.

- **série VÍDEO & CONSCIÊNCIA**
Com muita alegria e arte, Gasparetto
leva até você, numa visão metafísica,
temas que lhe darão a oportunidade de
se conhecer melhor:
O MUNDO DAS AMEBAS
JOGOS DE AUTO-TORTURA
POR DENTRO E POR FORA

ESPAÇO VIDA & CONSCIÊNCIA

Acreditamos que há em você muito mais condições de cuidar de si mesmo do que você possa imaginar, e que seu destino depende de como você usa os potenciais que tem.

Por isso, através de PALESTRAS, CURSOS-SHOW e BODY WORKS, GASPARETTO propõe dentro de uma visão espiritualista moderna, com métodos simples e práticos, mostrar como é fácil ser feliz e produzir um padrão de vida superior ao que você tem.

Faz parte também da programação, o projeto VIDA e CONSCIÊNCIA.

Este curso é realizado há mais de 15 anos com absoluto sucesso.

Composto de 8 aulas, tem por objetivo iniciá-lo no aprendizado de conhecimentos e técnicas que façam de você o seu próprio terapeuta.

Participe conosco desses encontros onde, num clima de descontração e bom humor, aprenderemos juntos a atrair a prosperidade e a paz interior.

Gasparetto